キンモクセイ

今野　敏

朝日文庫

本書は、二〇一八年十二月小社より単行本として、
二〇二一年一月小社よりソノラマノベルスとして
刊行されたものです。

キンモクセイ

1

遺体が発見されたというニュースを朝刊で読んだのは、九月二十八日土曜日の朝のことだった。

隼瀬順平《はやせじゅんぺい》は、ふとその事案について情報収集してみようかと思った。被害者が、法務省の官僚だという点が少々気にかかった。

だが、結局何もしないことにした。刑事局の事案だ。よけいなことはしないに限る。

隼瀬は、警察庁警備局の所属だ。警備企画課の課長補佐という立場だった。

年齢はまだ三十歳だが、階級は警視だ。いわゆるキャリアだが、東大法学部出身なわけではない。四谷にある私立大学の出身で、一年間の留学経験もある。

英語力が彼の強みだった。キャリア警察官の多くはある程度英語を話せるが、自由自在に扱える者はそれほど多くはない。

隼瀬は、子供の頃から英語が好きだった。学校で教わる文法や講読よりも、英会話が好きで、高校時代から教材で学んだり、英会話学校に通ったりした。

大学も語学で有名なところを選んだ。そしてコロンビア大学で交換留学生として一年間を過ごした。

そこで、日本の大学では考えられない猛勉強を経験した。とにかく課題が多く、それをこなすだけで一年が終わってしまったという印象だった。

その猛勉強の経験が、国家公務員I種試験のための勉強にも活《い》かされた（今は国家公務員総合職試験だが、当時はこう呼ばれていた）。そして警察庁を選択した。

隼瀬は小さい頃、スーパーヒーローになりたいと思っていた。英語が好きになるずっと前のことだ。

実は、今でも密《ひそ》かにそういう憧れがある。これは誰にも言えないことだが、もしかしたら、自分自身の行動原理はそこにあるのかもしれないと考えることもある。警察庁という選択は必然だった。

隼瀬は、新聞をたたんでテーブルの上に置き、今日一日の予定について考えた。

基本的に月曜から金曜までの勤務だ。都道府県警本部や警察署が八時半始業なのに対して、国家公務員である隼瀬たちの始業は九時だ。

しかし、そんな勤務時間どおりで済むはずはない。キャリア官僚の勤務時間はほぼ無制限だ。

昨日は、午後十一時過ぎまで庁舎で仕事をしていた。なんとか、今日の休みを確保したかったからだ。おそらく、法務省の官僚の遺体が発見されたということで、刑事局あたりはかなり騒然としているだろう。

登庁すれば、何かしら仕事があるだろうが、今日は知らんぷりをしていたかった。それで問題はないはずだ。

午後七時から、飲み会が予定されていた。それにはぜひ参加したかった。国家公務員I種試験を受けて、さまざまな省庁に採用された同期が集まる親睦と情報交換を兼ねた飲み会だ。最も多いときは十人以上のメンバーがいたが、やがて五人に落ち着いた。

隼瀬は、出かけるまでに、溜《た》まっている洗濯物を片づけ、部屋を掃除したかった。

「さて、やっつけるか……」

マグカップに残っていたコーヒーを飲み干すと、そうつぶやき、立ち上がった。


飲み会の場所は、有楽町駅から歩いてすぐの居酒屋だ。掘りごたつの個室を押さえている。この集まりでは、いつもこの店を使っていた。

メンバーがメンバーなので、他人に聞かれたくない話題もある。個室である必要があるのだ。その分割高になるが、全員キャリア官僚なので、値段のことを気にする者はいない。

隼瀬も、自分たちは安い赤提灯《あかちょうちん》などで酒を飲むべきではないと考えていた。

隼瀬は店に、七時五分前に着いた。

「よう、久しぶりだな」

すでに一人来ていた。

木菟田真一《つくたしんいち》だ。珍しい苗字《みようじ》で、初対面の人にまともに読んでもらったためしがないと、半ば残念そうに、半ば自慢げに語ったことがある。

隼瀬もそうだった。名刺を渡したときに「はやせ」と読んでくれる人は少ない。

木菟田は、外務省に勤めている。所属は、北米局北米第二課だ。主に日米間の経済について担当しているのだそうだ。彼は大柄で、見た目はどこか茫洋《ぼうよう》としている。性格も、その見かけとそれほど変わらず、のんびりとしていた。

これで外務官僚がつとまるのだろうかと、隼瀬は密かに思っていた。

「ご無沙汰」

木菟田は、長いテーブルの一番奥に座っていた。隼瀬はその向かいに腰を下ろした。取りあえずはこの席でいい。後で、移動することになるかもしれないが……。

「外務省は忙しいんだろう？　よく来られたな」

「さっきまで庁内にいたんだ。忙しいけど、八年も勤めりゃ手の抜き方も覚える」

「そりゃそうだな」

そこに、次のメンバーがやってきた。燕谷幸助《つばたにこうすけ》だ。彼は、厚生労働省の健康局総務課指導調査室に勤めている。

木菟田とは対照的で小柄だ。彼は、出身大学に対しても、また厚労省に対しても、プライドを持っている。そのプライドは貧弱な体格に対するコンプレックスの裏返しではないかと、隼瀬は思っていた。

「まだ二人か?」

木菟田がこたえる。

「ああ。あとの二人はいっしょに来るかもな」

隼瀬は、その言い方にちょっとひっかかるものを感じた。

「防衛省と経産省のやつがどうしていっしょに来ると思うんだ?」

「そりゃあ、おまえ……」

その先を聞く前に、話題の二人が現れた。木菟田が言ったとおり、彼らはいっしょにやってきた。

防衛省の鷲尾健《わしおたける》と、経済産業省の鵠沼歩美《くげぬまあゆみ》だ。

歩美が言った。

「遅くなっちゃったかしら」

燕谷がこたえる。

「いや、オンタイムだよ」

鷲尾は、無言で隼瀬たちにうなずきかけた。彼が無駄口を叩くことはほとんどない。

全員が顔をそろえたところで、飲み物を注文する。全員が生ビールだ。これはまあ、日本の平均的な振る舞いと言えるだろう。「とりあえず、ビール」というやつだ。

食べ物は、いつもだいたい同じものを注文することになる。

乾杯の後にすぐ、遺体が発見された話題になった。燕谷が隼瀬に尋ねる。

「殺人事件なんだろう?」

隼瀬はこたえた。

「俺は知らない」

「おい、このメンバーで隠し事はなしだぜ」

「新聞で読んだだけだ。俺もみんなが知っている以上のことは知らない」

歩美が言った。

「被害者、法務省の人なんでしょう? 部局はどこなのかしら」

「さあ、聞いてない」

隼瀬はこたえながら、席のことを気にしていた。

歩美は、テーブルを挟んで斜め前にいる。木菟田と鷲尾に挟まれていた。隼瀬の隣は燕谷だった。

できれば、歩美の隣に座りたかったのだ。だから、先ほど席を移るかもしれないと考えていたわけだ。官僚の遺体が発見されたという事件の話をしながら、隼瀬はそんなことを考えていた。先ほど中断した木菟田の話が気になる。

彼はどうして、鷲尾と歩美がいっしょに現れると思ったのだろう。そして、なぜその言葉のとおりになったのだろう……。

「死体は、被害者の自宅の近くで発見されたんだろう?」

木菟田のその言葉に、隼瀬は、はっと事件の話題に引き戻された。

隼瀬は木菟田に言った。

「どこでそんなことを聞いたんだ？」

「どこでって……」

木菟田は、のんびりした口調で言う。「ネットで見たんだっけなあ……」

「新聞には文京区としか出ていなかった。それが自宅の近くだなんて、俺も知らなかった」

燕谷が、ふんと鼻を鳴らして言う。

「警察官僚だろう。知らないで済むのかよ」

「変死体は刑事の仕事だよ」

「官僚が殺されたんだ。日本の行政機構への敵対行為じゃないか」

「大げさだよ」

鷲尾が低い声で言った。

「企画調査室の職員だと聞いた」

隼瀬は思わず聞き返していた。

「何だって？」

「鵠沼が言った部局の話だ。法務省刑事局総務課の企画調査室だ」

「ほう……」

木菟田は相変わらずのんびりとした口調で言う。「法務省にも刑事局なんてのがあるんだな。警察庁みたいだ」

「何だ、知らないのか？」

燕谷が眉を寄せてみせる。「法務省には刑事局があるし、その中には刑事課や公安課もあるんだよ」

「へえ……。警察庁とかぶらないのか？」

隼瀬は説明した。

「うちのは、警察組織としての刑事局だ。つまり警察官を動かすための部局だ。法務省のほうのは、民事局に対しての刑事局。つまり、法的な意味合いが強い。具体的には、検事や判事のことを担当している」

木菟田はうなずいた。

「そう言われれば、わかりやすいな。それで、刑事局総務課の企画調査室って、何をやってるところなんだ？」

その質問にこたえたのも、燕谷だった。

「ふん。総務課の企画調査室なんて言うと、だいたい怪しいところに決まってるだろう」

燕谷の皮肉な物言いはいつものことだ。かつては癇《かん》に障ることもあったが、隼瀬も今ではすっかり慣れていた。

燕谷の言葉に対して、隼瀬は言った。

「それって、警視庁の公安部の話かな?」

燕谷は、笑みを浮かべ、無言で肩をすくめた。隼瀬は続けて言った。

「たしかに、公安部の公安総務課はみんなに怪しいと言われているからな……」

「実際に怪しいだろう」

燕谷が言う。「公安で何か特別な動きがあるときは、必ず公安総務課が絡んでいるんだろう? それに、おまえがいる部署も警備企画課だ。企画って言葉がついてる」

「……というか、任務の端緒が公総のことが多いだけだよ」

「またまたあ……。俺たち、新聞記者じゃないんだよ。公安の元締だからって、隠し事をすることはないだろう」

燕谷が言った「公安の元締」というのは間違いではない。全国の公安警察の情報は、隼瀬がいる警備企画課に集まってくる。

「隠し事なんかしていないさ。別に怪しい仕事をしているわけじゃない。日常の仕事は、おまえたちがやっていることと大差ない」

それが実感だった。公安だからといって特別なことをやっている自覚はない。役所仕事なんて、だいたいどこもいっしょだと思っている。

燕谷が言う。

「どうだかね……」

「俺のところよりも、鷲尾の防衛省のほうがやばいことやってんじゃないのか?」

それに対して、鷲尾があまり表情を変えずに言う。

「俺は、人事教育局にいるんだ。制服組とは違うよ」

隼瀬は、鷲尾と歩美のことが気になっていた。

以前から隼瀬は歩美に思いを寄せていた。身長は百七十センチで、女性としては高いほうだが、それが隼瀬の好みにどんぴしゃだった。

隼瀬は鷲尾に言った。

「被害者が、その部署にいたって、どこから聞いたんだ？」

鷲尾がこたえた。

「人事の仕事をしていると、他省庁の人事の情報も入ってくるんだよ」

「それってまだ、発表されてないよな……」

歩美が隼瀬の顔を見て言った。

「今、被害者って言ったわね？　つまり、殺人ってこと？」

隼瀬は、歩美の黒目勝ちのアーモンド型の目を見て、少しだけどぎまぎした。

「いや、言葉のアヤだよ。まだ殺人と断定されたかどうか、確認していない」

自信がなくなってきた。新聞記事にどう書かれていたか、はっきりと覚えていない。

いくら公安には関係ないといっても、よそから見れば警察庁の職員が事件のことをほとんど知らないというのは問題だろう。

外務省の木菟田や防衛省の鷲尾のほうが事件に詳しいというのは、なんとも面目が立たない。

こんなことなら、刑事局の知り合いか警視庁に電話でもして、何か聞き出しておくんだった。隼瀬はそんなことを思っていた。

今からでも遅くはない。ちょっと調べておこうと思った。

燕谷が言った「日本の行政機構への敵対行為」という言葉が頭の中に残っていた。そう考えれば、たしかに公安が関心を持つべき事案だ。

「それで……」

歩美が尋ねた。「犯人の目星は？」

それにこたえられないのが悔しかった。

2

日曜日の朝刊に、法務省官僚の変死体事件の続報が出た。警視庁は、殺人事件と断定したということだ。

被害者が所属していた部局のことは書かれていない。一方、遺体が発見されたのが、自宅の近くだということは報道されていた。

二日酔いで、頭痛がするし胃の具合が悪かった。休日なので、少々羽目を外してしまった。

昨夜の二次会は、バーに流れた。これもいつも行く店だ。最近の情報交換などしていたのだが、全員の酔いが回ってくると、いつしか愚痴になっていた。

五人とも国家公務員I種試験に合格したキャリア官僚だったが、東大法学部ではなく、私立大学の出身だった。

この集まりのことを、いつしか『土曜会』と呼ぶようになっていた。たいてい土曜日に集合するからだ。

最近ではかなり事情が変わりつつあるものの、今でもやはり各省庁のキャリアは東大法学部が幅をきかせている。私立大学出身者は、なかなか出世ができないと言われていた。

加えて警察庁には、薩摩《さつま》・長州閥があると言われている。いつの時代の話かと言われそうだが、事実そういうものがあると、隼瀬は感じていた。

その話をすると、燕谷が言った。

「うちも長州閥はあるよ」

「厚労省に、長州閥？」

隼瀬が思わず聞き返すと、燕谷が小ばかにしたような笑いを浮かべて言った。

「そうだよ。山縣有朋《やまがたありとも》以来の伝統だね」

「そうか。警察庁も厚労省も旧内務省だからな」

明治十八年（一八八五年）、初代内務大臣になったのが山縣有朋だ。以来内務省は、ほぼ長州閥に牛耳られた。

つまり、東大法学部卒でもなく、薩長とも関係のない自分たちは、出世とは縁がないという愚痴だ。

木菟田も隼瀬と燕谷の愚痴にほぼ同意した。

鷲尾は何も言わずに、隼瀬たちの話を聞いていた。彼は学歴や薩長閥などとはまた別なコンプレックスを抱えていることを、隼瀬は知っていた。

制服組に対するコンプレックスだ。鷲尾には、自衛隊の実動部隊に対する憧れと劣等感があるのだ。防衛省独特の思いだろうと、隼瀬は思っていた。

隼瀬は、現場の警察官にコンプレックスを抱いたことはない。警察庁は、防衛省に比べキャリア官僚と現場の警察官との距離がずっと近い。

警察官僚は、都道府県警本部や警察署で一般の警察官たちと共に働くことが珍しくないが、自衛隊の制服組と防衛省の内部部局ではそのようなことはない。

隼瀬と鷲尾の違いはそこにあるのかもしれない。

実は、鷲尾は自分と似たような理想を持っていると、隼瀬は思っていた。二人とも正義のヒーローに憧れているのだ。

だから、隼瀬は以前から鷲尾にある種の共感を抱いていた。一方は警察組織、一方は軍事組織で、どちらも直接国を守るのが使命だ。

鷲尾の性格も好ましかった。二人は馬が合う。だからこそ、歩美のことでぎくしゃくしたくはなかった。

二次会でも結局、木菟田の言葉の続きは聞けなかった。

木菟田はどうして、鷲尾と歩美がいっしょに来る、などと言ったのだろう……。

二日酔いで気分が悪い上に、そんなことを考えていると、どんどん気が滅入ってくる。

隼瀬は刑事局にいる二期後輩に電話してみることにした。

呼び出し音が八回鳴っても出ない。相手も警察官僚だから、すぐに電話に出る習慣が身についているはずだ。

電話に出られない事情があるのだろうか。そう思って、電話を切ろうとしたとき、相手が出た。

「はい、岸本《きしもと》」

後輩は岸本行雄《ゆきお》という名で、階級は隼瀬と同じく警視だ。刑事企画課刑事指導室にいる。

現職の刑事たちに言わせれば、二十八歳の若造が何の指導だ、というところだが、実際には違法な捜査をする刑事が後を絶たず、それをコントロールする必要がある。

多くの刑事たちは、自分が違法なことなどやっていないと思っている。それが問題なのだ。

警察官による捜査や取り締まりは、警察法や警察官職務執行法で細かく規定されている。それに従わなければ権力の暴走と言われても仕方がない。

正義を行うには、それなりのやり方があるのだ。

「隼瀬だ。今だいじょうぶか？」

「短時間なら……」

「カイシャにいるのか？」

カイシャというのは、公務員が自分の職場を呼ぶ共通の符丁だ。

「ええ、そうです」

「日曜日に出勤しなければならないほどの事案なのか？」

「官僚が殺されたんですからね。主に、議員からの問い合わせへの対応ですね。それからマスコミ対策です」

「そんなのは長官官房の仕事だろう」

「ですから、長官官房から矢のような問い合わせがあり、刑事局全体がてんてこ舞いしているんです」

つまり、長官官房が、議員やマスコミからの質問にこたえるために、刑事局に問い合わせをしている、ということだ。

直接、刑事局に対応をさせたほうがずっと効率がいいように思うが、決してそういうことはしない。それが官僚の世界だ。

誰が責任を取るのかをはっきりさせておかなければならない。いや、もっと有り体に言えば、誰も責任を取らなくて済む形にしておかなければならないのだ。

普段政治家の相手をしている長官官房には、そういうノウハウがしっかりと蓄積されている。

「事件の概要を教えてほしい」

「被害者は、神谷《かみや》道雄《みちお》、三十五歳。法務省のキャリアです」

「キャリアで三十五歳というと、課長クラスかな……」

「企画調査室の次長です」

「殺人なんだな?」

「警視庁はそう断定しました」

この言い方も官僚らしい。単純に「そうだ」とこたえたら、自分たちも殺人だと認識したことになる。あくまでも伝聞だということにしておかなければならないのだ。それで何かあったときに責任を逃れることができる。

「自宅付近で殺害されたということだが……」

「はい。国家公務員住宅のそばでした」

「手口は？」

「拳銃で撃たれていました。額を一発です」

隼瀬は思わず眉をひそめていた。

日本では拳銃による殺人は滅多に起きない。拳銃はたいてい、暴力団同士の抗争で使用される。

一般人が拳銃を入手するのは難しい。しかも、たった一発で仕留めるというのは、素人の手口とは思えない。

「プロの手口のように聞こえるが……」

「拳銃を使う殺し屋が日本にいるなんて、想像がつきますか？」

「想像なんて、何の役にも立たないよ。必要なのは事実だ。手口が拳銃を使うプロを物語っているのなら、そういうやつがいるんだろう」

「そうですかねえ……。使われた拳銃は二十二口径だったそうです」

「ずいぶん小口径だな……。殺傷力がそれほど高いとは思えない」

隼瀬はアメリカにいるときに、拳銃を撃った経験があった。そのときに、二十二口径を撃ったが、手ごたえがまったくなく、まるでオモチャの銃を撃っているように感じた。

「ええ。でも、小口径の銃で至近距離から撃つのがプロの手口だと聞いたことがあります。アメリカでの話ですが……」

「そんなことを熟知しているとしたら、ますます日本人とは思えないな……」

「今、警視庁が犯人の特定を急いでいます。必死ですよ」

「被害者がキャリア官僚ということで、マスコミの注目度も高いだろうからな」

「他人事《ひとごと》みたいに言わないでください」

「警備局にとっては、他人事だよ。他に何かわかったことは？」

「被害者は、半年前に離婚していますね。お子さんもいたというのに……」

「子供はいくつだ？」

「三つの娘さんだそうです」

「かわいい盛りだな。それなのに離婚か……」

「まあ、夫婦のことは他人にはわかりませんよね」

「動機に関してはどうだ？」

「まだ、報告は上がってきていませんね」

上がってこなければ聞きに行けばいい。そう思ったが、口に出さないことにした。

余計なことは言わないに限る。こちらから働きかけるのではなく、待つことが官僚の姿勢だ。

さすがに岸本も落ち着かない様子になってきた。長電話ができるような雰囲気ではないのだろう。

「忙しいところ、済まなかったな。じゃあ……」

隼瀬はそう言って、電話を切った。

警察庁は、直接事件には関与しない。だから、岸本の話を聞いていても、いまひとつぴんとこなかった。

ならば、現場の近くにいる人物に電話してみればいい。

隼瀬は、武藤武《むとうたけし》という名前をスマートフォンの電話帳から選び出した。

彼は新聞記者だ。三大新聞の中の一つで、リベラルを売り物にしている社に勤めている。社会部にいて、警視庁記者クラブの担当だ。

彼は初対面の人に必ず「上から読んでも、下から読んでも武藤武」と自己紹介する。名刺をもらったとき、隼瀬は、親はたいしたセンスをしていると思ったものだ。

武藤はすぐに電話に出た。

「はい、武藤。隼瀬さんか、珍しいな」

武藤のほうが五歳上だが、彼はいつも隼瀬のことを「さん」付けで呼んでくれる。

「法務省の役人が殺された件で、何か握ってないですか?」

「たまげたな……。警察庁の人が、新聞記者からネタを引っぱろうって言うのか?」

「利用できるものは何でも利用しますよ」

「藪蛇《やぶへび》になったりするとは思わないのか？」

「俺は何にも知らないんです。だから電話したんです。藪蛇になりようがありません」

「……で、何が知りたいんだ？」

「動機とか……」

「初動捜査では何もわからなかった。捜査一課も昨夜から駒込署に詰めているけど、捜査本部が実際に動きだすのには、もう少し時間がかかる。本格的な鑑《かん》取りはそれからになるだろう」

「わかりました」

「警備企画課のあんたが事件のことを気にしているってことは、何か公安絡みなのかい？」

「そんなんじゃありません。事件のことがよくわからないので、何か知ってそうな人に電話してみているだけです」

「なんだか怪しいよな、あんたのそういう言い方……」

「情報収集しているだけですから……」

「俺のほうも、今のところ、警察発表以外のことはわかっていない」

「そうですか。ありがとうございました」

電話を切ろうとした。

「あ、ちょっと待てよ。何かわかったら教えてくれるだろうな」

「そのときはギブ・アンド・テイクですよ」

電話を切った。

新聞記者に電話をしたのは間違いだっただろうか。隼瀬は考えた。

立場上はあり得ないことだ。だが、隼瀬は武藤に、警察官僚と記者という立場以上のものを感じていた。

武藤は決して自分を裏切らないだろうという確信があった。根拠はないが、いつからかそう信じていた。

結局、昨夜木菟田や鷲尾から聞いた以上のことはわからなかった。

電話をベッドサイドのテーブルに放り出し、ベッドに横になった。まだ胃はむかむかするし、どんよりとした疲労感があって、何もする気になれない。

こんな日は横になっているに限る。

そう思ったとき、電話が鳴った。

水木《みずき》勇吾《ゆうご》からだった。

彼は、警備企画課に二人いる課長補佐の一人だ。年齢は隼瀬より十歳上。階級も一つ上の警視正だ。

同じ課長補佐でも水木のほうが格が上ということだ。

「はい、隼瀬です」

「すぐに本庁に来られるか?」

二日酔いで、できればこのままごろごろしていたいが、嫌とは言えない。

「はい、すぐに向かいますが……。法務省官僚殺人の件ですか?」

「そうだ。被疑者が割れそうなんだ」

「警視庁からの情報ですか?」

「そうだ。SSBCだ」

SSBCは、「捜査支援分析センター」の略称だ。ビデオ解析などを一元的に引き受けている。

「被疑者がビデオに映っていたということですか?」

「電話で話せると思うか? だから来てくれと言ってるんだ」

電話が安心できないというのは、公安の常識だ。隼瀬は言った。

「三十分で行きます」

3

警察庁は、所轄の警察署などと違い、ほとんどの職員が週五日制の日勤なので、日曜日はいつもよりも静かだ。

それでも、他の省庁と同じく、必ず誰かが出勤している。特に今日は、ウイークデイと変わらないほど人が多い。

やはり刑事局のほうが賑《にぎ》やかだ。

警備企画課にやってきた隼瀬は、水木の姿を見つけて近づいた。いつものことだが、どこか崩れた感じがする。

背広にはしわが目立つし、ズボンの折り目も消えかけている。靴を脱いでサンダルをはいている。うっすらと無精髭《ぶしょうひげ》が浮いている。

日曜日だからというわけではない。普段からこんな感じなのだ。およそ警察官僚らしくない。

たいていのキャリアは、びしっとスーツを着こなし、髪を短く刈って、なおかつそれをチックと呼ばれるスティック状の整髪油などで固めている。

いまどきチックなどという整髪料を使っているのは、警察官僚だけだと言われている。

水木はチックどころか、髪はぼさぼさで手入れをしようともしない。自分は完全に出世コースから外れてしまったのだと思い、開き直っているのかもしれない。四十歳にもなって、課長補佐なのだから、なるほど出世は遅い。

水木も私立大学出身者だ。彼のようにはなるまいと、隼瀬は密かに思っていた。

隼瀬が呼びかけると、水木は渋い顔でうなずきかけてきた。

「日曜だってのに、呼び出しだよ……」

「課長からですか？」

「ああ、そうだ」

「課長はどこです？」

「長官官房だ。総務課長んとこだろう」

水木はいつにも増して不機嫌そうだ。

「被疑者が割れそうなんですって？」

隼瀬が尋ねると、水木は面倒臭そうに言う。

「戻ったら、課長が説明してくれるだろう」

「どうして、警備企画課の自分らに集合がかかったんでしょう」

「被疑者が問題なんだろう」

隼瀬は怪訝《けげん》に思った。

「それ、どういうことです？」

水木は、ただ顔をしかめただけで何も言わない。

そこに課長がやってきた。

「二人とも、休日に済まないな」

課長の名前は渡部芳郎《わたなべよしろう》。年齢は、水木の一期上で、四十一歳だ。階級は水木と同じ警視正だ。

こちらは、水木とはまったく対照的で、いつもすっきりとした身だしなみだ。ワイシャツはいつも真っ白でプレスがきいている。髪型も、警察官僚らしい短めのオールバックだ。縁なしの眼鏡が知的な顔立ちに合っている。

体格は引き締まっており、摂生を物語っていた。

渡部課長は、常に穏やかで決して声を荒らげることはない。部下に対して常に気配りをしてくれる。理想的な上司であり、理想的な警察官僚だと、隼瀬は思っていた。

隼瀬と水木は課長室に入り、机の前に立った。席に着くと、渡部課長が言った。

「SSBCがビデオ解析を行ったことは知っているな?」

隼瀬は「はい」とこたえた。水木は無言でうなずいただけだ。

渡部課長は手にしていたクリアファイルからA4判のコピー用紙を取り出して、隼瀬と水木の二人に手渡した。

映像から作成した静止画のプリントだ。そこに、ある人物が写っている。

黒っぽいジャンパーに、黒っぽいズボン。

隼瀬は眉をひそめた。

「白人のように見えますね」

渡部課長がうなずいた。

「SSBCでもそう言っている」

水木はすでに知っていたようだ。「被疑者が問題」と言ったのは、そのためかもしれない。

隼瀬は、岸本から聞いたことを思い出して言った。

「使用されたのは、二十二口径の拳銃だったということですね。それは、アメリカではプロの殺し屋の手口と言われているのではないですか？」

渡部課長は、隼瀬を見てかすかにほほえんだ。

「さすがだな。どこからその情報を得たんだ？」

「刑事局の者から聞きました」

渡部課長はうなずいた。

「今警視庁では、この映像をもとに、被疑者の割り出しにつとめている。刑事だけじゃなく、外事一課と外事三課が動き出した」

「外事が……？」

公安部外事一課は、ロシアや東ヨーロッパの犯罪行為や工作活動を捜査対象としている。外事三課は、国際テロが担当だ。

渡部課長が言った。

「そうだ。その情報は、警視庁の捜査本部にではなく、うちにやってくる」

そういうことか。

隼瀬は思った。それで呼び出されたわけだ。

ロシアや東欧が絡む犯罪だったり、国際テロだったりした場合、公安は独自に動かなければならない。捜査本部はあくまで、被疑者の刑事責任を追及するのだが、公安はその背後にあるものを探らなければならない。

渡部課長がさらに言った。

「専任のチームを作って、上がってくる情報に対処してくれ。君たち二人が統括するんだ。交代でやってくれ」

交代でやれというのは、二十四時間態勢で臨めということだ。

水木が、露骨に溜《た》め息《いき》をついた。

それでも、渡部課長が機嫌を損ねることはなかった。

「たいへんだとは思うが、大切な任務だ。もちろん、私もいっしょにやる」

課長はおそろしく多忙だから、「いっしょにやる」と言われても額面通り受け取るわけにはいかない。シフトに組み込むわけにはいかないのだ。結局、水木と二人で専任チームを統括することになるだろう。

隼瀬は、水木のように不満を表に出したりはしなかった。そうした小さなことが出世の妨げとなるのだ。

「では、さっそくかかってくれ」

隼瀬は礼をしただけだった。二人は課長室を出た。

部屋の外で、理事官が待っていた。警備企画課には、理事官が二人いる。その一人は裏の理事官と呼ばれており、彼が統括する係は、全国各地の協力者の情報を管理している。

また、その係では全国の公安マンの研修を担当している。それ故、裏の理事官は、公安マンたちから「校長」と呼ばれることもある。その係はかつてチヨダと呼ばれ、今はゼロと呼ばれている。

隼瀬と水木を待っていたのは、「表」の理事官だった。名前は早川宗則《はやかわむねのり》。水木の同期で、階級も同じだ。

「専任チームを作るんだって?」

課長の前では一言もしゃべらなかった水木がこたえた。

「二十四時間態勢だってよ。そんな必要あんのかよ」

「二人じゃきついだろう。俺も加わろう。そうすりゃ三交代だ」

同期なので、早川と水木はタメ口だ。

隼瀬は言った。

「それなら、チームのメンバーも三交代にしましょう。三人ずつで九人というところで

「二人ずつでいい。そんなに人手は割けねえよ」

それを受けて早川理事官が言った。

「じゃあ、二人ずつ三交代で六名だ。人選してくれ」

水木が面倒臭そうにしかめ面をする。

「服部《はっとり》さんは、手伝ってくれねえのか？」

服部忠司《ただし》は裏の理事官で、四十三歳の警視正だ。

早川理事官は苦笑して言った。

「ゼロの大将は、いざというときに全国の作業班を動かさなけりゃならない。裏は裏なんだよ」

水木は、不満そうに肩をすくめただけで何も言わなかった。

理事官に「人選してくれ」と言われたが、そういう面倒なことを水木がやるはずがない。結局、隼瀬がやることになった。

席に戻ると、水木が言った。

「さて、そろそろ昼飯時だな。メシに行っていいか？」

「三交代ですよね。最初は自分が当番をやりますから、交代までご自由に」

当番、非番、日勤または休み。そのサイクルを繰り返すのが三交代だ。警視庁以外の道府県警はだいたいこれを採用している。

警視庁は、四交代で三交代よりも負担が軽い。

三交代の場合、当番は、午前八時半から、翌日の午前八時半まで。その後は非番となり帰宅できる。翌日は状況により日勤になったり、休みになったりする。

おそらく、隼瀬は休めないだろう。非番の翌日は日勤で、普段と同じように出勤しなければならない。

水木は、しっかり休みを取るに違いない。早川理事官は状況次第だろう。

「じゃあ、明日は俺が当番をやろう。明日にそなえて、俺は引きあげるぞ」

「わかりました」

どうせいても役に立たないだろう。帰ってもらったほうが助かる。

隼瀬はそう思った。

水木が部屋を出て行くと、隼瀬は当番の者だけを残して、他の専任チームのメンバーを帰宅させることにした。

でないと三交代の意味がない。

会議室に専用の電話を用意させ、三人でそこに詰めた。その専用電話の番号は、ゼロのチャンネルを通じて、全国の公安部や公安課に知らされることになるはずだ。

特に、警視庁の外事一課、外事三課には直接連絡が行っているだろう。

役所の連絡業務は時間がかかることが多いが、警察庁と警視庁の連絡に関しては例外だ。特に公安関係は、動きが速い。

水木は昼飯時だと言って出て行った。二日酔いだが、腹は減る。専任チームの電話はまだ鳴らない。二人のメンバーは退屈そうにしている。

彼らにも食事をさせる必要がある。隼瀬は、弁当を三人前買ってくるように命じた。

一人が買い物に出かけた。

その姿を眺めながら、隼瀬は思った。

交代勤務など、いつ以来だろう。初めての研修で、交番勤務を経験したが、それ以降はなかったはずだ。

交番に立っている新米が警部補という、いびつな状況だった。キャリアは警察官生活を警部補からスタートするのだ。

交番の責任者は巡査部長だから、それよりも階級が上ということになる。

専用電話が鳴らないからといってぼんやりしている手はない。隼瀬は一人残った専任チームメンバーに命じた。

「新聞記事等の資料を集めておいてくれ。ファイルができたら、すぐに見せてほしい」

「わかりました」

専任チームはいずれも若い職員だ。だが優秀であることは間違いない。彼らもキャリアなのだ。多くは東大法学部卒だろう。

優秀な人材が集まる警察庁の中に、どうして水木のような人物が紛れ込んでいるのだろう。

隼瀬はそんなことを考えていた。

出かけてから三十分ほどで、弁当を買いに行っていた職員が戻ってきた。

三人は会議室内でそれを食べはじめた。隼瀬は弁当を食べながら、先ほど渡部課長から手渡された、静止画のプリントアウトを見つめていた。

やはり白人に見える。外事一課は、ロシア人などの情報を当たっているはずだ。ロシア人が日本国内でテロを起こす理由はあまり考えられないが、可能性はゼロではない。

国内には、驚くほど多数のロシア人スパイがいると言われている。最初その話を外事一課の者から聞いたとき、隼瀬は被害妄想ではないかと思ったほどだ。

そんなことを考えていると、専用電話が鳴った。すぐさま一人が電話を取る。

相手の話を聞きながらメモを取っている。やがて、電話を切ると、彼は席を立ち、隼瀬に近づいてこようとした。

隼瀬は言った。

「狭い会議室なんだ。その場で報告すればいい」

「はあ……」

その若い職員は立ち止まると、もとの位置に戻って言った。

「警視庁の外事三課からです。被疑者の身元情報が、もうじき入手できるかもしれないと……」

「……かもしれない、というのはどういうことだ？」

「問い合わせをしている最中だということです。問い合わせ先が国内ではないので……」

「国内じゃない……？」

「ええ。アメリカのようです」

「つまり、被疑者はアメリカ人だということか？」

「その可能性が高いということらしいです。公安のチャンネルを通してアメリカ側に接触したので、まだ刑事たちは知らない情報のようです」

こういうことをするから、刑事に嫌われるんだよな……。隼瀬はそんなことを思っていた。

4

夕刻になっても、外事三課からの続報はなかった。アメリカからの返事がないということだろう。

隼瀬は、専任チームの二人に言った。

「外事三課が、被疑者をアメリカ人だと考えた根拠は何なのだろうな」

電話を受けたほうがこたえた。

「根拠については何も言っていませんでした」

彼の名は太田《おおた》だ。まだ二十代だ。もう一人は飯島《いいじま》。彼も二十代だが、太田よりも少しだけ先輩だ。

飯島が言う。

「調べてみましょうか?」

「頼む」

隼瀬は、二人が集めた新聞の記事を読んでいた。どこの新聞も似たり寄ったりの記事だ。

警視庁記者クラブに詰めている記者が、警察発表をそのまま記事にするから、似通っているのも当然だ。

それでも、記事からいろいろと読み取れるものだ。ニュアンスで、警察がどこまでつかんでいるかが感じ取れるのだ。

長年新聞や雑誌の記事を詳しく読み、実際の警察の動きと比較しつづけた成果だ。

その結果隼瀬は、捜査本部がまだ何もつかんでいないも同然なのだと理解した。

被害者の名前や素性はわかっている。だが、動機も不明だし、犯行の詳しい状況もまだわかっていないらしい。

太田と飯島は、どこかに電話をかけている。専用電話とは別の固定電話だ。

公安の関係者は、携帯電話を嫌う。電波が傍受されていることを知っているからだ。やろうと思えば、盗聴は簡単だ。

固定電話も盗聴の危険はあるが、電波を使う携帯電話に比べればずっと安全だ。

だが、あまり神経質になるのもどうかと、隼瀬は思う。

携帯電話によって、世の中は格段に便利になった。その利便性を享受しない手はないのだ。

話す内容に気をつければいいと、隼瀬は考えていた。携帯電話で話す内容は誰かに聞かれているという前提でいれば間違いない。

そろそろ夕食の手配をしなければならない。

店屋物を取る手もあるが、やはりコンビニ弁当ということになりそうだ。

なんだか、食事の心配ばかりしているな……。

そんなことを思いながら、太田に命じた。

「三人分の弁当を買ってきてくれ」

飯島が言った。

「昼は太田が行きましたから、自分が行きましょう」

買い物などの雑用は、一番下っ端の仕事だ。隼瀬はなんとなくそう思っていた。だが、飯島はそうではないらしい。

警察は厳然とした縦社会だ。先輩の言うことには絶対服従なのだ。上意下達が原則だからだ。

キャリアの世界でも、その風潮は生きていると隼瀬は思っていた。だが、最近はそうでもないということなのだろうか。

飯島と隼瀬は三期の差しかないはずだ。それなのにそんな違いがあるのだ。たった三年で時代は変わるものらしい。

「どっちでもいい。だが、あまり席を空けてほしくないので、急いで行ってきてくれ」

「心得てます」

飯島が出かけていくと、ほどなく太田が言った。

「消去法のようですね」

一瞬、彼が何を言っているのかわからなかった。

「何のことだ？」

「ビデオの人物をアメリカ人ではないかと考えた理由です」

「ああ、外事三課の話か。消去法というのはどういうことだ？」

「外国人らしい人物の場合、まず入管のデータを当たります。それで該当なしだったようです。長期滞在ということも考えられるので、かつての外国人登録のデータも当たったようです。それでも出てこなかったので、アメリカ人ではないかと……」

「なるほど……」

つまり、入国管理を通っていないということだ。外国人が空港や港に到着したら、必ず入管庁が把握する。

その記録がない外国人というのは、ごく限られている。

外交官特権を持っている人物か、米軍基地経由で出入りする人物だ。

外交官が法務省の官僚を殺害する可能性はきわめて低いだろうから、残された可能性は、米軍基地経由で日本国内に入った人物、すなわちアメリカ人ということになる。

アメリカ軍関係者、あるいは軍に伝手《つて》のある人物は、ほとんどフリーパスで日本に出入りできる。普段、それをあまり意識したことはないが、もし、殺人者が米軍基地経由で入国したとなれば、面倒なことになると、隼瀬は思った。

「施設に張り付くように言いますか？」

太田にそう言われたが、またしても彼が何を言っているのかよくわからなかった。

太田はよくこういう言い方をする。言葉や説明を省くのだ。頭がいいのだろう。こちらが同じように理解しているという前提で話をするのだ。

隼瀬は質問した。

「誰が、何の施設に張り付くというんだ?」

「警視庁公安の実動部隊を動かして、米軍や合衆国政府関連の施設に張り付くように言ってはどうでしょう?」

隼瀬は驚いた。

「まだ、被疑者がアメリカ人と決まったわけじゃない。未確認情報をもとに、張り込みなんかやるわけにはいかない。しかも、相手はアメリカだぞ。へたなことはできない」

太田はつまらなそうに肩をすくめた。

「常に早めに手を打っておいたほうがいいと思いますけどね……」

「第一、俺にそんなことをやらせる権限はない」

「専任チームの統括でしょう? そういう権限があるということじゃないですか?」

「作業班じゃないんだ。この専任チームは、情報収集をするだけだ」

公安の世界では、「作業」は特別な意味を持つ。敵対勢力に対する工作のことなのだ。

太田は、説明を省くだけでなく、煩雑な手続きをすっ飛ばしたがる傾向がある。

こいつは将来、きわめて有能な公安マンになるか、自滅するかのどちらかだと、隼瀬は思っていた。

しばらくすると、飯島がコンビニの袋をぶらさげて帰ってきた。袋には弁当だけでなく、カップ入りのインスタント味噌汁《みそしる》と眠気覚ましのドリンクも入っていた。

飯島はよく気配りをする。上司や先輩にかわいがられるタイプだ。こちらは太田と違って、公安に限らず、いい警察官僚になるだろう。

三つとも違う弁当だった。隼瀬のはチキンカツ弁当だ。飯島は、隼瀬がトンカツよりもチキンカツのほうが好きなことを知っていたようだ。

このへんの心配りもたいしたものだと、隼瀬は思った。

食事が済むと、倦怠《けんたい》の時間がやってくる。電話もしばらく鳴っていない。

隼瀬は時計を見た。まだ午後七時過ぎだ。当番が終わるまで十三時間以上ある。

捜査本部も二十四時間休みなく動いている。いつ貴重な情報がもたらされるかわからない。

それはわかっているのだが、当番の間ずっと気を張っているわけにもいかない。隼瀬は、資料を見る振りをして、ぼんやりと考え事をしていた。

鷲尾と歩美のことを、また思い出していた。

法務省のキャリア官僚が殺害されたのは、大きな事件だ。だから、こうして二十四時間態勢で仕事をしているわけだ。

だがやはり、身近なことに関心が向くのは仕方のないことだ。特に歩美のことは気になる。

誰だってそうなのではないか、と隼瀬は思う。

鷲尾と歩美が、隼瀬の知らない間に付き合いはじめたのではないだろうか。それは、今の隼瀬にとっては、官僚の殺人事件よりも大問題だった。

土曜会で木菟田が言ったことが、まだ気になっていた。……というか、あの一言のせいで、妙な疑惑が湧いてしまったのだ。

鷲尾や歩美に直接訊《き》く度胸はない。ならば、木菟田に訊くしかないか……。

隼瀬はそう思いつつ、迷っていた。

そんなことを訊いてどうする。もし、鷲尾と歩美が付き合っているのだったら、それを知ったところでどうしようもない。

また、そんな事実がないのなら、詮索するのはまったく無駄なことだ。

つまり、どちらの場合でも、訊くだけ無駄、というわけだ。理屈ではわかる。それでも、知りたいと思うのが人情だ。

だから、隼瀬は迷っているのだ。

官僚が殺害されるという衝撃度が高い事件が起き、なおかつ犯人が外国人かもしれないという、けっこう面倒な仕事だ。

その最中に、仲間内の恋愛について考えている。もし、納税者に知られたら不謹慎だと言われるかもしれない。

だが、仕事などこんなものだと、隼瀬は思う。

殺人事件なのだから、主導権を握っているのは警視庁の捜査一課だ。外事一課と外事三課が動いているが、それほど深く関わるつもりはないはずだ。

隼瀬たちはたいてい、事件に対する形ばかりの調査をして、すぐに次の仕事に移っていく。

役所の仕事は体裁が整っていればいいのだ。渡部課長が、二十四時間態勢の専任チームを立ち上げたのは、熱心に仕事をしているというポーズに違いない。

長官官房に対するポーズであり、同時に警視庁に対するポーズでもある。

隼瀬はそう理解していた。だから、本気で事件のことにのめり込んでいるわけではない。

事件を解決するのは捜査一課率いる捜査本部であり、暗躍するのは警視庁公安部の外事一課と三課なのだ。

隼瀬たち警察庁の人間が、実際に事件を手がけるわけではないのだ。だからつい、今一番関心のある事柄のほうに思考が流れて行ってしまう。

太田と飯島は、ほとんど話をしない。だから、電話がないときは、会議室の中はほぼ沈黙が支配している。

上の世代なら、きっと無理にでも会話をするに違いない。沈黙の重苦しさに耐えられないのだ。

だが、今の二十代は会話などなくても平気なようだ。彼らは、ずっとスマートフォンを見ている。誰かと連絡を取り合っているのだろうか。

あるいはゲームでもやっているのかもしれない。

そう思って、隼瀬は二人に言った。

「ケータイは危険だぞ。特にスマホは、いろいろなデータがどんどん蓄積されていくからな」

太田が言った。

「別に覗《のぞ》かれてまずいことはしてませんから……」

いかにも太田らしい言い方だ。

「何かを検索すれば、そのデータがスマホのOS経由で、そのOSを開発した会社のサーバーに蓄積されていく。それでもまずいことはないと言い切れるか？」

「事件のことを調べていたんですよ」

太田が言う。「速報性で、インターネットに勝てるメディアはありませんからね」

「自分もそうです」

飯島がそう言った。

隼瀬は、二人に尋ねた。

「それで、何か新しい情報は？」

太田がかぶりを振った。

「何も出て来ませんね」

そして、怪訝そうな顔で付け加える。「被疑者が外国人らしいという情報すら、まだ出ていません」

隼瀬は別に気にならなかった。

「警視庁も秘密主義だからな。身柄を押さえるとか、所在の確認ができている場合じゃないと、なかなか氏名を発表しようとはしないだろう」

飯島が言う。

「警視庁が何かを知っていながら、それを発表しないような場合は、記者がプレッシャーをかけるんじゃないですか」

隼瀬は苦笑した。

「今時そんな骨のある記者がいるかな……。それに、警視庁が何を隠しているか、探り当てられる記者もいないだろう」

太田は再び、スマートフォンをいじりはじめた。

本当に事件のことを調べているのかな……。ガールフレンドとメッセージを交換しているだけなんじゃないのか。

隼瀬はそう思ったが、何も言わなかった。

よしんば、そうであっても、別に文句を言うつもりはなかった。やるべきことをやってくれれば、それでいい。

結局その日は、外事三課から被疑者についての知らせはなかった。

月曜の朝になり、人々は通常どおり出勤してくる。

水木は、交代時間の八時半ぎりぎりにやってきて、隼瀬に言った。

「じゃあ、交代しようか」

「昨夜の記録は、まとめてあります。課長に報告してから帰ります」

「ああ、お疲れ」

そのときちょうど、隼瀬と水木が渡部課長に呼ばれた。課長室に行くと、いきなり言われた。

「専任チームの件は終了だ」

5

隼瀬は一瞬、何を言われたのか理解できず、ぽかんとした顔で突っ立っていた。隣に立っている水木も何も言わない。

渡部課長がさらに言った。

「外事一課、外事三課とも、今回の事件に公安が関わる必要性がないと判断して、手を引いた。したがって、その情報を集約する役割だった専任チームも必要なくなった。以上だ」

肩すかしを食らったような気分だった。

しかしまあ、こんなもんだろうと、隼瀬は思った。もともと、公安が関わるような事案ではなかったのかもしれない。

これで、通常の勤務に戻れるな。おそらく、水木もほっとしているだろう。隼瀬はそう思った。

「警視庁の捜査は続くんでしょうね」

水木が言った。

この発言に、隼瀬は少々驚いた。

内容にではない。水木が発言したことに驚いたのだ。専任チームを作ることを指示されたとき、彼は何も言わなかった。

やる気がないからだと思っていた。交代制で二十四時間態勢のチームというのはたいへんな仕事だ。内心うんざりしていたのは、隼瀬も同じだ。

だから、その仕事がなくなると知って、水木は喜ぶものと思っていたのだ。

まさか、事件のことを気にしているような発言をするとは思わなかった。

渡部課長がこたえた。

「そりゃあ、殺人事件なのだから、捜査はするだろう」

あまり気のない返事だ。

それはそうだろう。警視庁の捜査についていちいち関与してはいられない。現場に任せておけばいいのだ。それに、殺人事件なのだから、警察庁が関わるとしても刑事局の仕事だ。

水木が言う。

「まさか、警視庁の捜査も事実上打ち切り、なんてことはないでしょうね」

「事実上の打ち切り……?」

「捜査本部の体裁だけは維持しつつ、実質的には捜査を進めない、というようなことが……」

渡部課長は苦笑した。

「なぜそんなことを言うんだ。あるはずがないだろう、そんなことが……」

「間違いなく、被疑者は日本の警察が逮捕するのですね」

「東京都内で起きた殺人だ。当然警視庁が逮捕するだろう」

渡部課長の態度が曖昧になってきた。

水木がさらに何か言おうとした。それを遮るように、渡部課長が言った。

「とにかく、専任チームの件はなしだ。昨夜は隼瀬が当番だったんだろう？　今日は明け番だから帰っていいぞ」

渡部課長は、手もとの書類を手に取った。これ以上は話をするつもりはない、という意味だ。

水木はしばらく課長を見つめていたが、やがてくるりと踵《きびす》を返して部屋を出て行った。

隼瀬は礼をしてそのあとを追った。

課長室を出ると、隼瀬は水木に言った。

「面倒な仕事がなくなってよかったじゃないですか」

水木は皮肉な感じの笑みを浮かべて言った。

「まあ、そうだな……」

本当にそう思ってはいないような口調だ。

「事件のことが気になるんですか？」

水木はしばらくこたえなかった。やがて席に着く直前に、彼は言った。

「おまえは気にならないのかよ」

隼瀬は、会議室に行き、まだそこにいた飯島と太田に、チームの解散を告げ、帰宅するように言った。

飯島は驚いた顔で、何か質問したそうにしていたが、太田は何事もなかったように片づけを始めた。

隼瀬は席に戻ると、水木に言われた一言について考えはじめた。

気にならないわけではない。だから、刑事局の岸本や、新聞記者の武藤に電話をしたのだ。

いや、正確に言うと本当に気にしていたかどうかは疑問だ。事件のことを知ろうとしたのは、見栄《みえ》があったからかもしれない。

防衛省の鷲尾や外務省の木菟田が、自分の知らないことを知っていることが悔しかった。

そして、歩美の「犯人の目星は？」という問いにこたえられなかったことが一番残念だった。

ともあれ、もうこの件は終わったのだ。いつまでも一つの事案に関わってはいられない。仕事は次から次へとやってくる。

課長に帰れと言われたのだから、ありがたく帰宅することにした。帰り支度をして、水木に声をかけた。

「じゃあ、自分は明け番で上がります」

「ちょっと待て」

「は……？」

水木は周囲を見回して、声を落とした。

「妙だと思わないか？」

「何の話です？」

「どうして急に打ち切りになるんだ？」

「殺人の話ですか？」

「他に何があるんだ」

「外事一課と外事三課が手を引いたというんだから、仕方がないですよ」

「だから、妙だと言ってるんだ」

「どうしてですか？」

「唐突過ぎるし、一課と三課が同時に手を引くなんておかしいじゃないか」

「たまたまでしょう」

「被疑者の身柄を取ったわけじゃないんだ」

「どういうことです？」

水木は、顔をしかめて、軽蔑するような眼差《まなざ》しを向けてきた。

「おまえ、警察官僚だろう。ただの役人じゃないんだ。捜査感覚が必要なんだよ」

たしかにそうかもしれない。

だが、キャリアは実際に捜査をするわけではない。現場に出ることもあるが、それは研修が目的の場合が多い。

「被疑者の身柄と、外事一課、外事三課が手を引いたことと、何の関係があるんですか?」

「いいか。捜査から手を引くってのは、疑いがなくなったってことだろう。被疑者を直接調べもしないで、なんで疑いがなくなるんだ?」

「そんなことは、現場の捜査員に訊いてくださいよ」

「課長には内緒で、調査を続けるぞ」

「え……? 何を言ってるんです?」

隼瀬は耳を疑った。

何事にもやる気がなさそうな水木の発言とも思えない。

「俺は納得できない。何か理由があるに違いない」

「だって、専任チームは解散ですよ。外事一課や三課からの情報も、もう入って来ないんです」

「やりようはいくらでもある」

「やるなら一人でやってください。自分は課長の指示に逆らうなんて嫌です」

水木はしばらく隼瀬を見つめていたが、やがて言った。

「わかった。帰んな」

隼瀬から目をそらし、二度と隼瀬のほうを見ようとしなかった。

なんだか後味が悪いな。

そんなことを思いながら、隼瀬は帰宅した。

部屋に戻ると、すぐにベッドにもぐりこんだ。さすがに疲れていた。昨夜は仮眠は取ったものの、まともに寝ていない。

蒲団《ふとん》をかぶるとたちまち眠りに落ちた。

不快な物音に、その眠りを妨げられた。目覚ましかと思ってベッドサイドテーブルに手を伸ばしたが、覚醒するにしたがい、それが携帯電話だということに気づいた。

無視して眠りに戻ることもできる。だが、隼瀬は携帯を手に取った。

水木には捜査感覚が不足しているような言い方をされたが、警察官僚としての自覚はある。どんなときでも電話には出ることにしている。

武藤武の表示があった。

「はい、隼瀬」

「どういうことだ」

「何の話ですか？」

まだ頭が回っていない。

いや、武藤の言い方が唐突なのだ。

「捜査本部だよ。できたと思ったら、一気に縮小だ」

「縮小……？」

「五十人態勢で始まったんだ。法務官僚が殺されたんだからな。それなりの態勢でスタートした。場合によっては、拡大されるんじゃないかと思っていた。それがだ……」

「ちょっと待ってください」

隼瀬は混乱していた。寝起きのせいもあるが、どうして武藤がこんな電話を自分にしているのかが理解できなかった。

「なんだ？　寝ぼけてるのか？」

「そのとおりですよ」

「え？　カイシャにいるんじゃないの？」

「明け番で寝てたんです」

「明け番……？　課長補佐のあんたにも当番があるのか？」

「ちょっと特殊な事情でね……」

「そいつは済まなかったな。だが、もとはと言えば、そちらから言いだしたことだ」

「たしかに、事件のことを質問しましたね……」

「あちらこちらに当たったのだろう。何か知ってるんじゃないのか？」

「何も知りませんよ。捜査本部が縮小した、ですって？　それは警視庁の問題で、自分らは関係ありませんよ」

「警察庁が警視庁の事案について関係ないと言うのか？　それは通らないな」

「とにかく、俺は何も知りません」

「ギブ・アンド・テイクだと言わなかったか？」

「何か教えてくれれば、こちらも教えます。ただし、俺は事件についてほとんど知らないので、教えようがありませんが……」

これは嘘《うそ》だ。

被害者は自宅の近くで殺害されたことを知っているし、被疑者が外国人らしいことも知っている。

武藤が言った。

「捜査本部が縮小されたことを教えたじゃないか。そのことは知らなかったんだろう」

「じきにわかったはずです。警察庁と警視庁の連絡は、武藤さんが思っているより密なんですよ」

「そんな能書きはいい。いったい、何が起きているのかを教えてくれ」

「ですから、何も知らないのに、教えようがありませんよ」

食い下がる記者をうまくあしらう。それも警察官僚に必要な能力の一つだ。

「シラを切ってもだめだ。そっちから電話してくるなんて、妙だと思ったんだ。あれはつまり、調べてみろというメッセージなんだろう？　そして、調べはじめたとたんに、捜査本部に縮小の動きがあった……」

「誤解です。調べろなんて言ったつもりはありません」

「だが、当然そうなると予想できたはずだよな」

やはり新聞記者に電話したのはうかつだったかもしれない。

隼瀬は後悔していた。

「気になるなら、追ってみたらどうです？　俺は何も知りません」

「また連絡する」

電話が切れた。

携帯電話をベッドサイドテーブルに放り出して、うつぶせになった。

また眠ろうと思ったのだ。そのままの状態で考えていた。

水木といい武藤といい、いったい何を騒いでいるのだろう。

外事一課と外事三課が手を引いた。そして、捜査本部が縮小した。どちらも警視庁の都合でやったことだろう。

警察庁の、しかも公安の元締である警備企画課の隼瀬にはまったく関係のないことだ。

だから、今俺がやるべきなのは、眠ることだ。

隼瀬はそう思ったが、なんだか目が冴《さ》えてしまって眠れそうになかった。ゆっくりと身を起こすと、隼瀬はあらためて考え直してみた。

水木や武藤が言うように、この事案には、どこか妙なところがあるのだろうか。

被害者が法務省の官僚だったのは、たしかにマスコミの注目を集めるに充分な要素だ。

しかも、犯人は外国人らしいということだ。

外国人が法務官僚と知って狙ったというのなら、それは何か意味ありげに思える。

しかし、殺害した相手がたまたま官僚だったということもあり得る。そこまで考えて隼瀬は、警察署の現場で研修を受けたとき、そこの捜査員に言われたことを思い出した。

「警察官は、たまたまとか偶然とか考えてはいけない」

世の中に偶然はたくさんある。それは事実だが、警察官は因果関係に着目する必要がある。

ここは、犯人が法務官僚と知って殺害したと考えるべきだ。そうなると、たしかに見過ごせない事案だという気がしてくる。

そして、被疑者が外国人らしいというのも気になる。さらにその人物の入国記録がないということだった。

隼瀬はしばらく考えてから、再び刑事局の岸本に電話してみることにした。

今日は呼び出し音三回で出た。

「はい、岸本」

「隼瀬だ。今、電話、だいじょうぶか?」

「ええ。なんだか、急に暇になりましたから……」

「暇になった……?」

どういうことかと、隼瀬は訝《いぶか》った。

6

「そうなんですよ」

電話の向こうで、岸本が言った。「法務官僚が殺害されたということで、昨日は緊急で招集がかかったんですが、今朝になってその件は、警視庁に任せればいいから、ということになって……」

隼瀬は、奇妙な感覚に襲われた。

一種の不安感だが、これまであまり味わったことのない感覚だった。恐怖に近いかもしれない。

「待ってくれ。今、携帯電話なんだが、固定電話からかけ直す」

「何です？　盗聴を気にしているんなら、携帯だろうが固定電話だろうが、あまり変わりませんよ」

「固定電話のほうがいくらかましなはずだ。とにかくかけ直す」

隼瀬はスマートフォンを切り、ベッドサイドテーブルにある固定電話の受話器を取った。

官舎に引っ越してくるときに、固定電話などいらないだろうという友人は多かった。

今時の若者の多くは、携帯電話だけで生活している。

だが、警察庁の先輩から、固定電話を必ず敷設するように言われた。公安にたずさわる部署に就いて、その意味を強く意識するようになった。

岸本が言ったように、盗聴しようと思えば、携帯電話からも固定電話からも同様に可能だ。

だが、端末から電波を飛ばしている携帯電話の場合、傍受される危険は桁違いなのだ。

固定電話から、岸本の部署の固定電話にかけて、彼を呼び出してもらった。

「はい、岸本」

「隼瀬だ。話の続きだが、刑事局は官僚殺しの件から離れたということか?」

「いやあ、通常どおり何か特別なことがあれば警視庁の刑事部から報告は受けますよ。でも、自分らはお役御免になりましたから……」

「お役御免……。具体的にはどういうことだ?」

「当初は、警視庁の捜査本部に呼応する形で、刑事局内にも情報収集のための本部を作る予定だったようですが、その必要はないと判断されたようですね」

「誰が判断したんだ?」

「さあ……。誰か上の人でしょう」

上の判断は、官僚にとっては絶対だ。それが、直属の上司のものであろうが、長官や大臣のものであろうが変わりはない。

「さっき、警視庁に任せることにしたと言ったな」

「ええ。まあ、警視庁が捜査をするのは当然のことでしょう。殺人事件なんですから」

「その警視庁だがな」

隼瀬は、意味がないと知りつつ声を落とした。「捜査本部ができたあとに、外事一課と外事三課も調査活動を始めた」

「それもまあ、当然の措置ですね」

「ところが、今日になって急に外事一課も外事三課も手を引いたというんだ」

「へえ……」

関心なさそうな口調だ。

「さらに、だ。捜査本部も急に縮小したという話だ」

「はあ……」

「なんだか、妙な動きじゃないか。警察庁も警視庁も、今日になって急にトーンダウンしたように思える」

「事件は毎日起きています。初動捜査である程度のことが判明したので、捜査態勢を縮小したということじゃないですか」

その言葉はもっともらしい。

いつもの隼瀬なら、それで納得したかもしれない。だが、今回はそうはいかない。

水木や武藤に言われるまで、気づかなかったのだが、今は何か妙なことが起きつつあると感じていた。

「アメリカからの返事はあったのか？」

「さあ……。どうなんでしょう」

「まるで他人事だな」

「他人事ですよ。警視庁の事案ですからね」

たしかに警察庁は、個別の事案について捜査をすることはない。あくまでも全国の警察の指導・統括が役割だ。

だから、事案の詳細について岸本が知らなくても不思議はない。だが、被疑者がアメリカ人かもしれず、それについての調査報告がアメリカから届いたかどうかは、警察官僚にとって重要な事柄なのではないか。

隼瀬はそう思って言った。

「誰か知っている者はいないのか？」

「隼瀬先輩」

岸本は口調を改めた。「いったい、どうしたと言うんです。外事一課も外事三課も手を引いたのでしょう？　ならば、公安の仕事ではないはずです」

いきなりそう切り返されて、隼瀬は一瞬しどろもどろになった。

「どうもしないさ。ただ、気になるだけだ。急に潮が引くようにみんなが事件から遠ざかったような気がしてな」

「さっきも言いましたが、通常の措置なんじゃないですか」

反論しかけて隼瀬は、はっとした。

まるで無関心な様子だが、そんなはずはない。岸本はもともと優秀な男でやる気もある。

彼が、事件に関心を寄せていないように思えるのには何か理由があるはずだ。

おそらく、何かを警戒しているのではないかと、隼瀬は思った。庁内では話せることは限られている。固定電話だが、どこで誰が聞いているかわからない。電話で話すような内容ではないのだ。

それに気づいて、隼瀬は言った。

「そうだな。おまえの言うとおり、通常の措置と言えるかもしれない」

「はい」

「また連絡する」

隼瀬は電話を切った。

受話器を持つ手に汗が滲《にじ》んでいた。それを部屋着にしているジャージのズボンでぬぐった。

考え過ぎかもしれない。

岸本は本当に、たいしたことだとは思っていない可能性もある。事件は次々と起きる。そのすべてに関心を持ってはいられないのだ。

だが、法務官僚が外国人に殺害されるというのは、警察官僚が無関心でいられる事案とは思えなかった。

やはり、何かが起きているのだろうか……。

岸本を呼び出して、詳しく話を聞くという手もある。

だが、どうやって呼び出せばいいのだろう。携帯電話も固定電話も安全ではない。だとしたら、メールも危険だ。

普段はまったく気にせず連絡を取り合っているのだが、一度気になりはじめたら、完全に安全な連絡法などないように思えてくる。

岸本が警察庁にいる限り、この件で連絡を取るのはひかえたほうがいい。隼瀬はそう思った。

根拠があるわけではない。気にしすぎかもしれないとも思う。

だが、注意するに越したことはない。水木や武藤は、異変に気づいている様子だった。彼らの判断が正しいとは限らないが、甘い判断よりも、最もシビアな判断を行動の基準にすべきだと、隼瀬は思った。

一眠りしてから昼食に出かけようと思っていたのだが、すっかり目が覚めてしまった。いろいろなことが気にかかり、空腹を感じなかったが、食事はできるときに摂《と》ることにしている。

近所に気に入っているトンカツ屋があり、そこに出かけることにした。一人暮らしで、なおかつ生活が不規則だと、自炊をする気にならなくなる。材料を買っても、冷蔵庫の中で腐らせてしまうことになる。栄養の偏りが心配だが、どうしても外食ばかりになる。

トンカツ屋といっても、注文するのはいつもチキンカツ定食だ。漬物や味噌汁がついているし、大量の千切りキャベツをいっしょに食べるので、そこそこ栄養のバランスは取れているように思える。

実際はそうでもないかもしれないが、宅配ピザなんかよりはましだろうと思う。

腹が満たされれば、精神も安定する。落ち着いてみれば、隼瀬個人に危機が迫っているわけではないことに気づく。

だから、過剰に警戒することはないのだ。

急に気分が楽になり、眠気を覚えた。

腹が満たされれば、眠くなる。実にわかりやすい。

また眠れそうな気がしてきたので、ジャージ姿のままベッドに入った。警察庁から帰宅したときと同様に、すぐに眠った。

目を覚ますと、暗くなっていた。時計を見ると午後五時を過ぎている。たっぷりと眠ると、さらに気分が軽くなっていた。

警視庁の捜査態勢が縮小されたからといって、騒ぐほどのことではないだろうという気がしてきた。

さっきはなんであんなに不安になっていたのか不思議なくらいだった。

明日は、新たな気分で仕事に出られるだろうと、隼瀬は思った。警視庁などでは、明け番の翌日に休みをもらえたりするのだが、警察庁はそうはいかない。国家公務員はなかなか楽をさせてはもらえない。

さきほどまで法務官僚殺しの件が、頭の大部分を占めていたのだが、それが落ち着いてくると、相対的に別なことが気になりはじめた。

歩美と鷲尾の件だ。隼瀬は携帯電話を手に取り、木菟田にかけた。

呼び出し音六回で出た。

「隼瀬か。どうした」

「ちょっと一杯やらないか?」

一昨日会ったばかりじゃないかと言われるのを覚悟の上だった。だが、相手の反応はちょっと意外なものだった。

「ちょうどよかった。俺もおまえに訊きたいことがあったんだ」

「何だ、訊きたいことって……」

「会ったときに話す。九時近くでないと体が空かないが、それでもいいか?」

「わかった。じゃあ、『アルバトロス』で。九時に」

「了解」

隼瀬は電話を切った。『アルバトロス』は銀座八丁目にあるバーだ。カウンターがメインだが、密談できるスペースもあり、隼瀬たちはよく使っていた。

メニューはそれほど多くはないが、食事もできる。夕食は木菟田といっしょに『アルバトロス』で摂ることにした。

午後八時五十分に店に着き、隼瀬はまずカウンター席に座った。顔馴染《かおなじ》みのバーテンダーが声をかけてくる。

「いらっしゃい。お一人ですか?」

「後で木菟田が来る。そうしたら、奥の席に移りたいんだけど……」

「かしこまりました」

この時間だと店はすいている。隼瀬の他にはカウンターにカップルがいるだけだった。ビールを飲んでいると、じきに木菟田がやってきた。隼瀬は彼とともに奥の席に移動した。

木菟田もビールを注文した。テーブルを挟んで腰を下ろすと、隼瀬は言った。

「急に呼び出したりして済まんな」

「ちょうどよかったと言っただろう。そっちの話って何だ? やっぱり例の件か?」

「例の件……?」

木菟田が声を落とす。

「法務官僚殺害の件だ」

「いや……」

隼瀬は、少しばかりうろたえた。「そうじゃなくて……」

木菟田が怪訝そうな表情になる。

「そうじゃない？　じゃあ、何のことだ？」

「まず、食事にしないか？　夕食まだだろう？」

「ああ。まだだ」

隼瀬は、パスタとソーセージの盛り合わせを頼むことにした。ここのパスタはなかなか本格的なのだ。

木菟田はピザを注文した。

そして、隼瀬はジンライム、木菟田はスコッチのソーダ割りを頼んだ。世間話などしながら食事を済ませた。すると、いよいよ話すしかなくなる。

隼瀬は言った。

「実は、鷲尾と鵠沼のことなんだけど……」

「あの二人がどうした？」

「訊きたいのはこっちなんだよ。土曜日、おまえはあの二人がいっしょにやってくるんじゃないかと言った。そして、実際そのとおりになった」

「そうだったかな……」

「そうなんだよ。あの二人がいっしょに現れると、おまえが言ったのはなぜなのか。俺はそれが知りたかったんだ」

木菟田は曖昧な表情を見せた。

「いやあ、別に……。何となくそう思っただけだ」

「そういう感じじゃなかったな。何か知ってるんじゃないのか」

「何かって何だよ。知らないよ」

「警察官僚相手に嘘をつくなよ」

「嘘じゃない。別に根拠なんかないんだよ。ただ……」

「ただ何だ?」

「あの二人、いい感じなんじゃないかと思ってな……」

その一言だけで、隼瀬はショックを受けた。言葉が出てこない。

木菟田が言った。

「それより、例の件だ。いったい、どうなってるんだ」

隼瀬は心ここにあらずといった状態のままこたえた。

「どうなってるって……?」

「警視庁がアメリカの情報機関に情報提供を要請しただろう。うちの北米局にもその情報が来て……」

隼瀬は急に現実に引き戻されるような気がした。

7

「どうして外務省に……」

思わず隼瀬が聞き返すと、木菟田はあきれたように言った。

「アメリカに何かを働きかけたら、当然うちに知らせが来る」

「だって、捜査情報なんだから警察庁の仕事だろう」

「どのチャンネルを使ったんだ？」

そう尋ねられて、隼瀬は戸惑った。そういうことを詳しく知っているのは、直接の担当者だけだろう。

たいていは曖昧な話を訳知り顔で語っているに過ぎない。

「向こうの捜査当局に問い合わせたんだと思う。捜査担当者同士のチャンネルだ」

「捜査当局？　曖昧な言い方だな。ＦＢＩか？」

連邦捜査局は、州をまたぐ犯罪などに対応する連邦政府の警察組織だ。「当然、警視庁が問い合わせをするとしたら、相手はＦＢＩだよ」

「公安も独自に動いたと聞いている。だとしたら、ＣＩＡかＮＳＡにも問い合わせが行っているんじゃないのか？」

ＣＩＡは諜報《ちょうほう》組織として有名だが、実はそれよりもはるかに規模が大きい諜報活動をしているのが、国家安全保障局、ＮＳＡだ。

ＮＳＡはアメリカ国防総省の諜報機関という位置づけで、ＣＩＡが主に人的なスパイ活動を行うのに対して、電子通信的な情報収集を主な任務にしている。

隼瀬は曖昧に首を傾《かし》げた。

「詳しいことは知らない。だが、公安からＣＩＡに問い合わせが行っている可能性はあるな。公安には刑事とは違った観点があるからな」

「いずれにしろ、そういう動きがあれば、外務省に知らせが来る。日本の警察からこれこういう問い合わせが来ているが、それを外務省は承知しているのか、とね」

「ずいぶんと親切じゃないか」

隼瀬の言葉に、木菟田はかぶりを振った。

「親切なわけじゃない。それだけ向こうが睨《にら》みをきかせているということだ」

「自由がないということか」

木菟田はふんと鼻で笑った。

「戦後、日本がアメリカから自由だったためしはないよ」

「外務省のおまえがそういう言い方をすると、穏やかじゃない気分になってくる」

木菟田は肩をすくめた。

そこに燕谷が顔を出したので、隼瀬は驚いた。

「偶然だな」

　燕谷が言った。

「偶然じゃないよ。木菟田から連絡があったんだ」

　隼瀬は木菟田の顔を見た。木菟田が言った。

「どうせなら、また五人のほうがいいと思って連絡したんだ。残念ながら鷲尾と鵠沼は用があって来られないということだったが……。話の内容からすると、むしろあの二人が来ないほうがよかったか」

　隼瀬は口ごもった。

「いや、別にそんなことは……」

　燕谷がビールを注文してから二人に尋ねた。

「何だ？　その話の内容ってのは？」

　隼瀬はこたえた。

「何でもないよ」

　木菟田がのんびりした口調で燕谷に尋ねる。

「おまえ、鷲尾と鵠沼のこと、何か知ってるか？」

「あの二人がどうかしたのか？」

「どうやら隼瀬は、二人が怪しいと思っているらしい」

「怪しいって……。付き合ってるってことか？」

燕谷が視線を向けてきたので、隼瀬は眼《め》をそらした。

燕谷が言う。

「鷲尾と鵠沼ならお似合いだと思うけどな」

木菟田が言った。

「けどな、鷲尾は暗黙の紳士協定を破って、抜け駆けするようなやつじゃない」

「そう」

燕谷は言った。「鷲尾は抜け駆けはしない。けどな、鵠沼のほうから言い寄ったら話は別だろう」

木菟田が、相変わらずのんびりした口調のまま言う。

「なるほど、それを断る理由はないな」

隼瀬はだんだん落ち込んできた。

燕谷が笑った。

「おまえ、本当にわかりやすいな。冗談だよ」

「冗談？」

隼瀬は燕谷に尋ねた。「どの部分が冗談なんだ？」

「おまえをからかっただけだよ」

木菟田が言った。

「隼瀬の気持ちはわかっている。そして、俺たちだって同じ気持ちなんだ」

「そう」

燕谷が皮肉な口調で言う。「みんな鵠沼が気に入っている。それは鷲尾も知っている。そして、鷲尾は俺たちを裏切るようなやつじゃない」

「そうだな」

木菟田がうなずいた。「他の誰かが裏切ったとしても、あいつだけはそういうことはしない。まあ、俺たちの中ではダントツでイケメンだけどな」

隼瀬は肩をすくめた。

「だから気になるんだよ」

燕谷がいつもの皮肉な笑いを浮かべて言う。

「二人のことは本人たちに訊くしかない。ここでいくら話し合っても埒《らち》は明かない。それよりさ……」

彼は、わずかに身を乗り出した。「殺された神谷道雄っていう法務官僚は、どうやら日米合同委員会に関わっていたらしいぞ」

木菟田が意外そうに言った。

「おまえ、被害者の名前を覚えているのか？」

隼瀬も同じことを思っていた。もちろん隼瀬は覚えている。だが、他の者がいちいち被害者の名前を覚えているとは思わなかった。

燕谷がこたえた。

「同じ官僚なんだ。言わば身内みたいなもんじゃないか。他人事とは思えない」

隼瀬は言った。

「へえ。意外だな。おまえは何でも他人事なんだと思っていた」

「物事を冷静に見ているだけだ。それより、日米合同委員会ってのが気にならないか？」

木菟田が腕組みした。

「うちが日本側の代表なんだけど……」

うちというのは、外務省北米局のことだ。

燕谷が木菟田に尋ねた。

「何か聞いてないか？」

「何かって何だよ」

「日米合同委員会に関わっていた法務官僚が殺されたんだ。外務省北米局なら何かつかんでいるんじゃないのか」

「おいおい、俺みたいな下っ端に、合同委員会の話なんて下りてくるはずないだろう。雲の上の話だよ」

隼瀬は燕谷に尋ねた。

「おまえはいったい、被害者が日米合同委員会に関わっていた、なんて情報をどこから仕入れてきたんだ？」

「俺は、土曜会の他にも他省庁とのネットワークを持っている。法務省大臣官房の知り合いが、ぽつりと洩《も》らしたんだ」

「おまえは油断のならないやつだな」

「警察官僚のおまえが、頼りなさ過ぎるんじゃないのか」

相変わらず燕谷の物言いは癪《しゃく》に障る。わざとこういう言い方をするのだ。もしかしたら本人は、それが親しさの表現だと思っているのかもしれない。

隼瀬は木菟田に尋ねた。

「日米合同委員会ってのは、地位協定について話し合う会だよな」

燕谷が茶化す。

「今さらそんなことを言ってんのかよ」

隼瀬は燕谷に言った。

「確認する必要がある。その委員会の存在は知っているが、正直言って実際に何をしているのかは知らない」

燕谷が何も言わないので、木菟田が説明を始めた。

「隼瀬が言うとおり、日米安保条約第六条に基づく地位協定について話し合う日米間の委員会だ。日本側の代表は外務省北米局長。アメリカ側の代表は在日米軍司令部副司令官だ」

隼瀬は尋ねた。

「向こうの代表は、連邦政府じゃなくて在日米軍なんだな」

「地位協定ってのは、米軍の日本国内における立場を規定するものだからな」

「安保条約第六条ってのは、何だ？」

「要するに、日本の安全と極東の平和のために、アメリカは軍隊を日本の中に置ける、という条項だ」

「日米合同委員会というのは、その米軍の立場について話し合う委員会なんだな？」

「簡単に言えばそういうことだ。日本側のメンバーは、法務省大臣官房長、農林水産省経営局長、防衛省地方協力局長、財務省大臣官房審議官、そしてうちの北米局参事官だ。この五人が代表である北米局長の代理で出席することになっている」

「アメリカ側は？」

「大使館公使、在日米軍司令部第五部長、陸軍司令部参謀長、空軍司令部副司令官、海軍司令部参謀長、海兵隊基地司令部参謀長。以上六名だ」

隼瀬は説明を聞いてもぴんとこなかった。何か偉い人が集まって、国内の米軍についていろいろと話し合っている。漠然とそういうイメージしか抱けない。

「ふざけた協定だよ」

燕谷が言う。隼瀬は聞き返した。

「何がふざけているんだ？」

「地位協定ってのは、要するに、在日米軍は日本国内で好き勝手やっていいですよっていう協定だ。こんなもん結んでいるのは世界中で日本だけだ」

隼瀬は言った。

「敗戦国だからな……」

　すると、燕谷はいつになく真剣な表情で言った。

「戦争に負けたからといって属国になる必要はない。ドイツやイタリアを見ろ。アメリカに認められる駐留軍の特権は、逆にドイツやイタリアにも認められる。対等なんだよ。それに比べて日本は……」

　隼瀬は言った。

「一概にそういう言い方はできないと思う。たとえば自衛隊がアフリカの国に派遣されたとき、地位協定を結ぶわけだろう。つまり、自衛隊員が何かの罪を犯したとしても、派遣先の国の法律で裁かれることはない。あくまで日本の法律で裁くことになる。まあ、幸いにしてそんな事態はこれまでなかったけどね」

「そうだ」

　木菟田がうなずく。「日米地位協定は、NATOの地位協定と違って不平等だって言う人は多いけど、うちのカイシャじゃね、条文の文言だけじゃ、不平等だと判断することはできないだろうと言っている」

　燕谷がふんと鼻を鳴らす。

「条文が不平等なら、実際にも不平等だろう」

「おまえが言ったように、もしアメリカがドイツに駐留したなら、裁判権等の特権が認められる。一方、ドイツ軍がアメリカに駐留した場合も同様だ。だからそっちは平等だというのが、おまえの言い分だ。だが、軍事力のバランスを考えれば、ドイツ軍がアメリカに駐留することなど考えられない。だから、実際には日米地位協定と同じことなんだよ」

「そいつは詭弁《きべん》だな。条約や協定は、現実がどうあれ、条文が重要なんだ」

「日米地位協定が不平等かどうかの議論はさておき……」

隼瀬は燕谷に尋ねた。「それについて話し合う日米合同委員会ってのが、どうして気になるんだ？」

「そこで、いろいろな密約が交わされるからさ」

「密約……？」

「米軍が日本国内で優遇措置を受けたり、特権を行使するための密約だ。まあ、大げさに言うと、米軍が日本支配を続けるための話し合いだね」

燕谷の言葉に、木菟田はむっとした表情になった。

「それは、一部の陰謀論者の主張に過ぎない。うちのカイシャは、日本の主権を守るために日夜努力しているんだ。米軍側の無茶な要求を突っぱねることだってある」

「そもそも、どうしてそんな委員会で定期的な話し合いをする必要があるんだ？　それは、米軍からの要求が日常的にあるということを物語っているんだろう？　米軍が日本の政府に次々と要求を出してくるなんて、占領時代と何も変わっていないじゃないか」

木菟田は渋い顔になった。

「それを俺に言われてもな……」

「合同委員会は、日本の首相の首をすげ替えたり、邪魔な議員を潰したりする……」

「おい、それは言い過ぎだぞ」

首相の首をすげ替えたり、邪魔な議員を潰したり……。

その話には興味があったが、いつまでも二人の議論を聞いているわけにもいかない。

隼瀬は言った。

「殺害された神谷道雄は、日米合同委員会に、どう関わっていたんだ？」

燕谷は、少しばかりしらけたような表情になってこたえた。

「詳しくは知らない。企画調査室にいたということだから、おそらく委員会に提出する資料とかの作成に関わっていたんだと思う」

「おまえは、その仕事が殺害動機に関係していると考えているのか？」

「木菟田はきっと、考え過ぎだと言うんだろうがね。俺はあり得る話だと思うよ」

「いや……」

木菟田が言った。「俺もそのあたりがきな臭いとは思うよ。何せ、被疑者は外国人で、アメリカ人の可能性もある」

燕谷は無言になり、木菟田と隼瀬の顔を見つめた。

8

しばらくの沈黙の後に、燕谷が言った。

「犯人が外国人だって……?」

「そうか……」

隼瀬は言った。「まだ報道されていないんだったな……」

「報道されていないのに、木菟田は知っていた」

木菟田は肩をすくめた。

「外務省だからな」

燕谷は、真剣な表情だった。

「外国人って、どこの国のやつなんだ?」

隼瀬はこたえた。

「わからない」

燕谷が責めるような口調で言う。

「アメリカ人なんじゃないのか。それで、報道されないんだろう」

隼瀬は聞き返した。

「それ、どういうことだ?」

燕谷は、あきれたように溜め息をついてから言った。

「いいか? 神谷道雄は日米合同委員会に関わっていた。それが外国人に殺害されたというんだから、当然相手はアメリカ人だと考えるべきだろう」

「どうして」

「おまえ、ばかか。神谷道雄が知ってはいけないことを知ってしまったからだろう」

木菟田が失笑した。

「それも、一部の陰謀論者が言いそうなことだな。いいか、合同委員会に関わっている官僚は大勢いる。そいつらが全員殺されかねないとでも言うのか」

燕谷が言い返す。

「委員会に関係する一般の官僚はな、普段は何に使う資料かわからずに作成している。すべてを集めてみれば、ああ、そういうことかとわかる資料も、分断して作成させれば、何のことかわからない。官僚ってのは、そういう仕事をさせられているわけだ」

「まあ、特に俺たちみたいな下っ端はそうだな」

「だが、何かの拍子に、知ってはいけないことを知ってしまうこともある」

木菟田はかぶりを振った。

「だから、そういうのは根拠のない陰謀論だと言うんだよ」

隼瀬も木菟田に同調して言った。

「確かに警視庁の公安は、アメリカに捜査上の情報を求めたようだ。その確認が外務省に入ったというだけのことさ」

「ほら見ろ」

燕谷が言う。「やっぱりアメリカなんじゃないか」

「いや、それは可能性の一つでしかない。今回のことで外事一課と外事三課が動いた」

「それがどうした？」

「外事一課は、ロシア・東欧の担当だ。そして、外事三課はテロ関係だ。つまり、殺人犯に対してロシア人をはじめとするさまざまな可能性を考えたということだ。アメリカもその一つに過ぎないってことだろう」

「違うね」

燕谷は強硬だった。「外事一課はおそらく念のためだろう。いや、カムフラージュという可能性もある」

隼瀬は一瞬、ぽかんとしてしまった。

「何のためのカムフラージュだ？」

「犯人がアメリカ人だと悟らせないための……」

「誰に悟らせないようにするんだ？」

「マスコミだ。つまり、国民に知らせないようにするってことだ」

木菟田がいつもののんびりした口調で、隼瀬に言った。

「燕谷といると退屈しないよな。世の中陰謀で動いていると信じているんだ」

燕谷が言った。

「ふん、呑気《のんき》なもんだ。それでよく外務官僚がつとまるもんだ。いや、もともと外務省ってのは呑気なのかね」

隼瀬は言った。

「そういう言い方をするもんじゃない。どこの省庁だって苦労してるんだよ」

すると、矛先が隼瀬に向けられた。

「だいたい、おまえら警察庁も呑気過ぎるんだよ。日本の官僚が謀殺されたんだよ。もっと真剣になったらどうだ？」

「謀殺って……」

隼瀬は戸惑った。「そんなのおまえの妄想かもしれないじゃないか」

「そうだといいがね……」

そう言われて、隼瀬は落ち着かない気分になった。木菟田がそれに気づいたようだった。

「どうした、隼瀬。妙な顔をして……」

隼瀬は、言うべきかどうかしばらく迷っていた。

捜査上の情報を洩らすべきではない。それはわかっているが、今感じている違和感を誰かと分かち合いたいという思いが強かった。

　そして、その相手としてこの二人ほどの適任者は他にいないと思った。

「呑気なんじゃなくて、誰かにストップをかけられているんじゃないかと思っている」

　木菟田と燕谷は顔を見合わせた。

　木菟田が隼瀬に尋ねた。

「ストップをかけられているって、どういうことだ？」

　隼瀬は声を落とした。その必要があるかどうかはわからないが、そうせずにはいられなかった。

「うちの課では、警視庁の外事一課、三課の動きに呼応する形で、専任チームを編成して情報収集することになった。それが昨日のことだ」

　燕谷が言った。

「当然の措置だな」

　隼瀬は彼を見て言った。

「ところが、今朝になって急に、専任チームの終了を課長から言い渡された」

　燕谷は眉間にしわを刻んだ。

「まだ事件は解決してないじゃないか」

「それだけじゃない。警視庁でも外事一課と三課が手を引いたというんだ」

「何だ、そりゃあ……。殺人事件を放り出したってのか？」

「いや、もちろん刑事たちが捜査を続けている。でも……」

「でも、何だ？」

「捜査本部も縮小されたという話を聞いた」

燕谷と木菟田は、もう一度顔を見合わせた。木菟田が隼瀬に言った。

「外事一課と三課が手を引いたって？　そんなはずはない。アメリカから外務省に問い合わせが来ているんだからな。つまり、まだその問い合わせは生きており、近々アメリカ側から何らかの回答があることを意味してるんだ」

燕谷が言った。

「ふん。回答を受け取っておいて、闇に葬るんじゃないのか？」

木菟田が言う。

「ばかな……」

「じゃなきゃ、外事一課と三課に手を引かせたり、捜査本部を縮小させたりはしないだろう。迷宮入りを目論《もくろ》んでいるんだ」

隼瀬は言った。

「殺人の公訴時効がなくなってから、迷宮入りなんてことはなくなったんだよ」

燕谷が言う。

「制度上はな。けど、事実上の迷宮入りはあるだろう」

「まあ、それはそうだけど……」

「それを目論んでいるんじゃないのか」

木菟田が燕谷に言った。

「いったい誰が目論んでいるって言うんだ」

「決まってるだろう。アメリカだよ」

隼瀬は、木菟田が否定するだろうと思っていた。燕谷に比べて、木菟田ははるかに常識的だ。

だが、次の木菟田の言葉は、隼瀬の予想に反していた。

「だとしたら、俺たちには何もできない」

燕谷は、むっとした顔で言った。

「ふん、外務省の言いそうなことだ」

「事実なんだよ。俺たちはアメリカにがんじがらめに手足を縛られているんだ」

隼瀬は木菟田に言った。

「おい、おまえも陰謀論者だったのか？」

木菟田は力なく言った。

「そうじゃない。だがまあ、そう言われても仕方がないな。燕谷が言っていることは、大げさなところはある。だけど、それほど的外れとも思えない」

隼瀬は尋ねた。

「何もできないってのは、どういうことだ？」

「そのとおりの意味さ。燕谷の言うとおりになるかもしれないんだ」

「そんなばかな。殺人事件をもみ消せるわけないだろう」

燕谷が言った。

「おまえは本当におめでたいな。もし、アメリカが神谷道雄を謀殺したのだとしたら、もみ消すことなどわけないさ」

「そんなことは許されない」

「日米合同委員会は、日本の政府を動かすことができるんだぞ。何だってできる」

隼瀬は言った。

「首相の首をすげ替えたり、邪魔な議員を潰したりと言ったな。それこそ、妄想じゃないのか」

燕谷は嘲笑のような笑みを浮かべて言った。

「民主党が政権を取ったとき、首相が普天間《ふてんま》基地を県外に移設する、なんてことを言った。その首相がどうなったか知ってるだろう」

「別にそれはアメリカのせいじゃないだろう」

「認識が甘いな。その首相は最大のタブーに触れちまったんだ。つまり、日米合同委員会の密約だ」

「邪魔な議員を潰したというのは？」

「豪腕と言われた野党の議員だ。当時は与党だったがね。東京地検特捜部が政治資金規正法違反の容疑で起訴しようとした。これはとんだ言いがかりで、結局不起訴となった。

さらに検察審査会が強制起訴という、それまで聞いたこともないやり方で圧力をかけたわけだ。結局、議員は無罪になったが、その後は政治的な立場が大きく後退してしまった」

「やっぱり、どちらも妄想としか思えない」

隼瀬は木菟田に言った。「なあ、おまえもそう思うだろう」

当然同意するものと思っていた。だが、木菟田の返事はまたしても予期しなかったものだった。

「代表代理の一人として合同委員会に参加している法務省の大臣官房長は、かなりの確率で検事総長に就任するんだ」

「何を言ってるんだ？」

「合同委員会のメンバーが日本の検察のトップになるということだ。燕谷が言うこともわからないではないということさ。あの議員に対する異常とも言える検察のやり口も、そう考えればなるほどなと思う」

隼瀬はかぶりを振った。

「おまえら、どうかしてるよ。もしそんなことを本気で考えているんなら、官僚なんてやってられないじゃないか」

木菟田がのんびりした口調に戻って言う。

「別に官僚をやるのに問題はないさ。官僚の仕事って、システムの維持だろう。誰がどういうシステムを構築しようとね」

　システムの維持。官僚の仕事はそれだけだろうか。そう言い切ってしまうのには、少々抵抗があった。

　では、何なのだと問われると、明確にこたえることはできない。木菟田は呑気な性格に見えるが、実はかなりのリアリストなのだ。

「それで……」

　燕谷が隼瀬に尋ねた。「警察は本当に、この件を闇に葬るつもりなのか？」

　隼瀬は驚いて言った。

「誰もそんなことは言ってないだろう。捜査は続いているんだ」

「けど、本気で捜査しているとは思えない。その気がないんだろう？」

　隼瀬もその点がひっかかっていた。だが、燕谷の言い分を認めるのは悔しかった。

「捜査本部が縮小したというだけのことだ。初動捜査が終わって捜査本部の人数を減らすのは普通のことだよ」

「捜査本部は一期二週間は初期の態勢を維持するんだろう。神谷道雄の件は、まだ起きてから三日目だ。どう考えてもおかしいじゃないか」

　さすがに一般人とは違う。省庁は違っても、警察の事情に通じているので誤魔化《ごまか》すことができない。

　隼瀬は言った。

「正直に言うと、俺はどうしていいかわからないんだ」

燕谷と木菟田は、無言で隼瀬の顔を見つめた。隼瀬は落ち着かない気分になって、さらに言った。

「燕谷の言うとおりだ。何か普通でないことが起きている。そう感じている。だけど、俺に何ができる？」

燕谷が天井を見て言った。

「まあ、そうだな。下っ端警察官僚にはどうしようもないことかもしれない」

「カイシャには内緒で調べようとしている先輩もいるし、異変を察知した新聞記者もいる。刑事局の後輩にそれとなく事情を聞いてみたりもした。でも、この先、どうしていいかわからない。何事もなかったように、日常の業務をこなしていれば過ぎ去って行く出来事なんじゃないかとも思う」

燕谷が言った。

「余計なことに首を突っこまないほうがいいのは確かだ」

その言葉を受けて木菟田が言った。

「そうだな。俺たちにできるのは、せいぜい妄想を膨らませることくらいだ」

「けどな」

燕谷が言う。「せめて何が起きているのかを知りたいじゃないか。神谷道雄はいったい誰に、なぜ殺されたんだ」

隼瀬は考え込んだ。それを調べることなどできるのだろうか。
そのとき、隼瀬はなぜか、鷲尾の意見を聞きたいと思っていた。

9

午後十一時にはお開きにして、一晩ぐっすり眠り、翌日はいつもどおり登庁した。

隼瀬が席に着くと、すぐに水木が近づいてきて言った。

「ちょっと来てくれ」

水木は隼瀬を会議室に連れて行った。専任チームが使っていた部屋だ。

そこは無人だったが、まだノートパソコンや固定電話が残っていた。

隼瀬は水木に尋ねた。

「何です？」

「おまえ、刑事局の岸本と連絡を取り合っているようだな」

「誰から聞いたんです？」

「誰だっていいだろう」

「よくはないですよ。監視されているみたいで、不愉快じゃないですか」

「警察官僚が監視されるのは当たり前のことだろう」

水木の物言いは、いつも極端だ。

「自分は水木さんに監視されてたんですか？」

「そうじゃねえよ。岸本が言ってたんだよ」

「岸本が……？　水木さんに？」

「ああ。隼瀬さんにいろいろと訊かれたけど、それは警備企画課としての質問ですか、と訊かれた。あいつ、杓子定規《しゃくしじょうぎ》なやつだな」

「警戒しているんだと思いますよ」

「問題はそれだよ」

「何です？」

「やつが何を警戒してるか、だよ」

「考え過ぎじゃないですか」

昨夜は、燕谷や木菟田の言ったことが気になっていた。いたるところで、何かの陰謀がうごめいて《た》いるような気がしていたのだ。

だが一晩経ち、こうして職場に出てみると、現実感のほうが勝った。夢から覚めたような気分で、陰謀説は色あせたように感じられた。

「考え過ぎだって？　おまえの考えが足りないんじゃないのか？」

俺は俺なりに調べてはみたんだ。そう言いたかったが、言うとよけいに面倒なことになりそうだと思った。

「それで、何とこたえたんです？」

「何の話だ？」

「岸本に、課としての質問か、と尋ねられて……」

「そうだ、とこたえた」

「それ、嘘ですよね」

「嘘とは言えない。課長が専任チームを組織したことは事実なんだ」

「でも、岸本から質問を受けたのは、チームの解散を言い渡されてからでしょう」

「そのへんの時系列は気にすることはない」

いかにも官僚らしい言い草だ。

水木はこうして、官僚らしからぬ言動と、官僚らしさを器用に使い分けるのだ。

燕谷や木菟田と話したことを伝えようかとも思った。だが、なんだかばかばかしいような気がしてきた。

昨夜は酒が入っていたせいもあっただろう。今考えると、日米合同委員会の話など、現実味がない。

「昨日、自分が帰宅してから、何か動きはありましたか?」

「いや。いつもと変わりない」

「課長の様子も?」

「ああ。だが……」

「だが?」

「服部さんが、何だか忙しそうだ。出たり入ったりしているが、おそらく行き先は警視庁だな」

　服部理事官は、いわゆる裏の理事官で、ゼロを統括している。

「作業班を動かしているということですか？」

「そいつは服部さんに直接訊かないとわからない。だが、表部隊が手を引いたことを考えれば……」

　水木が言う表部隊というのは、外事一課と三課のことだろう。

「別件かもしれませんよ。服部さんは何かと忙しい人ですから……」

　水木は無言で隼瀬を見つめた。その視線のせいで落ち着かない気分になった。

「何ですか……」

「おまえ、キンモクセイって知ってるか？」

「は……？」

　唐突に何を言いだすのかと思った。咄嗟《とっさ》にどうこたえていいかわからない。それくらい妙な質問だった。

「キンモクセイですか？　もちろん知ってますよ。ちょうど今頃咲く、いい匂いのする花でしょう」

「俺だってそれくらい知っている。花以外で、その言葉について心当たりはないか？」

「さあ、心当たりはありませんね。どうしてそんなことを訊くんです？」

「岸本が俺に同じことを訊いたのさ。殺害された神谷道雄が残した言葉らしい」

「残した言葉？　ダイイングメッセージとか……？」

「ミステリじゃないんだ。実際に、死ぬ間際の人間が、そんなもの残すもんか」

「じゃあ、彼が残した言葉って、どういうことです？」

「殺害される前日のことだ。同僚にその言葉を伝えていたらしい」

「どういうシチュエーションで？」

「詳しくは知らねえな。岸本にもわからないんだ。だから俺に質問したんだろう」

　隼瀬は肩をすくめた。

「花の話だったんじゃないですか。今、季節ですし」

「おまえ、相変わらず危機感がないな」

「それより、課長に内緒でこんなことして、ばれたらたいへんですよ」

「ふん、課長が怖くてキャリアやってられるかよ」

「普通、上司が何より怖いですけどね」

それが役人というものだ。上からの評価が極めて大切だ。公務員が何より恐れるのは懲戒処分だ。

「俺は、服部さんにそれとなく話を聞いてみる。おまえは、キンモクセイのほうを当たってみてくれ」

　隼瀬は慌てた。

「ちょっと待ってください。自分は課長の指示に逆らうのは嫌だと言ってるでしょう」

「放っておけるかよ」

「一人でやってくださいと言ったでしょう。自分を巻き込まないでください」

水木はにやりと笑った。

「そう言いながらおまえ、岸本に連絡したじゃないか」

「そりゃあ……」

隼瀬は口ごもった。「一応、経緯は知っておいたほうがいいと思ったんで……」

「本当は、真相を知りたいと思っているんだろう？　ちゃんと調べたほうがいい。でないと、俺たちの身も危なくなるかもしれない」

隼瀬は一瞬、ぽかんとした。

「どうして自分たちの身が危なくなるんです？　そんなはずないじゃないですか」

「キンモクセイは謎の言葉だ。もしかしたら、神谷道雄はそのせいで死んだのかもしれない」

「え……？」

「そして、俺もおまえもその言葉を知った」

「そんなばかな。スパイドラマの見過ぎじゃないですか」

「俺はそんなドラマは見ない」

「万が一そうだとしたら、深入りするほうが危険でしょう。謎の言葉のことなんて、忘れてしまえばいいんです」

「逆だよ」

「逆……？」

「一度触れたら、知らんぷりしても誰かが追ってくる。だから、徹底的に解明してそれを公表することでしか自分の身は守れない。いいか、俺たちは公安だ。そういう世界で
生きてるんだ」

「そんな……。自分らはただの公務員ですよ」

「公務員ってのはな。昔で言えば侍だ」

水木は真顔で言った。「侍ってのは、日々命を懸けてるもんなんだ」

会議室を出た隼瀬は、ルーティンワークに戻った。警備企画課が作成する資料は膨大だ。どんなに必死に働いても、時間内に片づけることは不可能だ。

総理の旗振りで、厚労省が「働き方改革」などと言っているが、ばかじゃないかと隼瀬は思う。

仕事の量を減らさず、働く者の人数も増やさず、労働時間だけ短縮しようとしたら、どういうことになるのか、彼らは想像できないのだろうか。

やるべき重要な仕事が片づかなくなる。日本全体が機能不全を起こしかねないのだ。国際的な競争力も落ちるだろう。

水木のせいで苛立《いらだ》ちを覚え、つい余計なことを考えてしまった。

警察官僚が、一つの事件に関わっている余裕はない。常に警察全体のことを考えなけ

ればならない。神谷道雄のことを調べたければ、水木一人でやればいいのだ。

そう思う一方で、隼瀬はキンモクセイという言葉が気になっていた。神谷道雄が死ぬ前に同僚に告げたという。

水木は、神谷道雄がその言葉のせいで殺されたのかもしれないと言った。彼の思い過ごしだろうと思う。あるいは、隼瀬をからかっただけなのだろうか。

そう思いながらも、やはり気になるのだった。

午後八時過ぎに、ようやく仕事が一段落した。帰り支度をしながら、迷っていたが、結局岸本に連絡してみることにした。内線電話でかけた。

「はい、岸本」

「隼瀬だ。水木さんと何か話をしたようだな」

「ああ……。昨日のことですね」

「どうだ、たまには一杯やらないか？」

一瞬、間があった。迷っているようだ。

「これからですか？」

「できれば」

「わかりました。あと三十分ほどで上がれます」

「じゃあ、グランドアークのロビーに、二十一時に」

「了解です」

千代田区隼町《はやぶさちょう》のホテルグランドアーク半蔵門は、警察共済組合の宿泊保養施設だ。帝国ホテルグループが運営している立派なホテルで、もちろん一般の客も利用できる。警察官は価格面等で優遇されている。ここで待ち合わせれば、怪しまれることはない。木を隠すには森の中、だ。

隼瀬は少し早めに行き、ロビーを一回りした。一応用心しておこうと思ったのだ。警戒したところで、それがどの程度役に立つかわからない。隼瀬は実動部隊の作業班ではないのだ。公安の専門的な訓練を受けたわけではない。

それでも、用心せずにはいられなかった。水木が妙なことを言ったせいで、神経質になっている。

岸本は時間通りにやってきた。

「飲む前に、ラウンジで少し話をしよう」

隼瀬が言うと、岸本は素直に従った。

四階のラウンジは、席がゆったりとしており、話を周囲の者に聞かれる心配がない。

二人はビールを注文した。

飲み物が来ると、隼瀬は言った。

「まずは乾杯だ。普通に世間話でもしているように振る舞ってくれ」

グラスを合わせると、岸本が言った。

「世間話じゃないんですか?」

「わかってるだろう。神谷道雄のことだ」

「いいんですか、ここでそんな話をして」

「ここは警察内部と同じだ。心配ないよ」

「誰が見ているかわかりませんよ。読唇術の心得がある者だっているんです」

「ここより安全なところはないよ」

「神谷の件で、もうお話しすることはありませんよ」

「訊きたいことは一つだけだ」

「何です？」

「キンモクセイだ」

「ああ……」

岸本は小さく肩をすくめた。「それなら僕に訊いたところで、何もわかりませんよ」

「神谷道雄が、同僚にその言葉を告げたということだよな？」

「そう聞いています」

「誰から聞いた？」

「警視庁の捜査本部にいた人から聞きました。捜査一課の刑事です。研修のとき世話になった人で、いろいろと現場の声を聞かせてくれるんです」

「その経緯を詳しく教えてくれるか？」

「松下《まつした》というベテラン刑事なんですけどね……。よく記者にやるように、僕に情報を投げてくれたんですよ。捜査本部から引きあげた後に……」

「そうか……。縮小されるときに、本部から外れたということだな」

「そうです。捜査一課のほとんどの人が捜査本部から外れたということです」

「その人はキンモクセイの意味を知ってるのか？」

「知らないと思いますよ」

「捜査本部を去るのが悔しかったんだろうな」

「え……？」

「捜査の途中で外されるんだ。なんで、って思うだろう。悔しいから、おまえにキンモクセイのことを伝えたんじゃないのか？」

「どうでしょう。もしかしたら、ただ季節の話をしただけなのかもしれないですよ」

まあ、その可能性はある。

キンモクセイという言葉のせいで殺された、などというのは、水木の妄想に過ぎないのかもしれない。

「そうかもしれないが、一応探ってみるよ」

「物好きですね」

「そう。物好きだよな」

隼瀬は、水木のことを思い浮かべながら言った。

10

「最後に松下という人の連絡先を教えてくれ」

　隼瀬が言うと、岸本はこたえた。

「捜査一課殺人犯捜査第四係です。フルネームは、松下慶一《けいいち》。慶應の慶に数字の一です」

「わかった。じゃあ、飯を食いに行こう。てんぷらでも食うか？」

　岸本は驚いた顔になった。

「ホテルの中で食事ですか？　ここけっこうするんじゃないですか？」

「いや、案外お手頃価格なんだよ。それに、値段のことは心配するな。今日は俺のおごりだ」

「え、いいんですか？」

「情報提供料だよ」

　ビールのタンブラーは空になっていた。ここの伝票も隼瀬が手に取った。

　すると、岸本が言った。

「せめてここは、僕が……」

「余計な気は使わなくていい」

二人は二階に移動して、てんぷら屋に入った。予約をしていなかったが、すんなりと入れた。それほど混み合ってはいないようだ。

旬の素材を使ったてんぷらを中心としたコースを頼んだ。食事を始めてからは、事件の話は一切しなかった。

そういうけじめはちゃんとつけたいし、こういう店で事件について話すのは危険だった。ラウンジと違い、死角が多いので、どこで誰が話を聞いているかわからない。

しがない公務員にとって、コース二人分プラス飲み物代の出費は大きいが、決して無駄にはならない。

岸本は今後も快く情報をくれるはずだ。

多少酒も入り、いい気分になった隼瀬は、岸本にもう一杯付き合えと言った。

タクシーに乗り、昨日に続いて『アルバトロス』にやってきた。店はすいていた。

別に密談をするつもりはなかったのでカウンターでもよかったのだが、隼瀬はなんとなく習慣で、奥の席に向かった。

一人のときはカウンターにいることが多いが、連れがいるとたいていこの席に座る。

「ここは初めてだったよな」

隼瀬が言うと、岸本はうなずいた。

「ええ」

「仲間と話をするときによく使う店なんだ」

隼瀬がアイリッシュウイスキーをオンザロックで注文すると、岸本は「同じものを」と言った。

あらためて乾杯をして、ウイスキーを少量口に含む。豊かな芳香が鼻から抜けていく。岸本はかなりピッチが速い。たちまちグラスのウイスキーを飲み干した。氷だけになったグラスをしばらく見つめていたが、やがて彼は言った。

「どうして警備企画課が、神谷道雄殺害の件に関心を持つんですか？」

食事のときもけっこう飲んでいたから、アルコールが回ってきたようだ。

そう思いつつ、隼瀬はこたえた。

「ぶっちゃけ言うとさ、関心を持っているのは水木さんなんだよ」

「隼瀬さんは、水木さんに言われて僕にあれこれ訊いたということですか？」

「最初は、基本的な事実を押さえておこうと思って電話したんだ」

「最初は？　じゃあ、それから事情が変わったということですか？」

「課長の命令で、情報の受け皿となる専任チームを作ったのは事実だ。だが、すぐにそのチームは解散となった。それがあまりに唐突だったので、違和感があったことはたしかだが……」

「おかわりを頼んでいいですか？」

「もちろんだ」

隼瀬は立ち上がり、バーテンダーに二人分のおかわりを頼んだ。

岸本は、運ばれてきたオンザロックを一口で半分ほど飲んだ。それから大きく息を吐いて言った。

「僕も同じことを感じていました。警視庁から、捜査本部を大幅に縮小するという報告を受けていたんです。えっと思いましたよ。だって、事件は解決してないんですよ。犯人の目星さえついていない……。なんでって思いますよね。でも……」

そこで、岸本は言葉を選ぶようにしばらく沈黙した。やがて、彼は言った。

「僕は怖いんです」

「怖い？　何がだ？」

「刑事局の僕の周りにいる人たちは、みんな何事もなかったように、平気な顔で仕事を続けていました。誰かが僕と同じことを感じているのだとわかれば安心したと思います。でも、そうじゃなかった……」

「電話で、急に暇になったと言っていたな。あのときおまえは、妙に事務的だった」

「そうしなきゃならないと思っていたんです。周りの人たちがそうでしたから。でも……」

「でも、何だ？」

「でも、それはおかしいと感じていたんです。だから、実は隼瀬さんから電話をいただいたときはほっとしたんです」

「水木さんとはどうして連絡を取ることになったんだ？」

「隼瀬さんに電話をしたら、たまたま水木さんが出られて……。そのときに、質問したんです。隼瀬さんから神谷事件について訊かれたけど、それは警備企画課としての質問なのかって……」

隼瀬はうなずいた。

「それは水木さんから聞いている。水木さんは、そうだと言ったらしいが、実はそれは本当じゃない」

「ええ。わかっています。でも、水木さんや隼瀬さんが、疑問を持って調べてくれているんだと思うと、安心しました」

隼瀬は肩をすくめた。

「水木さんは、考え過ぎかもしれないけどね……」

「でも、たしかに変ですよね。被疑者が外国人とわかって、手が出せないと判断したんでしょうか」

「手が出せないはずはない。刑法は属地主義だ。何人であっても、日本国内で罪を犯せば、日本の刑法で裁かれることになる」

「でも、例外があるのを、もちろんご存じですよね」

「外交特権があるな」

「それと米軍……」

隼瀬は、昨夜この場所で、燕谷や木菟田と話し合ったことを思い出していた。

「地位協定か……」

「何か裏があるんだと思います」

「裏だって？」

「誰の決定か知りませんが、このタイミングで捜査本部を大幅に縮小するのは、どう考えてもおかしいですよ」

　隼瀬は声を落として言った。

「同時期に、外事一課と三課も手を引いている。それで、うちの専任チームが解散になったんだ。情報をよこすはずの連中が手を引いちまったんだからな」

「刑事、公安の両方でそういう動きがあったということは、決定したのは相当上の人ですね」

「警視総監とか……」

「どうでしょう……。警察内部じゃないかもしれません」

「ドラマなんかでよく政治家が圧力をかけたりするが、実際にはそんなことはあり得ない。議員は強力な調査権を持っているけど、圧力をかけたりなんてできない」

「そうですね……。でも、レクなんかを通じて、官僚が大臣を利用することはありますよ」

　レクとは、レクチャーのことだ。国会答弁や事件の対応など、国政に関するあらゆることを、大臣を含めた議員に対して、官僚が説明、解説をする。これがいわゆるレクと呼ばれるものだ。

要するに議員と官僚の打ち合わせだが、官僚の側は完全に議員の教育だと思っている。政治家は専門的なことはほとんど知らない。だから、官僚が教育しなければならないというわけだ。

そして、このレクを通じて官僚は政治家を操ろうとする。あるいは、その力を利用する。

例えば、ある官僚が何かをゴリ押ししようとするとき、「大臣のご意向ですから」「大臣がそう言われてますから」と言えば、抵抗できる者はほとんどいなくなる。

そういう形で大臣の力を利用するのだ。それで大臣を操ったのとほぼ同じ結果を得られるわけだ。

そうやって、政治家が知らないところで、物事が進んでいくことがある。

それがいいことなのか悪いことなのか、隼瀬にはわからない。だが、長い間日本という国はそういうふうに運営されてきたことは事実なのだ。

「うちのカイシャに圧力をかけるとしたら、どこの省庁だ？」

岸本は肩をすくめた。

「僕なんかにわかるわけありませんよ」

隼瀬は、ちょっと迷ってから言った。

「その圧力に、キンモクセイが関係していると思うか？」

岸本は真剣な眼差しで、グラスの中のウイスキーと氷を見つめている。やがて彼は言った。

「その言葉が何を意味しているのか、僕にはまったくわかりません。でも、たしかに関係しているでしょうね」

隼瀬はうなずき、ウイスキーを口に含んだ。

「あ、もうこんな時間ですね」

岸本はそう言って、残りの酒を飲み干した。

隼瀬は言った。

「そうだな。そろそろお開きにしよう。先に出てくれ。俺はもう少しここにいる」

「ここも甘えていいんですか?」

「もちろんだ」

「今日はすっかりごちそうになりました」

そう言って岸本は立って一礼し、店を出て行った。

時計を見ると、すでに十二時近い。明日のことを考えれば、できるだけ早く帰るべきだ。

だが、隼瀬はもう一杯だけ飲むことにした。酔わないと眠れないような気がしていた。

翌日の午前中に、隼瀬は警視庁捜査一課の松下慶一に電話をしてみた。

「え? 警察庁の警備企画課? それが俺に何の用です?」

「あ、岸本君に紹介してもらいまして……。ちょっと、お話をうかがいたいのですが……」

「話？　何の話です？」

「それは、お会いしたときに……」

「電話では話せないってことですか？」

「まあ、用心のために……」

「なんだかおっかねえな……。それで、どこで会います？」

「殺人犯捜査第四係ですよね。こちらからお訪ねします。午前十一時でどうです？」

「出動がなければだいじょうぶですが、席ではちょっと……。公安の元締に会うとなると、何かと面倒でして……」

　たしかに松下の言うとおりで、何かと勘ぐる同僚がいるかもしれない。刑事と公安の関係は微妙だ。

「では、警視庁に着いたら電話します」

「じゃあ、ケータイにかけてくれ」

　松下は番号を言った。隼瀬はそれをメモしてこたえた。

「了解しました。では、十一時に」

　電話が切れた。

　それから、隼瀬は警視庁に出かける、ちょっとした用事を適当に作った。警察官僚はしょっちゅう、警察庁と警視庁を行き来しているので、特に怪しまれる心配はない。

警視庁にやってくると、隼瀬はまず十四階の公安総務課に行き、それほど重要ではないルーティンの書類を届けた。

それから廊下に出て、松下に電話した。

「はい、松下」

「先ほど電話した警備企画課の隼瀬です」

「ああ、時間どおりだな。じゃあ、二階の売店の前に来てくれ」

売店は正しくは互助組合売店だ。人通りが多くて落ち着かない場所だ。だが、文句は言えない。

「わかりました」

エレベーターに乗り、売店に向かった。出入り口近くに立っていると、横からすっと男が一人近づいてきた。白髪交じりの日焼けした男だ。年齢は五十代だろう。

「隼瀬さん？」

「松下さんですか？」

さすがにベテラン刑事だ。お互い顔を知らないのだが、向こうから見つけてくれた。

「歩きながら話をしよう」

彼は階段を下りて外に向かった。これもベテランらしい配慮だと、隼瀬は思った。実は、歩きながら話をするのは、秘密保持の面では意外と安全なのだ。

警視庁をあとにして、内堀通りを歩きながら松下が言った。

「岸本の紹介だって？　俺に何の用だ？」

「法務官僚の神谷道雄殺害の件です」

「やっぱりそれか。……で、何が訊きたい？」

「キンモクセイです」

「ああ……」

松下は何度か小さくうなずいた。

「何か特別な言葉なんですか？」

「俺にもわからない。調べようとしたら、捜査から外されたんでな」

「捜査本部が大幅に縮小されたんですね？」

「そうだ」

「異例ですよね」

「異例どころの騒ぎじゃねえな。俺に言わせりゃ、異常だよ」

「どういう経緯でキンモクセイという言葉を聞いたのですか？　単に季節の話題じゃないんですか？」

隼瀬の問いに、松下は無言で鋭い視線を向けてきた。

11

「警察庁の警備企画課といやあ公安の元締だろう。そっちのほうが知ってるんじゃないのか？」

松下にそう言われて、隼瀬は眉をひそめた。

「こっちのほうが知っているというのは、どういうことですか？」

「俺たち刑事が知らないことでも、公安なら知っているだろうってことだ」

「キンモクセイというのは、公安に関係があるということですか？」

松下は顔をしかめた。

「あんたらは、いろいろと秘密を持っている。俺に訊くより、警備企画課内部で誰かに訊いたほうが話が早いんじゃないのかと言ってるんだ」

「少なくとも、自分は何も知らないし、課内でキンモクセイという言葉を聞いた記憶もありません」

「そりゃそうだろう。おいそれと口に出せる言葉じゃないからな」

「季節の話題には出て来そうですよ」

「うっかり庁内で口に出したりしないように気をつけるんだな」

「神谷道雄は、どういう文脈でその言葉を口外したのでしょう」

「ふん、どういう文脈か……。官僚らしい言い方だな。俺が知っている限りでは、同僚に相談をした、ということらしい」

「相談をした？」

「愚痴をこぼしたというほうが実情に近いだろうか」

「その同僚というのは……？」

「それを聞いてどうする？」

「必要があれば、話を聞いてみます」

「あんた、たいした度胸だな。それとも世間知らずなのか？」

「どっちか訊かれたら、たぶん後者なんだと思います」

「そうだろうな。覚悟がないなら、余計なことに首を突っこむのはやめておいたほうがいい。なにせ、もう人一人が死んでいるんだ」

「うちの先輩が言っていたんです。知らんぷりしても誰かが追ってくるだろうって……。徹底的に解明して、それを公表することでしか、自分の身は守れないと、彼は考えているんです」

「おそらくそれは正しい考えだが、一《いち》か八《ばち》かだな……」

「一か八か……？」

「そう。徹底解明する前に、消されちまうかもしれない。神谷みたいにな」

隼瀬が笑った。冗談だと思ったのだ。だが、松下は笑わなかった。

「みんな陰謀説が好きですね」

「俺は別に好きじゃない。気をつけたほうがいいと言っているだけだ」

「わかりました」

本当は、わかっていなかった。

「公安課の庄司要《しょうじかなめ》という男だ」

「は……？」

一瞬何を言われたのかわからなかった。公安と言われたので、警視庁のことかと思った。

だが、考えてみたら、警視庁には公安課という課はない。

「法務省の公安課ですね？」

「そう。刑事局公安課だ。庄司要は、神谷道雄と同期だ。亡くなる前に、神谷は、庄司にキンモクセイについて何か知っているかと質問したそうだ」

「それを、松下さんが庄司さんから、直接聞いたんですか？」

松下はうなずいた。

「法務省キャリアの同期入省は三十人くらいだ。同期の中に親しかったやつがいたんじゃないかと思い、片っ端から話を聞いていった」

「庄司要は親しかったのですね？」

「そうらしい」

松下は、祝田橋《いわいだばし》の交差点まで来て立ち止まった。そしてそこから引き返した。そろそろ話は終わりだということだ。隼瀬は、警視庁に戻るまで、できるだけ多くのことを聞き出したいと思っていた。

「捜査本部が急に縮小されたのは、なぜだと思いますか？」

「さあな。こっちが聞きたいよ」

「犯人は外国人らしいということですね。目星はついていたんですか？」

「目星なんてついてるもんか。少なくとも俺は何も知らされていない。俺は、公安が動いていたと聞いたので、てっきりそのせいじゃないかと思っていたよ」

松下は横目で隼瀬を睨んだ。隼瀬は言った。

「おっしゃるとおり、外事一課と外事三課が動いていました。でも、捜査本部の縮小とほぼ同時に、外事一課も外事三課も手を引いたのです。これは不可解な動きでした」

「俺は、公安に事案を乗っ取られたんだと思っていたよ」

「捜査本部は存続しているんですよね」

「形ばかりだよ。本気で解決しようっていう態勢じゃない」

「警察に圧力をかけるやつがいるなんて信じられません」

「俺だって信じられない。だからさ、もう忘れちまいたいんだ。徹底解明したいのならすればいい。だが、もう俺には接触しないでくれ」

警視庁が目の前だった。帰り道は、松下の歩調が速かった。早く話を終わらせたかったのかもしれない。

松下と警視庁の正面で別れ、隼瀬は、警視庁の裏手にある中央合同庁舎第2号館に向かった。

職場に戻ると、隼瀬はすぐに渡部課長に呼ばれた。長時間席を離れていたことをとがめられるのかと思った。

だが、そうではなかった。渡部課長が言った。

「昨夜、刑事局の岸本といっしょだったそうだな」

隼瀬は怪訝に思いながらこたえた。

「はい」

「何時頃までいっしょだったんだ？」

「夜中の十二時頃だったと思います」

「どこで別れた？」

「銀座の『アルバトロス』という名のバーです」

なぜそんな質問を受けるのか、不可解だった。

渡部課長は、難しい表情で言った。

「岸本と連絡が取れないらしい」

「連絡が取れない……。どういうことです？」

「出勤してこないので、課長補佐が電話をしたんだそうだ」

「出勤してこない……？　無断欠勤ですか？」

「今のところまだ欠勤とは言えないが……」

「はあ……」

「昨夜、岸本に何か変わった様子はなかったか？」

「変わった様子ですか……」

キンモクセイのことは、話さないほうがいいと思った。

「いえ、特になかったと思います」

「何か、特別なことは言っていなかったか？」

「特別なこと、ですか……」

「そうだ。気になることはなかったか」

なかったと言えば嘘になる。岸本は、神谷殺害の捜査について不可解だと感じていたし、そのせいで警戒もしていた。

だが、ここは嘘をついていい場面だと、隼瀬は思った。

「いえ……。久しぶりに食事をして、酒を飲んだだけです」

渡部課長はしばらく考え込んでいる様子だったが、やがて言った。

「わかった。話は以上だ」

隼瀬は、課長室を退出した。

席に戻ると、水木が自分のほうを見ているのに気づいた。彼は、首を小さく動かして、会議室のほうを指し示した。

そして、彼は席を立った。ややあって、隼瀬も立ち上がり、会議室に向かった。専任チームがいた会議室だ。

部屋に入ったとたん、水木の質問が飛んできた。

「課長に何を訊かれた？」

「昨夜、岸本といっしょだっただろうと言われました」

「それで……？」

「実際にいっしょでしたから、そのとおりだとこたえました。問題は、課長がどうしてそのことを知っていたか、ですね」

「どこで会った？」

「グランドアークです」

「そこなら警察関係者に見られていても不思議はないな」

「その情報が課長の耳に入った、と……？」

「岸本が登庁していないということだな」

「そうらしいですね」

「昨夜、何か変わった様子はなかったか？」

「課長にもそう訊かれたんですが、変わった様子はなかったとこたえました」

「それで、実際には？」

「怖いと言っていました」

「怖い……？」

「ええ。事件が解決もしていないのに、急に捜査本部が縮小されました。それについて、刑事局の連中は平然としていたそうです。明らかに不自然な事態なのに、周囲の人はそう感じていないような態度だったと言うんです。それが恐ろしいと……」

「それから……」

「例の言葉は、警視庁捜査一課の松下という刑事から聞いたということでしたので、その松下さんに話を聞いてきました」

　松下に言われたので、庁内でキンモクセイという言葉を使うのはひかえることにした。

　水木は無言で、話の先を促した。隼瀬は言った。

「松下さんも例の言葉の意味は知らない様子でした。その言葉は、神谷道雄の同期の者から聞いたということでした」

「神谷の同期？」

「はい。法務省の同期で、刑事局公安課にいる庄司要という人物だそうです。会って話を聞いてみようと思っていますが……」

「わかった」

「そっちはどうです？」

「服部さんは姿をくらましたままだ。ゼロの統括ともなると、おいそれと尻尾をつかませちゃくれない」

「やはり、作業班が動いているということでしょうか」

「そうかもしれない。だが、もしそうだとしても、作業班の動きは俺たちには見えない」

「服部さんを捕まえるしかないですね」

「やってみるよ。そっちも引き続き頼む」

昨日までは、半ばばかばかしいと思いながら水木に付き合っていた。だが、調べるうちにだんだん放置できないような気になってきた。

何より、岸本と連絡が取れないというのが気になる。

水木が先に会議室を出て行った。しばらくして隼瀬も部屋を出た。すると、水木が立ち尽くしているのが眼に入った。

同僚と立ち話をしているのだ。

職場の空気がおかしい。そのとき、隼瀬はそう感じた。

「おい、聞いたか?」

同僚の一人が声をかけてきた。隼瀬は聞き返した。

「何だ?」

「刑事局の岸本が遺体で発見されたらしい」

一瞬、何を言われたのかわからなかった。

「何だって? どういうことだ?」

「登庁してこないし、連絡も取れない。同じ刑事指導室の係員が自宅に様子を見に行ったんだ。岸本は首を吊《つ》っていたということだ」

「首を吊っていた……」

「キャリア官僚の自殺は、そう珍しいことじゃないが、自分の省庁でそれが起きると、やっぱショックだな」

隼瀬は、その声が次第に遠くなっていくように感じていた。

岸本が自殺した。

まさか、そんなはずは……。

隼瀬は水木を見ていた。一瞬眼が合ったが、彼はすぐに眼をそらした。

隼瀬は、昨日の岸本の様子を思い出していた。後半、ちょっと飲み過ぎかなと思ったが、特に思い詰めている様子もなかった。

話の内容からも、自殺など考えられなかった。

隼瀬は咄嗟に思った。

自殺を装って殺害されたのではないだろうか。

もしそうなら、警視庁が明らかにしてくれるはずだ。詳しく調べれば自殺なのか他殺なのかはっきりするだろう。

そこまで考えて、はたしてそうだろうかと、隼瀬は思った。

神谷道雄殺害の経緯はまだ明らかになっていない。そして、警視庁の対応を見ると、とても本気で捜査をしているとは思えなかった。

もしかしたら、岸本の件もそうなってしまうのではないか……。そんな思いが頭の中をよぎった。

他殺だったとしても、このまま自殺として片づけられてしまう可能性は大きい。

警察に対して、これほど不信感を抱いたことはかつてなかった。日本の警察は、世界でも類を見ないほど優秀でなおかつ腐敗していない。隼瀬はこれまで、ずっとそう思ってきたのだ。

世界中どこの警官も賄賂を受け取る。犯罪組織と癒着していることも珍しくはない。日本ではそういうことはまずないと、隼瀬は信じていたのだ。

もし、岸本が殺されたのだとしたら、その理由は何だろう。

神谷道雄と岸本の共通点は、まず司法に関わるキャリア官僚だということ、そして、もう一つの共通点は、キンモクセイという言葉を知っていたということだ。

神谷、岸本、水木、松下、庄司、そして自分。今のところ隼瀬が認識している、キンモクセイという言葉を知っている人物は、その六人だ。

そのうち、神谷と岸本が死んだ。

まさか、今後も死亡者が増えるなんてことはないよな……。そして、自分が死ぬなんてことは……。

隼瀬は、ようやく水木の気持ちが理解できたような気がした。

12

午前中は、庁内がざわついたまま過ぎていった。

「おい、昼飯に行こうか」

そう声をかけられた。顔を上げると水木だった。

隼瀬は、無言で立ち上がった。とにかく庁舎の外に出たかった。二人とも、外に出るまで一言も口をきかなかった。

「自殺だと思うか？」

虎ノ門方面に向かって歩きながら、水木が言った。

「わかりません」

そうこたえるしかなかった。隼瀬は混乱しており、本当に何もわからなかった。

「神谷道雄が死ぬ前に、キンモクセイについて話した相手は何といったかな……」

「庄司要です」

「そいつに早いとこ話を聞いたほうがいいな」

「まさか、庄司の身にも何かあると……」

「用心するに越したことはない」

「それはそうですが……」

「俺は、服部さんのほうを追ってみる」

「あまり頻繁に外出すると、課長に怪しまれます」

「なんとかしろ」

虎ノ門交差点までやってきた。隼瀬は尋ねた。

「本当に昼飯を食べるんですか?」

「昼時だからな」

「食欲がありません」

「情けねえな。それでも警察官僚か。もっとタフにならないと、真相解明はできねえぞ」

「自分は、神谷道雄が殺害されたことと、岸本のことはまったく別な出来事と思いたいんですが……」

「おめでたいな。そうやって事実から眼をそらしていると、おまえの身も危なくなるぞ」

「水木さん、考え過ぎじゃないですか?」

「こういうことはな、いくら考えても考え過ぎってことはないんだよ。いいから、庄司とかいうやつに話を聞きに行け」

「まずは、食事なんじゃないですか?」

「どうせ、どこの店も混んでいるから、先に庄司のところに行っちゃどうだ?」

「個人の携帯電話の番号とかを知っているわけじゃないので、昼休みの間は連絡が取れないかもしれません」

「おまえ、本当に警察官僚か。そういうときは、まず訪ねてみるんだよ」

「わかりました。法務省に行ってきます」

「待て……」

そう言ってから水木はふと考え込んだ。その後、彼は言った。「俺もいっしょに行こう」

「自分だけじゃ頼りないですか？」

「俺も話を聞いてみたいと思っただけだ」

二人は来た道を引き返して、法務省に向かった。

水木が一階から内線電話をかけた。しばらくやり取りがあり、彼は電話を切った。

隼瀬は尋ねた。

「法務省に知り合いがいるんですか？」

「そりゃいるさ。おまえはいないのか？」

「気軽に電話できるような相手はいませんね」

「刑事局公安課にいる知り合いだ。庄司ってのも公安課なんだろう？」

「はい」

「昼時だが、省内にいてくれた。今下りてきてくれる」

それから五分ほど経って、ワイシャツにネクタイ姿の男が近づいてきた。

「よお、ずいぶんと久しぶりじゃないか」

水木が言った。

「公安課の課長補佐、砂山和彦《すなやまかずひこ》だ。俺と同じ年度の入省だ。こちらは、俺と同じ部署の隼瀬」

砂山は、隼瀬にうなずきかけてから水木に言った。

「それで、何の用だ？」

「おまえのところに、庄司ってやつがいるだろう」

「ああ。庄司がどうかしたのか？」

「ちょっと話が聞きたくてな」

砂山の顔が険しくなった。

「神谷の件だな？」

「ああ、そうだ」

「警視庁の刑事が来たと思ったら、今度は警察庁か。いったい、庄司が何をしたというんだ」

「何かしたわけじゃない。何かを知っているかもしれないんだ」

「何かって、何だ？」

「それは、庄司本人に訊くべきだと思う」

砂山がしばらく考えてから言った。

「わかった。上に来てくれ」

役所の造りというのは、どこもだいたい同じだ。だから、警察庁も法務省もなんだか似たような雰囲気だと、隼瀬は思った。

砂山が案内してくれたのは、専任チームが使用していたような小さな会議室だった。

「ここで待っていてくれ」

そう言って砂山が出て行った。

水木は椅子に腰かけ、腕組みをしたまま黙っていた。何を言っていいのかわからないので、隼瀬も黙っていた。

それから、ずいぶんと待たされた。十分近く経ってようやく砂山が戻って来た。彼は後輩らしい男を伴っていた。

砂山が水木に言った。

「庄司だ」

水木が自分と隼瀬を紹介してから言った。

「刑事に話を聞かれたそうだな」

庄司がこたえる。

「ええ……。神谷の同期の者に話を聞いている、と言っていましたが……」

水木は砂山に言った。

「これから話すことは、後々、聞かなければよかったというような内容が含まれている。同席しないほうが、おまえのためだと思うが……」

砂山は薄笑いを浮かべて言う。

「おまえのそういうものの言い方には、すっかり慣れっこだよ。もったいぶらなくていいから、話を始めてくれ」

「いや、今回は本気でヤバイ。うちのカイシャで自殺者が出たのは聞いているか？」

「そうらしいな」

「俺はそれも神谷の件と無関係ではないと思っている」

砂山は笑いを消し去り、眉をひそめた。

「まさか……」

「神谷があることを彼に話した」

水木は庄司を見て言った。「彼はそれを、警視庁の刑事に話した。その刑事が自殺したうちの岸本に話した……。そういうわけなんだ」

「あることって何だ？」

「それを聞いたら、後戻りできなくなる。だから、席を外したほうがいいと言ってるんだ」

砂山は庄司を見た。庄司は落ち着きをなくしている。砂山が水木に視線を移した。

「秘密を知ったがために、二人の官僚が消されたということか？」

水木がうなずく。

「俺はそう思っている」

砂山が笑い出した。

「おまえの言うことはいつも大げさだ。狼少年《おおかみしょうねん》なんだよ、おまえは。大騒ぎしても、結局何も起きない」

「狼少年も最後には本当の危機を知らせようとするんだ」

「面白そうだから、俺にも聞かせろ」

そう言われて、水木は砂山を睨んだ。

「冗談じゃ済まなくなるんだぞ。実際に、二人の官僚が死んでいる」

隼瀬は二人のやり取りを聞いていて、ますます混乱してきた。自分は、砂山と同じ立場を取りたい。あくまでも、陰謀説などは妄想だと思いたいのだ。

だが、水木と同じような危機感を抱いているのも事実だ。

自分のスタンスを決めかねて、揺れ動いている。

砂山が言う。

「俺も法務官僚だ。本当におまえが言うとおり、何かの陰謀で二人の官僚が死んだというのなら黙ってはいられない」

ごく大雑把《おおざっぱ》に言うと、警察を統括するのが警察庁で、検察や裁判所を統括するのが法務省だ。警察と検察はともに犯罪を取り締まる側にいる。つまり、普段から同じ陣営にいるということだ。

警察が検挙しただけでは事件は終わらない。検察が起訴し、裁判で罪を確定しなければならない。

警察庁が関心を持っているのに、検察の親玉である法務省が黙っているわけにはいかないということだ。

水木が言った。

「俺はおまえのことを思って言っているんだ」

「それを、余計なお世話というんだ。さあ、ぐずぐずしていると昼休みが終わるぞ。さっさと質問を始めろ」

水木が隼瀬を見て言った。

「……ということだ。質問するのはおまえの役目だ」

隼瀬は思わず言った。

「本当にいいんですね？」

砂山が言った。

「心配するなと言っている」

水木がうなずいたのを見て、隼瀬は庄司に言った。

「訊きたいことは一つです。これは、警視庁の松下さんにも訊いたことなんですが……」

庄司は、不安げな表情をして無言でうなずいた。

「神谷さんはあなたに、キンモクセイについて尋ねたそうですね」

庄司の顔色がますます悪くなったように感じられた。

庄司は、何度かつばを飲み込む仕草をした後に言った。

「そのことが、神谷の死に関係があると思いますか？」

「自分にはわかりません。ですが、そう考えている人がいることは確かです」

「水木さんのように？」

そう言われて、隼瀬は一度水木を見てから庄司に眼を戻してこたえた。

「そう。そして、警視庁の松下さんもそう考えている様子でした」

「あなたがたは、どういう権限でこのような質問をしているのですか？」

「権限……？」

「これは、警察庁の正式な調査なのですか？」

どうこたえようか考えていると、水木が言った。

「正式な調査じゃない。課長にも内緒だ。ばれたら処分を食らうかもな」

庄司が水木に言った。

「正式な調査でないのなら、どうしてこんな質問をするのですか？」

水木がこたえる。

「知りたいからさ。そして、知らなければならない」

「知らなければならない？」

「俺たちはすでに、キンモクセイという言葉を知ってしまった。だから、自分の身を守るためには、それが何かを解明して、公表するしかないんだ」

「公表ですか？」

「そうだ。そうなれば、秘密ではないので、俺たちは危険ではなくなる」

「解明する過程で、消されるとは思わないんですか？」

「キンモクセイという言葉を知ってしまったからには、いずれにしろ無事では済まないかもしれない。ならば、生き残る可能性に賭けたい」

砂山が苦笑した。

「やっぱり、おまえの言うことは大げさだ」

「もっと危機感を持つことだな」

水木が砂山に言った。「でないと、神谷の二の舞いだぞ」

砂山は苦笑を浮かべたまま黙っていた。

隼瀬は庄司に尋ねた。

「神谷さんが、殺害される前に、あなたにキンモクセイのことを尋ねたことに間違いはありませんね？」

庄司は、どうこたえるべきかしばらく考えている様子だった。やがて彼は言った。

「そうですね。間違いありません」

「あなたは、その言葉について何か知っていたのですか？」

「いいえ、知りませんでした。その言葉の意味も、また、それがどういうものかも

「……」

「知らなかったと過去形で言いましたね。今は知っているということですか？」

庄司はかぶりを振った。

「知りません。ただ……」

「ただ、何です？」

「今は特別な言葉だということを知っています。松下さんに訊かれたときは、たいしたことだとは思っていませんでした。でも、その言葉のせいで、神谷は殺されたのかもしれないと、今は思うようになりました」

「神谷さんは、どうしてあなたに尋ねたのでしょう？」

「え？」

「その言葉についてです。他の同期の人には尋ねなかったのでしょう？」

庄司はかすかに首を傾げてからこたえた。

「おそらく私が公安課だからでしょう」

「キンモクセイは、公安に関係しているということですか？」

「わかりません。ただ、考えられる理由としては、そうなのではないか、と……」

「その後、その言葉について調べましたか？」

「いえ……。その言葉を口に出すのも恐ろしいと感じるようになりました」

「神谷さんは、その言葉をどこで聞いたと言っていましたか？」

「そういう話はしませんでした。かなり唐突な感じで、こう言ったのです。おまえ、キンモクセイって知っているか、と……。最初は、花のことだと思いました。そういう季節ですし……」

「でも、そうではないと気づいたのですね？」

隼瀬が尋ねると、庄司はうなずいた。

13

「こいつ、何言ってるんだろうと思いましたよ。キンモクセイを知らないやつなんていないでしょう。あ、花のことですが……」

庄司が言った。

隼瀬は無言で、話の先を促した。

「でも、その言い方とか表情を見て、あ、何か違うことを言ってるなって思ったんです」

隼瀬は質問した。

「それで、あなたはどうこたえたのですか？」

「聞き返しましたよ。それは何のことなんだ、って」

「神谷さんは何とこたえたんです？」

「知らないならいい、って……。質問しておいて、そんな言い草はないだろう。そのとき、僕はそう思いました」

「そりゃそうだな……」

砂山が言った。「おまえ、追及しなかったのか？」

「向こうから言いだしたことだし、僕は別に興味ありませんでしたから……」

隼瀬はさらに質問した。

「それで、何か公安に関係があるかもしれないということですが、何か他に心当たりは……？」

庄司はきっぱりとかぶりを振った。

「心当たりなんてないですね。何のことかまったくわかりません」

「警視庁の松下さんに尋ねられて、そのことを話しましたね？」

「ええ、まあ……」

「それはなぜです？」

「なぜって……」

庄司は、困ったような表情になった。「殺人事件の事情聴取ですからね。知っていることをすべて話すべきだと思ったんです」

「その後の経緯を知っていますか？」

この隼瀬の質問に、庄司は眉をひそめた。

「その後の経緯？」

「殺人事件捜査のその後です」

「詳しいことは知りませんが……」

庄司はちらりと砂山を見た。その態度で、まったく知らないわけではないことがわかった。

隼瀬は言った。

「捜査本部が、突然大幅に縮小されました」

庄司は何も言わない。隼瀬はさらに言った。

「警視庁では、刑事部だけでなく、公安部の外事一課と三課が動いていたのですが、それもほぼ同時に活動を終了しました」

庄司は黙ったままだ。質問されないので、発言しなくていいと思っているのかもしれない。

隼瀬は尋ねた。

「それについてはご存じでしたか？」

「ええ、まあ……。松下さんから、そういう電話をもらいましたから……」

「松下さんから電話？どういう電話だったんです？」

「何があったのか知らないか、と……」

「何があったのか、知らないか？」

「ええ。松下さんも当惑しているようでした。……というより、腹を立てているようでしたね」

「突然、捜査から外されたことに怒っていたわけですね？」

庄司はしばらく考えてから言った。

「捜査から外されたことを怒っているという感じではなかったですね。ちゃんと捜査しないことに腹を立てていたんじゃないでしょうか」

おそらく庄司の言うとおりだろうと、隼瀬は思った。会ってみてわかったが、松下は頑固そうだった。つまり、警察官としての信念を持っていると期待できるタイプだ。

「それで……」

隼瀬は尋ねた。「何が起きたんだと思いますか?」

「警視庁の捜査のことはわかりませんよ」

「警視庁の捜査のことではなく……。松下さんがあなたに電話して尋ねたのでしょう? 何があったのか知らないか、と……」

「僕にわかるわけないでしょう」

庄司はまた、砂山を見た。

隼瀬は砂山に尋ねた。

「何かご存じなのですか?」

「知らんよ」

「神谷さんの件で、庄司さんと何か話し合ったんじゃないですか?」

「そりゃ、同じ省の人間が殺されたんだ。大事《おおごと》じゃないか。話くらいするさ」

そのとき、水木が言った。

「おい、隠し事とかはなしだぞ」

砂山が言った。

「そっちこそ、何か隠しているんじゃないのか？　俺たちは公安課といってもおたくのように実動部隊を抱えているわけじゃない」

「公安調査庁があるじゃないか」

「警視庁の公安に比べたら、公調なんか子供の遊びみたいなもんだよ」

「おまえの言葉をそのまま信じるわけにはいかないな。公調は特高《とっこう》警察の血を最も濃く受け継いでいるじゃないか」

「ばか言うな。特高の直系はおまえら警察庁の警備企画課とその傘下にある全国の警察の公安だろう」

そんな話をしている時じゃない。そう思いながら、隼瀬は言った。

「自分らは、何も知りません。だから、こうしてお話をうかがっているのです」

砂山が隼瀬に言った。

「俺たちだってばかじゃない。何か妙なことが起きているということはわかる。そして、それは俺たちのような下々《しもじも》の人間には手が出せないような何かだろう」

水木が言う。

「手なんか出せなくたっていい。俺たちに危険がなければ、それでいいんだ」

「だったら、見ざる聞かざる言わざるを決め込んだほうがいい。他の官僚のようにな」

「だが、その官僚が二人も死んでいるんだ」

「余計なことを知ろうとしたり、他人に話そうとしたからじゃないのか」

「神谷が誰かに何かを話した、ということか？」

砂山はかぶりを振った。

「俺はあくまで、一般論を話しているだけだ」

「ふん。その一般論というやつは、なかなか曲者《くせもの》でね。何か心当たりがなければ、そういう言い方はしないものだ」

「そんなことはないさ……」

砂山がトーンダウンしたように感じた。その瞬間、彼は何かを知っていると、隼瀬は思った。

理由はない。直感だった。だが、こういう場合、直感はばかにできない。

隼瀬は砂山に言った。

「下々の人間には手が出せない何かとおっしゃいましたね？　それは例えば、どういうことがあり得ますか？」

「そういうことを、憶測で言うわけにはいかない」

「神谷さんは、どういう仕事をされていたのでしょう？」

「さあ、詳しいことは知らない。だが、刑事局総務課だから、局内の庶務担当なんじゃないか？」

「企画調査室にいて、日米合同委員会に関わっていたという話を聞いています」

砂山が無表情になった。急に隼瀬の話に関心がなくなったような態度だった。

だが、本当に関心がなくなったわけではないだろう。砂山は表情を閉ざしたのだ。なぜそうする必要があったのだろう。隼瀬の話が危険な領域に入ったからではないだろうか。

無表情のまま、砂山は言った。

「日米合同委員会ね……。まあ、関わっていたかもしれない。うちの大臣官房長がメンバーの一人だからな。刑事局総務課なら、資料作りくらいは手がけていただろう。だが、それだけのことだろう」

「その資料作りの最中に、キンモクセイについて見聞きしたということはないでしょうか？」

砂山がますます落ち着かない様子になってきた。

「どうしてそんなことを考えたんだ？　何か根拠はあるのか？」

「根拠はありませんが、日米合同委員会なら、下々の者が手を出せない、という条件に当てはまると思いまして……」

砂山は言った。

「そろそろ、昼休みが終わる時間だ。話はここまでだな」

水木が砂山に言う。

「何か知ってるんだな？」

砂山は肩をすくめた。

「だから、話は終わりだと言ってるだろう。おい、庄司。行くぞ」

彼らは、小会議室を出て行った。

ドアが閉まるのを見ていた隼瀬に、水木が言った。

「砂山の野郎……。もっと、根性のあるやつかと思ったが……」

「用心深いんだと思います」

「守るときと攻めるときがある。それを判断できないやつは死ぬぞ」

「自分も死にたくはありませんね」

「俺だってそうだ」

「一つわかったことがあります」

「何だ?」

「砂山さんは、日米合同委員会の話題には触れたくない様子でした」

「ああ。どうやらそのようだな」

「神谷さんはやはり、日米合同委員会絡みでキンモクセイのことを知ったのかもしれません」

水木がしばらく考えてから言った。

「しかし、いったいどこから日米合同委員会のことなんか思いついたんだ?」

「知り合いの厚労省官僚が言っていたことなんです」

「警察庁より厚労省のほうが情報通だということか。そいつは面白くねえな」

「そいつはもともと好奇心が旺盛なやつなんです」

水木が時計を見て言った。

「とにかく、こんなところにいても仕方がない」

「昼飯を食べに行きますか」

「食欲がないんじゃなかったのか？」

「なんだか、腹が減ってきました」

「そろそろ虎ノ門あたりの店もすく頃だろう」

水木はそう言って立ち上がり、会議室を出た。隼瀬はそれについていった。

食事を終えて、午後一時半頃席に戻った。山積みの書類を片づけようとしていると、携帯電話が振動した。

歩美からだった。

「ごめんね、月曜日行けなくて」

『アルバトロス』で木菟田や燕谷と会ったときのことだ。

「いや、もともと木菟田に話があっただけだから……」

「鷲尾君も行けなくて残念がっていたわ」

二人はやはり、連絡を取り合っているということだ。それが少しばかり気がかりだった。

「また土曜会で会えるだろう」

「その前に、月曜日のリベンジできない？　こないだの土曜会のときの話の続きも気になるし……」

「そうだな。いつがいい？」

「突然だけど、今夜は？」

「そうだな……。別に予定はない。でも、時間が読めない」

「じゃあ、とにかく『アルバトロス』で待ってる」

「わかった。なるべく早く行く」

ちょっとだけ間があってから、歩美が声を落として言った。

「自殺ですって……？」

岸本のことだ。

本当に自殺だったか、まだわからない。だが、電話でそんなことを言うわけにはいかないと思った。

「刑事局にいた後輩だった」

「ショックよね」

「ああ」

「じゃ、後でね」

電話が切れた。

歩美のほうから誘ってくれたというだけでうれしかった。

神谷や岸本の件で、ひどく気分が落ち込んでいたし、危機意識もあった。だが、歩美からの電話一本で、気分が軽くなった。現金なものだと、我ながら思った。

今夜、歩美に会えると思うと、精力的に仕事を片づけることができた。午後はずっとパソコンのキーを叩き続け、午後八時半には仕事が片づいた。予想よりずいぶんと早かった。

隼瀬は、庁舎を出て銀座に向かった。

歩美は、いつもの奥の席にいた。

鷲尾もいっしょだった。

これはある程度予想していたことだ。昼間電話で、歩美が鷲尾のことを話題にしていたからだ。

二人が向かい合って座っていたので、隼瀬は鷲尾の隣に腰を下ろした。

食事がまだだったので、ビールとパスタを注文する。

乾杯を済ませると、歩美が言った。

「後輩のことは、ご愁傷さま」

「ああ……」

「木菟田君とは、何の話だったの？」

隼瀬は肩をすくめて言った。

「結局、神谷道雄が殺された話になったよ」

「土曜日と同じことを訊くけど、犯人の目星は？」

「まだついていない。それればかりか……」

隼瀬は、一瞬迷ってから言った。「警視庁は、捜査本部を縮小した。そして、動いていた公安部外事一課と三課が手を引いた」

歩美が眉をひそめた。隣の鷲尾も怪訝そうに隼瀬のほうを見た。この二人は知らなかったようだ。

歩美が言った。

「それ、どういうこと？」

経産省は、司法関係とは距離がある。防衛省は警視庁と、警備部の訓練などで交流はあるものの、やはり犯罪捜査からは遠い。

だから、彼らは捜査の動きを把握できずにいたのだ。

「どういうことなのか、俺にもわからない」

「警察庁なのに、警察の動きがわからないというの？」

ここは説明して、彼らからも意見を聞かなければならないと、隼瀬は思った。

14

「もちろん、警察で何が行われているか、たいていのことはわかる」

隼瀬は言った。「日常の業務をいちいち把握しているわけじゃないけど、何か問題が起きたり特別なことがあればわかる。でも今回のことは、俺にとってまったくの謎だ」

歩美と鷲尾は顔を見合った。

二人の行動は、そんな些細《ささい》なことでも、今の隼瀬には気になってしまう。

「犯人の目星はついていないんでしょう？」

「ついていない」

「それなのに、警視庁は捜査本部を縮小したというの？」

「大幅に」

「それって、仕事を放棄したってことじゃない」

「誰かが特別な指示をしないと、そんなことにはならないと思う」

「誰が指示したの？」

「わからない。だが、警察内部の人間じゃないと思う。内部の者にそんなことは無理だ」

「政治家とか……？」

隼瀬はかぶりを振った。

「わからないが、その線はないと思う。政治家に捜査をやめさせるような力なんてないよ」

「そうかしら」

「少なくとも、俺はそう思っている」

「じゃあ、誰がそんな指示をしたの？」

「木菟田と燕谷は、日米合同委員会が関与しているんじゃないかと言っていた」

歩美はぽかんとしていたが、鷲尾が反応した。彼は横から、厳しい眼差しを向けてきた。

今まで彼は黙って隼瀬と歩美のやり取りを聞いていた。もともと無口な男で、これはいつものことだった。だいたい鷲尾は聞き役なのだ。

その鷲尾が口を開いた。

「そんなことを言ったのは、木菟田か？　燕谷か？」

「燕谷だったと思う。最初は、あいつの陰謀説を、木菟田もばかにしていたんだ。でも、そのうち、木菟田も陰謀説めいたことを言いはじめた」

「燕谷は、日米合同委員会について、どんなことを言っていた？」

「いろいろな密約を決めて、日本を支配するための委員会だというようなことを言っていた」

「日本を支配？」

歩美が笑顔を見せる。「アメリカが？　戦後何年経っているると思ってるのかしら」

鷲尾が歩美に言った。

「経産省にいると感じないだろうけどな、俺たちはけっこうリアルに感じているぞ」

歩美が意外そうに鷲尾を見た。

「アメリカが日本を支配しているってことを？」

「そう。例えば、横田《よこた》空域だ。横田基地にアプローチする空域だが、東京、埼玉、神奈川、山梨、群馬、栃木、長野、静岡、そして新潟にまたがる空域の航空管制権を米軍が持っている。日本の民間機は、その空域を避けて飛行しなくてはならない」

歩美が驚いた顔になった。

「え、日本の上空なのに、米軍が管制権を持ってるわけ？」

「岩国にも同様の空域がある。その一方で、沖縄では、米軍の戦闘機やヘリコプターが日常的に民家や学校の上空を飛行している。日本は事実上それを規制できない」

普段は無口だが、言うべきことは言う。鷲尾はそういう男だ。

歩美は肩をすくめる。

「まあ、経産省にいてもいかに日本に対するアメリカの影響が大きいかよくわかるけど……。アメリカの為替や株価の影響が、日本ほど露骨に反映する国は他にないわね」

鷲尾はうなずいてから、隼瀬に尋ねた。

「どうして日米合同委員会の話になったんだ?」

「燕谷が言ったんだ。殺害された神谷道雄は、日米合同委員会に関わっていたって……」

「しかし……」

鷲尾が戸惑ったように言う。「法務省の官僚が合同委員会に関わっていたとしても、別に不自然なことはないと思うが……」

「神谷道雄は、知ってはいけないことを知ってしまったんだと、燕谷が言っていた」

「ばかな……。官僚がマル秘やカク秘を扱うのは、言ってみりゃ日常業務だ。そんなんでいちいち殺されていたら、官僚なんていなくなっちまうぞ」

「俺もそう思っていたんだが……」

「だが……?」

「いろいろ話を聞いているうちに、何かが俺たちの知らないところで進行しているような気がしてきたんだ」

歩美が眉をひそめる。

「それ、どういうこと?」

隼瀬は彼女を見た。

「うちの後輩が死んだ件だけど、もしかしたら、神谷道雄と関係があるのかもしれない」

「え……。だって、自殺でしょう?」

「そういうことになっているけど……」

鷲尾が尋ねる。

「殺されたというのか？」

「そういうことも考えられる、という話だ。公式には、あくまでも自殺だけどね」

「おまえは、自殺だと思っていないのか？」

　そう聞かれて、隼瀬はしばらく考えた。

「わからないんだ。岸本っていうんだけどね、その自殺したことになっているやつ。岸本は、神谷の件を捜査していた警視庁の刑事から、あることを聞いていたんだよね」

「あることって、何だ？」

　隼瀬は戸惑った。

「それを言っていいものかどうか、迷っているんだ」

「どうして？」

「まず、第一にそれを知ってしまったら、おまえたち二人にも危険が迫る恐れがある」

　鷲尾と歩美はまた顔を見合わせた。だが、二人は何も言わなかった。

　隼瀬はさらに言った。

「そして、そのことを知っている人は少ないほどいいと思う。だから、俺は……」

　鷲尾は隼瀬を見て言った。

「おまえがそう判断するなら、それでいいさ」

　彼にそう言われると、なんだか落ち着かない気持ちになる。せっかくこの二人に会っているのに、話が中途半端で終わってしまいそうだ。

隼瀬が黙っていると、鷲尾が続けて言った。

「だがな、おまえが俺たちから何か意見を聞きたいと思っているのなら、知っていることをすべて話すべきだ」

「だけど、おまえたちを危険にさらすことはできない」

「それは俺たち自身が考えることだ」

歩美が隼瀬に尋ねた。

「木菟田君や燕谷君は、そのことを知っているの？」

「いや、知らない。土曜会で知っているのは俺だけだ」

「じゃあ、隼瀬君だけが危険なわけね。そんなの私たちが納得すると思う？」

「いや、納得するとか、そういうことじゃなくて……。俺は警察官僚だから、ある程度の危険は覚悟している」

「カッコつけすぎよ。本当にそんなに腹をくくっているわけ？」

「いや、それは……」

そういうツッコミはきつい、と隼瀬は思った。安定していて、一生食いっぱぐれがないから公務員になったという一面は否定できない。

鷲尾が言った。

「警察官僚が危険を覚悟しているというのなら、俺たち防衛省の人間だって同じだ」

歩美が言う。

「それも同じくカッコつけすぎ。事務方が最前線に出ることはあり得ないじゃない」

あ、それは言ってはいけないことだ。そう思って、隼瀬は少しばかり慌てた。

それが鷲尾のコンプレックスなのだ。

機嫌を損ねるのではないかと心配して、隼瀬はそっと表情をうかがった。しかし、鷲尾は平気な顔だった。ほほえみさえ浮かべている。

相手が歩美だからだろうか。

彼女が隼瀬に言った。

「私たちにそのことを相談しようと思っているんでしょう?」

「……というか、意見を聞きたいと思っている。カイシャの先輩で、危機感を抱いている人がいる。行きがかり上、その人といっしょにいろいろと調べることになってしまった。けど、実際にどのくらい危険なのかもわからない。後輩が死んで、なんだかやばいんじゃないかとは思っている。でも、実感がないんだ」

鷲尾が言った。

「すべてを聞かなければ、意見の言いようがないな」

隼瀬は、二人の顔を交互に見た。

「二人とも、話を聞く覚悟があるということか?」

歩美が言った。

「いいから、早く話して」

鷲尾は無言でうなずいた。

隼瀬は言った。

「警視庁の刑事が、ある言葉を神谷の同僚から聞き出していた。神谷はその言葉について、何か知っているかと、その同僚に尋ねたそうだ」

鷲尾と歩美は、同様に眉をひそめている。鷲尾が質問した。

「神谷の同僚というのは、法務官僚ということだな?」

「そう。神谷の同期で、部署は刑事局公安課だ」

「神谷はどうしてその同僚に尋ねたんだろうな……」

「その言葉が公安に関係あると考えたのかもしれない」

「おまえのところが、公安の元締だろう」

「だから、うちは警察の公安を束ねているだけだ。法務省は公安調査庁を持っている」

「それで……」

鷲尾が尋ねた。「その言葉というのは?」

「そう」

歩美がうなずく。「それを教えてくれなくちゃ……」

隼瀬は言った。

「キンモクセイという言葉なんだ」

歩美はぽかんとした顔になった。

「キンモクセイ？　そういえば、そろそろそんな季節ね」

隼瀬は言った。

「花のことじゃないと思う。何かのコードネームなのかもしれない」

鷲尾は、歩美よりもぽかんとした表情だった。彼のこんな表情は珍しい。

それから彼が笑い出したので、隼瀬は驚いた。

「どうした？　何がおかしいんだ？」

「おまえがもったいぶるからだ」

「別にもったいぶったわけじゃない。二人も官僚が死んでいるんだから、慎重になるのは当然だろう」

「さんざん俺たちを脅しておいて、キンモクセイか……」

今度は、隼瀬が眉をひそめる番だった。

「おまえは、その言葉の意味を知っているのか？」

「おまえは知らないのか？」

「神谷のことがあって、初めて聞いた」

「なるほどな。公安の元締と言っても、すべての情報が共有されているわけじゃないだろうからな……」

「いったい何なんだ？　キンモクセイっていうのは」

「コードネームといえばコードネームだな。駄洒落《だじゃれ》みたいなもんだぞ」

「駄洒落だって？」

「そうだ。ホウレンソウみたいなもんだ」

歩美が尋ねる。

「ホウレンソウって、あの報告・連絡・相談のホウレンソウ？」

「そう。キンモクセイは、禁止の禁、沈黙の黙、そして制圧の制で、禁黙制だ」

「禁黙制……」

隼瀬は鸚鵡《おうむ》返《がえ》しにつぶやいた。歩美が鷲尾に尋ねる。

「何のコードネームなの？」

「幻の監視システムだ」

「監視システム？」

「そう。一九九七年に、陸幕調査部第二課別室などの防衛庁の情報部門が統合される形で情報本部ができた。そのときに、シギントの目玉としてさかんに話し合われたんだそうだ」

歩美が聞き返す。

「シギント？」

「インテリジェンスの手段の一つだ。シグナルインテリジェンスの略で、電子的な情報収集のことだ」

隼瀬が補足説明する。

「それに対して、人間と直接接触して情報を集めることをヒューミントって言うんだ。ヒューマンインテリジェンスの略だね。そのほか、新聞・雑誌・放送などの公開情報をチェックすることを、オシントと言う。これ、オープンソースインテリジェンスのことだね。諜報機関の仕事の九割はこのオシントだと言われている」

鷲尾が説明を続ける。

「一九九五年に、地下鉄サリン事件が起きた。情報本部ができた一九九七年には、まだその記憶も新しく、テロに対するさまざまな対応が検討されていたそうだ」

歩美がうなずく。

「担当当局としては、当然そうよね」

「かつて陸幕調査部第二課別室が運営していた電波傍受施設があり、それが情報本部に受け継がれた。『象の檻《おり》』って聞いたことがあるだろう？　米軍も三沢《みさわ》基地や沖縄の楚《そ》辺《べ》通信所などの傍受施設を持っていた。それだけじゃない。米軍中心に世界中にエシュロンという傍受システムが張り巡らされている。情報本部では、そうした傍受システムなんかを利用した監視体制を、いろいろと検討してはボツにしてきた。キンモクセイも、ボツになったアイディアの一つだったんだ」

「幻の監視システムか……」

隼瀬は思わずつぶやいていた。

15

「じゃあ……」

歩美が、あきれたような顔で言う。「隼瀬君の勘違いだったってこと？」

鷲尾が言う。

「そうなんじゃないのか？」

隼瀬はこたえた。

「いや、勘違いしているとしたら、俺じゃない」

「誰だ？」

いつの間にか、キンモクセイが、きわめて危険な秘密を指す言葉だと思い込んでいた。そのきっかけとなったのは誰の発言だっただろう。隼瀬は記憶をたどった。

最初にその言葉を隼瀬に教えたのは水木だった。そして、水木は岸本から聞いたと言っていた。その岸本は、警視庁の松下から聞いたのだ。

水木はその言葉の意味を知らなかった。そして、岸本も知らなかったはずだ。松下も、何か思わせぶりな言い方をしていたが、知らないに違いない。

松下は、隼瀬から何かを聞き出そうとカマを掛けただけだろう。

その後、法務省の庄司と砂山に話を聞いた。

庄司は神谷からキンモクセイについて質問されたとき、何のことかわからなかったと言った。その言葉に嘘はなさそうだった。

その後、松下から話を聞いて、その言葉が神谷の死と関係があるのかもしれないと思うようになった。

つまり、庄司もキンモクセイについては何も知らないということだろう。

砂山は何か知っていて隠しているような様子だったが、それも定かではない。彼は、こちらから何か聞き出そうとして、思わせぶりな態度を取っただけなのかもしれない。

また、本当に何か知っているのかもしれないが、それがキンモクセイについてだとは限らない。

いろいろと考えた結果、隼瀬は言った。

「勘違いしているとしたら、警視庁の松下じゃないかと思う。俺は、松下の話を聞いてから、キンモクセイという言葉のせいで、神谷が殺されたのではないかと思うようになった。カイシャの同僚がその言葉を俺に教えたんだけど、彼が俺の危機感を募らせたという一面もあるな」

「……」

「だったら、その連中にも教えてやるんだな。キンモクセイは秘密でも何でもないって
「だとしたら……」

隼瀬は考えながら言った。「どうして、俺たちは知らなかったんだ？」

「何だって？」

「俺たちは公安の元締だ。監視システムの名前なら、当然俺たちが知っていなきゃおかしい」

「だからそれは、ずいぶん昔にボツになったアイディアだから……」

「それにしても、公安の誰かが知っていておかしくはない」

「知っているのかもしれない」

「知っている？」

「そう。知っていて隠しているのか、あるいは、まったくたいしたことだと思ってないので、何も言わないか……。俺は後者だと思うけどね」

「でも……」

歩美が思案顔で言う。「神谷道雄が殺される前に、同僚にキンモクセイについて尋ねたんでしょう？　何か怪しいわよね」

隼瀬はうなずいた。

「そして、うちのカイシャの岸本も、その言葉を警視庁の松下から知った直後に死んだ」

「偶然とは思えないわね」

鷲尾が言った。

「おまえは死んでいない」

隼瀬は鷲尾を見て言った。

「ああ。まだな」

「それに、おまえにキンモクセイという言葉を教えた同僚も生きているんだろう？　警視庁の刑事はどうだ？」

「生きている」

「神谷道雄がキンモクセイについて質問した法務省の同僚は？」

「生きてるよ。ああ、おまえの言いたいことはわかる。死んでいるのは二人だけだ。だがな、この先も二人だけとは限らないんだ」

「疑心暗鬼になっている人たちに、早く教えてやれよ。キンモクセイはすでに葬られたアイディアだって」

「鵠沼が言ったように、俺には偶然とは思えないんだ。たしかにおまえが言うように、みんな考え過ぎなのかもしれない。だけど、何か不可解なことが起きていることは事実なんだ」

鷲尾が表情を引き締めた。

「たしかに、警視庁の動きは気になる。誰かが捜査にストップをかけたとしたら、おおいに問題だな」

隼瀬はしばらく考えてから言った。

「キンモクセイについて、少し調べてくれないか」

「俺がか？」

「情報本部に知り合いはいないのか？」

「いないことはないが、連中は口が堅い」

「おまえなら何とかなるだろう」

鷲尾は小さく肩をすくめただけで何も言わなかった。隼瀬はそれが、了承を意味していると思った。

午後十一時頃にお開きになり、『アルバトロス』を出た。隼瀬の住居は北新宿三丁目で最寄りの駅はJR中央線大久保だ。いつも新橋駅からJR線に乗る。

鷲尾は目黒区東山二丁目で、最寄りの駅は東京メトロ日比谷線の中目黒。歩美は川崎市高津区二子《ふたご》三丁目で、最寄りの駅は、東急田園都市線の二子新地《ふたこしんち》だ。

歩美はたいてい東京メトロ銀座線で表参道まで行き、半蔵門線に乗り換え、そのまま田園都市線に乗り入れで二子新地まで帰る。

つまり、三人は乗る電車がばらばらだった。些細なことだが、それで隼瀬は安心できる。

鷲尾と歩美が同じ電車に乗り、自分だけが別というのは、今の隼瀬には耐えがたい。

キンモクセイのことは気になるが、鷲尾と歩美のことも気になる。鷲尾は抜け駆けをするようなやつじゃないと、木菟田は言っていた。

隼瀬もそう思いたいが、どうも歩美のことになると疑心暗鬼になってしまうようだ。わかってはいるのだが、自分でもどうしようもない。

もしかしたら国家の一大事かもしれないのに、俺は何を考えているのだろう。隼瀬はそう思い、情けなくなった。

この時間のホームは混んでいる。周囲はアルコールの臭いで満ちているが、自分も飲んでいるので、隼瀬は気にならない。

やがて電車がやってくる。

ふと、隼瀬は不安を覚えた。今ホームから突き落とされたら助からないだろう。まさかと思いながらも、二、三歩後方に下がっていた。

何事もなく電車はホームに滑り込んでくる。隼瀬はそっと周囲を見回してみた。別に変わったことはない。

電車に乗り込むと、すぐに発車した。窓に自分の顔が映っている。なんだか頼りなく見えた。

しっかりしろよ。

隼瀬は自分の顔に心の中で語りかけた。

でないと、自分の身を守れないぞ。

翌日、出勤してきた水木をつかまえて、いつもの会議室に連れて行った。

「何だよ」

水木は機嫌が悪そうだった。だが、これはいつものことで、隼瀬は別に気にしなかった。

「キンモクセイが何なのかわかりました」

水木が目を細める。

「本当か？」

「防衛省情報本部ができた頃に考えられた監視システムだったようです」

「監視システム？」

「禁止の禁、沈黙の黙、そして制圧の制で、禁黙制なんだそうです。駄洒落のようなコードネームですよね」

「情報本部で運用されているのか？」

「それが、どうやらボツになったアイディアのようです」

「ボツになった……？」

「そうです。防衛省の知り合いは、その名前を聞いて笑っていましたよ。そんなものは秘密でも何でもないって……」

「具体的にはどんなアイディアだったんだ？」

「そいつは『象の檻』とかエシュロンの話をしていましたね。そういうものと関係があるんじゃないですか」

「傍受システムか……。いずれにしろシギントなんだな」

「そういうことですね」

「冗談じゃねえ。ぶっちゃけ、盗聴システムだろう。そんな計画があったと知られるだけで、情報本部はまずいことになるだろう」

「どうでしょう。すでに『象の檻』については、広く知られていますから。防衛省のやつが秘密でも何でもないと言うのですから、たいしたシステムじゃないんでしょう」

「そんなもののために、官僚が二人も殺されたってのか？」

「待ってください。岸本は殺されたわけじゃありませんよ」

「表向きはな……」

「証拠もないのに、軽はずみなことは言わないほうがいいですよ」

「ふん。インテリジェンスの世界に、証拠なんて関係ない。油断したらやられる。それだけだ」

水木は、まだ警戒を解く気はないらしい。

隼瀬は言った。

「俺たちは、勘違いしていたのかもしれませんよ」

「勘違い？」

「キンモクセイが、恐ろしい秘密の言葉だと思い込んでいたのです」

水木は、何も言わず隼瀬を見つめている。何事か考えているのだ。

隼瀬はさらに言った。

「殺人事件の捜査の過程でその言葉に出会った松下さんは、そのせいで神谷さんが殺されたんだと思い込んでしまったのでしょう」

水木はつまらなそうに言った。

「禁黙制か……。たしかにあまりセンスはよくないな」

「そうですかね」

「松下が勘違いして、俺たちもすっかりそれを信じちまっていた……。おまえはそう言いたいのか？」

「だってそうじゃないですか。ボツになったアイディアなんて、たいしたもんじゃないでしょう」

「じゃあ、何で神谷は今頃庄司にそのことを尋ねたんだ？」

「それは……」

隼瀬は理由を思いつかなかった。「俺にはわかりませんね。どこかで話題になったのを聞いて、何のことかわからなかったので、公安課の庄司に訊いてみようと思った……。ただそれだけのことじゃないんですか」

「おまえはおめでたいな」

「水木さんは、そうじゃないと考えているんですか？」

「松下が勘違いしたって可能性はあるよ。だが、勘違いじゃなくて、キンモクセイが本当に危険な秘密のコードネームである可能性だって同じくらいあるんだ」

「俺は、キンモクセイがすでに過去に葬り去られたものであって、みんながその言葉に過剰反応しただけだと思いたいですね」

「俺だってそう思いたいさ。だがな、俺はそれほど間抜けじゃない」

「俺は間抜けですか」

「もし、神谷や岸本のように消されたら間抜けだな」

「とにかく、俺は松下さんに会ってみますよ」

「じゃあ、ついでに、松下が何かつかんでいないか、訊いてみてくれ」

「松下さんは、捜査本部から外されたんですよ。すでにもう、他の事案に関わっているかもしれません」

「だからさ、ごちゃごちゃ言ってないで、松下が何をしているか聞いてくるんだよ。さっさと行け」

「それを知りたがるということは、つまり、水木さんは捜査を続けるということですか？」

「当たり前じゃねえか。今さら放り出せねえよ。それにな……」

「それに、何です？」

水木は一瞬迷ったような様子を見せてから言った。

「俺は恐ろしいんだよ。キンモクセイがな……」

「ボツになったアイディアですよ」

「とにかく、松下に会うなら、何か聞き出してくれ」

そう言って水木は会議室を出て行った。一人部屋に残った隼瀬は、携帯電話を取り出して、松下にかけた。

「何の用だ」

「会って話したいことがあるんです」

短い沈黙の間があった。

「午後一時に、祝田橋の交差点で待っていてくれ」

「わかりました」

電話が切れた。隼瀬は会議室を出て席に戻り、仕事を始めた。

遅めの昼食をとることにして、約束どおり、一時に徒歩で祝田橋の交差点に向かった。昨日と同様に、また内堀通りを歩きながら話をするものと思っていた。

交差点に立っていると、何人ものランナーが通り過ぎていった。クラクションの音がして、隼瀬は思わずそちらを見た。シルバーグレーの小型セダンが縁石の近くに停車している。一目で警察車両とわかる。

運転席を覗き込むと、松下がいた。隼瀬は助手席に乗り込んだ。

松下が車を出すと言った。

「話というのは何だ？」

「キンモクセイが何を意味するかわかりました」

松下は前を見たまま尋ねる。

「何なんだ？」

隼瀬は鷲尾から聞いた話を伝えた。そして、松下の反応をうかがった。

松下は無表情だった。何事か考えているのかもしれない。やがて彼は言った。

「ボツになったアイディアだって？　じゃあ、どうして神谷は殺されたんだ？」

「キンモクセイは関係ないのかもしれません」

松下は再び考え込んだ。

16

「防衛省情報本部か……」

松下がぽつりと言った。独り言だったのかもしれない。隼瀬は、返事をすべきかどうか迷って、ただ「ええ」とだけ言った。

「そいつは、俺たちにゃ手が出せねえな……」

「手を出すって……」

隼瀬は驚いた。「何か調べるってことですか？　なんでそんな必要が……」

「キンモクセイが、採用されなかった計画だって？　それをそのまま信じるわけにはいかないんだ。警察官ってのはな、裏を取らなきゃ納得しないんだよ」

「なるほど……」

裏を取ろうと思ったら、当然情報本部を調べることになるだろう。だが、松下が言ったとおり、警視庁の刑事がおいそれと手を出せる相手ではない。

「その話はどこで聞いたんだ？」

「知り合いの防衛官僚から聞きました」

「あんたがだまされているんじゃないのか？」

「だまされている?」

「そうだよ。煙に巻かれたのさ」

「自分と相手はそういう関係ではありません。信頼できる相手なんです」

「立場上嘘をつかなきゃならんときもあるだろう。それが官僚だ」

「そいつは俺に、嘘をつく理由がないんです。しかも、嘘をつかなきゃならないようなシチュエーションでもなかった……」

「どういう状況だったんだ?」

「いっしょに酒を飲んでいました」

「酒場で話すようなことじゃないぞ」

「仲間内で情報交換に使っている店です。誰かに聞かれる心配はありません」

「その防衛官僚というのは、何者なんだ?」

話す必要があるだろうか。隼瀬は迷った。だが、ここで「教える必要はない」などと突っぱねてもいいことはないと思った。

松下とは協力関係を築いておくべきだ。そのためには、こちらの手の内もある程度さらさなければならないだろう。

「同期でいろいろな省庁に入った仲間の集まりがあって、その一人なんです」

「キャリアの集まりか……」

「そういうことですね」

「どうして防衛官僚に、キンモクセイのことを訊こうと思ったんだ？」

「そいつは頼りになるやつなんで、これまでもいろいろなことを相談してきました。別に防衛省だから尋ねたというわけじゃなくて……」

「たまたま尋ねたら、そいつがキンモクセイについて知っていたということか？」

「そういうことになりますね」

「刑事はそういう偶然を信じないんだ」

「別に疑うようなことじゃないと思います」

「とにかく、キンモクセイは別にたいしたことじゃないんですと言われて、はいそうですか、というわけにはいかない」

「でも、その言葉のせいで神谷道雄が殺されたという確証はないわけですよね？　勘違いということもあり得ます」

「勘違いだと？」

松下が隼瀬を睨んだ。

「運転中ですよ。ちゃんと前を見てください」

「たしかに確証はない。だが、こっちはそれなりの感触を得ているんだ」

「刑事の勘というやつですか？」

「経験と観察力だよ。勘なんて頼りにしちゃいない」

「本当に裏を取るつもりですか？」

「ああ。やらなくちゃな……」

「すでに他の事案を担当しているのかと思っていました」

「担当してるよ。この捜査車両はそのためのものだ。だから、合間を縫って調べるつもりだ」

捜査本部を外されても、継続的に神谷道雄の件を調べているということだ。

「こちらも、調べてみます」

「何を、どうやって？」

再び、迷ってからこたえた。

「キンモクセイのことを教えてくれた防衛官僚に、さらに詳しく調べてくれと言ってあります」

「ふん。そいつが本当に信用できるといいがな」

「疑うのが仕事だということはわかりますが、疑ってばかりじゃ何も進みませんよ」

「ふざけるなと怒鳴りつけたいところだが、あんたがいつか俺の上司になることがあるかもしれないから、我慢しておく」

「たしかにその可能性は否定できませんが、確率はそんなに高くはないですね」

日本全国に、キャリア警察官のポストはごまんとあるのだ。

「俺は万が一に備えるんだ」

「それはいいことだと思います」

「一つ訊いておきたいことがあるんだが……」

「何です？」

「あんた、どういう態勢で動いているんだ？」

「態勢？」

「神谷の件を調べているんだろう？　なのに、刑事局じゃなくて、警備局なんだよな？

公安がどうしてこの件を調べているんだ？」

　ここでごまかしたり、見栄を張ったりしても意味がない。

「実は個人的に調べているだけなんです」

　松下は、しばらく無言だった。驚いたようだ。やがて彼は言った。

「個人的に、だって……」

　失望したのかもしれない。松下は、警察庁を味方にできると考えていたのではないだろうか。

「そうなんです。自分と、もう一人の課長補佐の二人で調べを進めているんです」

「なぜだ？」

「なぜだ、というのは？」

「なぜ、二人だけで動いているんだ？」

「捜査本部が縮小されるのと同時に、それまで調査をしていた外事一課と三課が手を引きました」

「ああ、そうだったな」

「うちは、外事一課と三課からの情報の受け皿として専任チームを作りました。それが急に必要なくなり、解散してしまったのです。自分は、専任チームの統括を任されていたのですが、まったく肩すかしの気分でした」

「俺が捜査本部を外されたときと同じような気分だったわけだな」

「もう一人、捜査本部の縮小について不審に思っている者がいました」

「刑事局の岸本だろう。俺に連絡を取ってきた」

「そうです」

「そして、岸本は死んだ」

隼瀬は、松下の横顔を見つめて尋ねた。

「岸本は自殺だと思いますか？」

ハンドルを握った松下は、小さく肩をすくめた。

「警視庁の公式な見解は、自殺だ」

「まだその見方が確定したわけじゃないんですよね」

「ほぼ確定だろう」

「松下さんはどう思われるのです？」

「自殺じゃないと思う」

「他殺だと考えているわけですね？」

「彼もキンモクセイという言葉を知っていた」

「ですから、その言葉はたいしたことではないということがわかったんです」

「まだわからないさ。酒飲み話だったんだろう？　宣誓した上での供述とは訳が違う」

ここで議論するつもりはなかった。捜査に必要なのは議論よりも事実だ。

「つまり、神谷も岸本も、キンモクセイのせいで誰かに消されたと、お考えなのですね」

否定するか、曖昧にこたえるかを予想していた。だが、そうではなかった。松下は低い声で言った。

「俺はそう考えている。だから、こうして資格もないのに、こっそりと捜査を継続しているんだ」

「上司に知られたら、たいへんなことになるんじゃないですか？」

「ところが、その上司も捜査本部縮小には納得していないんだ」

警視庁内部でも不満と不信感がくすぶっているということだ。

「じゃあ、松下さんが神谷道雄の件を捜査することは、上司から黙認されているということですか？」

「係長は黙認している。だからこうして今担当している捜査を抜け出せるわけだ」

「そっちの捜査のほうはいいんですか？」

「同僚がカバーしてくれているからだいじょうぶだ」

「捜査本部とは連動していないんですね？」

「ああ。信用できないからな」

「信用できない……」

「捜査本部に残った連中には、上のほうの息がかかっているかもしれない。おそらく、このまま事件を闇に葬るつもりだろう」

「どうも、現実感がないんですが……。警視庁内部でそんな陰謀があるなんて信じられません」

「俺だって信じられない気分だよ。現実感だって？　おそらく神谷も岸本もそんなものを感じないうちに死んでいったんだと思う」

「そうかもしれませんね」

「実行犯が外国人らしいというのは知っているな？」

「知っています」

「外国人が官僚を殺した。なのに司法当局はそれをもみ消そうとしているように見える。こんなことが許されていいのか？」

松下は悔しそうだった。

「我々は協力できると思います」

隼瀬は本気でそう言った。松下と協力し合うことが必要だと思ったのだ。松下は、しばらく無言で何事か考えてから言った。

「まだあんたらのことが信用できないんでな……」

「自分ともう一人の課長補佐は、本気で事件を解明しようとしているんです」

「ほらな」

「え？　何です？」

「信用してほしいなら、もう一人の課長補佐などと言わずに、名前を教えればいい」

どこまで手の内を見せるべきか。考えてみたが、わからない。結局、松下の言うとおりにすることにした。

「水木といいます。水木勇吾……」

「わかった」

「また連絡します」

「あまり顔を合わさないほうがいいだろう。会っているところを、誰に見られるかわからない」

「了解しました」

車が停《と》まった。いつしか内堀通りを一周して祝田橋に戻って来ていた。

「連絡したいときは、まず携帯の電話番号にテキストメールをくれ」

松下に言われて隼瀬はこたえた。

「わかりました」

隼瀬が降りると、車はすぐに走り去った。

急いで食事を済ませ、席に戻ると、一瞬水木と眼が合った。水木はすぐに眼をそらし、何も言ってはこなかった。

周囲の眼を気にしているのだろう。しばらくルーティンワークを続けていると、携帯電話が振動した。

記者の武藤からだった。

隼瀬は電話に出た。

「はい、隼瀬です」

「今話せるか？」

「内容によりますね」

「岸本さんが亡くなった件だ。親しかったんだろう？」

「特別に親しかったわけじゃないです」

「自殺の原因とか、いろいろ訊きたいんだ」

「自分は何も知りませんよ」

「彼が亡くなる前日に、あんたと会っていたという話を聞いたんだけどな」

隼瀬は別に驚かなかった。

待ち合わせたのは警察共済組合の宿泊保養施設でもあるホテルグランドアーク半蔵門だ。警察官の誰かに見られたとしても不思議はない。

それが警視庁記者クラブの武藤の耳に入ることは充分に考えられる。

「ええ。会いましたよ」

「何を話したんだ？」

「いろいろですよ」

「詳しく聞きたいな」

「今、仕事中ですから……」

「何時にならいい？」

こういうときの記者は強引だ。特に武藤はそうだ。逃げを打つより、約束してしまったほうがいい。

「たぶん、十九時頃なら……」

「わかった。電話する」

隼瀬は作業を再開し、集中して仕事を片づけていった。キンモクセイの件でばたばたして、仕事をおろそかにするようなことがあれば、課長が黙っていないだろう。

課長か……。

隼瀬はふと手を止めて考えた。松下の話を思い出したのだ。彼は直属の上司が神谷道雄の件の捜査について黙認していると言った。もしかして、相談すれば、渡部課長も松下の上司のように黙認してくれるのではないか。そう思ったのだ。

独断で相談するわけにはいかない。まず、水木に話してみよう。いずれにしろ、その話は後だ。

隼瀬は再び、仕事に集中した。

武藤に言ったように、十九時前に今日の仕事は片づいた。隼瀬は周囲に人がいないのを確認して、水木に言った。

「武藤さんから電話があって、これから話をすることになると思います」

「武藤？　警視庁記者クラブのか？」

「そうです」

「何の話だ？」

「岸本の件だと言っていました」

水木は思案顔で言った。

「警視庁の松下のほうは？」

「話を聞いてきました」

水木はいつもの会議室を眼で示した。隼瀬はうなずいた。

17

隼瀬が会議室に移動してしばらくすると、水木がやってきた。

彼はすぐに隼瀬に尋ねた。

「松下のほうは？」

「キンモクセイが、採用されなかった盗聴システムのことだと伝えましたが、にわかには信じられないようでしたね。彼は、キンモクセイという言葉のせいで、神谷と岸本が消されたんだと考えているようです」

「そう考えて当然だろう。俺もそう思っている」

「警視庁の中には、松下さんだけじゃなくて、今回のことを不審に思っている人がいるようですね。直属の上司は、松下さんが神谷の件を調べているのを、黙認しているようです」

「それも、警察官として当然のことだと、俺は思う」

「それで考えたんですが、もしかしたら、うちの上司の中にも納得していない人がいるんじゃないかと思いまして……」

「具体的には、誰のことだ？」

「渡部課長と二人の理事官です」

水木が厳しい表情で言った。

「冗談じゃねえ。渡部課長だと？　あんなこんにゃくみたいなやつが、俺たちの味方になるはずがない」

「こんにゃくみたいなやつ……」

「そうだよ。こんにゃくかクラゲだ。骨がねえんだ、あいつは。事なかれ主義で、出世のことしか考えていないんだ」

隼瀬は驚いた。人当たりが柔らかく、理知的な課長を、水木がそう見ているのが意外だった。

「課長に、そんなに出世欲があるようには見えませんが……」

「官僚が出世するためには、何が必要か知っているか？」

「上司に取り入ることですか？」

「それも重要だが、もっと大切なことがある」

「何です？」

「ミスをしないことだ。有能な官僚というのは、新しいアイディアを出す者のことじゃなくて、余計なことをしないやつのことなんだ。公務員の評価ってのは減点法なので、一つの失敗が命取りになる」

例えば、官僚が目指す最高のポストである事務次官の席は各省にたった一つしかないのだ。

その一つのポストを巡って日夜競争が続けられる。だから当然、脱落者も出る。

水木はその脱落者の一人なのではないかと、これまで隼瀬は思っていた。

だが、神谷の件でかなり印象が変わったと感じていた。

隼瀬は言った。

「課長は話がわかると思っていましたが……」

「立場が保てるうちは、ものわかりがいい。だが、自分のマイナスになるとわかったら、とたんにシャットアウトだよ」

水木は隼瀬よりも十年も先輩だ。庁内のことはよくわかっているはずだ。それに、彼の人を見る眼は確かだ。

「じゃあ、二人の理事官はどうです？」

「早川理事官は、課長の腰巾着だ。課長と同じで、ミスを嫌うタイプだから、決して敷かれたレールからはみ出ようとはしない」

「服部理事官は？」

「ゼロの大将は、けっこう頼りになると、俺は踏んでいる。それでコンタクトを取ろうとしているんだが、相変わらずどこにいるかわからない」

「課長は知っているでしょう」

「どうかな……。もし、知っているとしても、訊くわけにはいかない。なんで服部の居場所を知りたいんだ、と切り返されたらこたえようがないだろう」

「理由はいくらでもでっちあげることができるでしょう」

「渡部課長は、用心深くて猜疑心《さいぎしん》が強い。たちまち怪しまれちまう。草食動物が敏感なのといっしょだ」

「服部理事官が何か事情を知っている可能性がありますね」

「俺もそう考えている。だが、いかんせん、連絡が取れない」

隼瀬はふと考え込んだ。そのとき、携帯電話が振動した。

「武藤さんからです」

「これから会うんだったな。余計なことをしゃべるなよ」

そう言うと、水木は会議室を出ていった。

隼瀬は電話に出た。

「はい、隼瀬」

「出られるか？」

「ええ、仕事は終わりました」

「じゃあ、麴町《こうじまち》まで来てくれ」

彼は、隼瀬もよく知っている割烹《かっぽう》の名前を言った。「個室を押さえてある」

「すぐに出ます」

「じゃあ」

電話が切れた。

待ち合わせの場所は隼瀬も何度か使ったことがある店で、間取りなどはよく知っていた。武藤はすでに到着しており、個室でビールを飲んでいた。上座が空いている。

隼瀬は言った。

「自分がこちらに座るわけにはいきません」

「気にするなよ。俺が呼び出したんだ」

押し問答もばかばかしいので、隼瀬は言われるままに上座に座った。仲居がおしぼりを持ってきたので、隼瀬もビールを注文した。

「一番安いコースを頼んでおいた。仲居の出入りを少なくするため、なるべくまとめて料理を運んでくれと言ってある」

「さすがですね」

隼瀬のビールが運ばれてくるまで、武藤は何も言わなかった。この無言がプレッシャーだと隼瀬は思った。

ビールが来て、形ばかりの乾杯をすると、武藤が言った。

「何が起きているんだ？」

「何のことです？」

「俺は時間を無駄にしたくない。シラを切るような余計なことはやめてくれ」

「別にシラを切っているわけじゃありません。質問の意図がわからないから聞き返しただけです」

「岸本さんが亡くなった件だ。神谷の件と何か関係があるのか？」

神谷が呼び捨てで岸本が「さん」づけだ。おそらく、隼瀬が彼と親しかったことを武藤は知っていて、彼なりに気を使っているのだろう。

隼瀬は逆に聞き返した。

「武藤さんは、何か知っているんですか？」

「法務官僚が殺された。その捜査本部が、犯人も捕まっていないのに、なぜか急に縮小された。何か妙だと思っている矢先に、今度は警察庁の官僚が亡くなった。何か知っているかと訊いたな？　知っていなくても、何かが起きているということはわかる」

そのとき、「失礼いたします」という声がして引き戸が開いた。先付け、お造り、小鉢がいっぺんに運ばれてきた。武藤の言いつけどおり、料理をまとめて出してくれるのだ。

おかげで、どうこたえるべきか、考える時間ができたと、隼瀬は思った。

仲居が去ると、武藤はばくばくと料理を食べはじめた。隼瀬も箸をつけ、言った。

「神谷道雄は殺される前に、法務省刑事局公安課の同僚にある事柄について尋ねました。警視庁の松下という刑事がそれを聞き出しました。さらにそれが、岸本に伝わりました」

武藤は食べ物を頬張りながら、じっと隼瀬を見つめている。

隼瀬はさらに言った。

「警視庁の松下さんは、どうやらそのせいで神谷道雄が殺され、さらに岸本も殺されたのだと考えているようです」

「岸本さんは、自殺じゃないんだな？」

確認するような口調だった。

「警視庁の公式の見解は自殺でしょう。でも、松下さんは他殺だと考えているようです」

「あんたはどう思っているんだ」

普通ならごまかすところだ。それが官僚答弁だ。嘘はつかないが、本当のことも言わない。そういうトレーニングを積んでいる。

だが、ここで官僚的な返答をする必要はないと、隼瀬は思った。

「殺されたのではないかと思っています」

「誰に……？」

「それはわかりません。でも、もしかしたら、日米合同委員会が絡んでいるのかもしれません」

武藤の箸が止まった。

それから彼は、グラスのビールを飲み干し、自分でビール瓶をつかんで注いだ。そして、それも一気に飲み干した。

そして、彼はうなるように言った。

「日米合同委員会か……。なるほどな……」

「確証は何もありません。でも、神谷道雄殺害の実行犯が外国人らしいということを考え合わせれば……」

「神谷道雄は日米合同委員会関連の仕事をしていたのか？」

「そのようです」

「それで何かを知って、そいつを公安課の同僚に問い合わせた、と……」

「はい」

「それで？」

「は……？　それで、とは？」

「肝腎なのは、何を問い合わせたのか、だ。知ってるんだろう」

「キンモクセイについて何か知っているか、と尋ねたそうです」

「キンモクセイ……？」

武藤は怪訝そうな顔になった。

「花のことではないと思います」

「そりゃそうだろう。何のことだ？」

「ご存じありませんか？」

「知らない」

嘘ではなさそうだった。

「防衛省の知り合いに聞いたんですが、それは情報本部で検討された盗聴・傍受システムだということです」

武藤はますます苦い表情になった。

「おいおい、今度は情報本部か……」

「ただし、キンモクセイは、すでに採用が見送られたアイディアだったということです」

武藤が眉をひそめる。

「採用が見送られた？　ボツになったということか？」

「そうです。ですから、それはたいした秘密ではなく、それを知ったり、誰かに伝えたりしたからといって、命の危険があるような事柄じゃないそうです」

「ネタ元は？」

「言えませんよ。それはお互いさまでしょう」

「だが、そのキンモクセイのせいで神谷や岸本さんは殺されたんじゃないのか？」

「松下さんはそう考えているようです」

水木も同様に考えているようだが、それは言わないでおくことにした。こちらの手の内を何もかもさらすことはない。

「ボツにされた理由は何だ？」

「キンモクセイが採用されなかった理由ですか？」

「そうだ」

「自分にそんなことがわかるはずはありませんよ」

「公安の元締だろう？　そういう情報には明るいんじゃないのか？」

「そんなことはありません。事実、自分は、今回のことがあるまでキンモクセイのことをまったく知らなかったんです」

そこでまた料理が運ばれてきて、会話が中断した。やはり、焼き物と椀《わん》が同時に運ばれてくる。

武藤はハイボールを注文した。隼瀬も同じものを頼んだ。

その間に隼瀬は、質問されるだけでなく、そろそろ攻勢に転じなければならないと考えていた。

仲居が出て引き戸を閉めると、隼瀬は言った。

「警視庁内で、捜査本部縮小について納得していない人たちがいると聞きましたが……」

武藤は箸と口を動かしながら、こたえた。

「そりゃあ、現場の連中は納得してないさ」

「上のほうはそれを抑えきれるんですかね」

「抑えるだろう。警察官といえども公務員だ。上の方針には逆らえない」

「松下さんのような刑事もいますよ」

「一人では何もできない」

「自分も調べています」

武藤は隼瀬を見据えた。

「何をするつもりなんだ?」

「わかりません。ただ……」

「ただ、何だ?」

「死にたくはないので、真実を知りたいと思います」

「死にたくないのなら、余計なことをせずに、おとなしくしていたほうがいいんじゃないのか?」

「最初は自分もそう思っていたんですけどね。それは間違いだという人がいて……。真実を明らかにして、それを広く公表するのが、唯一助かる道だというのです」

武藤は力強くうなずいた。

「そうだ。それがジャーナリズムの役割でもある」

「キンモクセイのこと、調べてもらえますか?」

「言われなくても調べるさ。記者だからな」

「それを公表できますか?」

武藤は渋い顔で言った。

「それはわからんな。相手がもし日米合同委員会や情報本部だとしたら、ちょっと面倒だな」

「記事にできないということですか？」

「いずれにしろ、あんたの協力が必要だ」

「もちろん、協力はしますよ」

「今までみたいに、隠し事はなしだ」

「それは条件次第ですね。記事にできないというのなら、教える必要はありません」

「記事にするには、確証がいるんだよ。あやふやな事実を記事にはできない」

「わかっています」

隼瀬は言った。「協力して確証を見つけましょう」

18

武藤との会食は午後九時頃に終わった。武藤が言った。

「先に出てくれ。俺はもう少し残っている」

そんな用心は滑稽だ。かつてはそう思っていた。だが、今の隼瀬はそうは思わなかった。

「わかりました」

店を出ると、隼瀬は周囲を見回していた。無駄かもしれないが、そうせずにいられなかった。

普通ならそのまま帰宅しただろう。だが、隼瀬は警察庁に戻ることにした。神谷殺害や岸本の自殺について、どんなニュースでもいいから知りたかった。また、人の動きを見ていたかった。

まだ多くの人が残っているはずだ。誰がどんな動きをするのか観察したいと思ったのだ。

警察庁に戻ったのは、九時十五分だったが、やはりけっこうな人数が残って仕事をしていた。水木の姿はもうない。彼はあくまでマイペースだ。

渡部課長の姿もなかった。どこかで誰かに会っているのかもしれない。警察庁の課長ともなれば、庁内や警察機構内部での政治的活動も必要になってくる。

まさか、神谷を殺した連中と会ってはいないだろうな……。

隼瀬はふとそんなことを考えた。水木が、渡部課長は信用できないと言っていたせいだ。

もしかしたら自分は疑心暗鬼になっているのかもしれない。いや、これは当然考えておくべきことなのだろうか。

隼瀬はわからなくなった。

「あれ、帰ったんじゃなかったのか？」

声をかけられて、そちらに顔を向けた。早川理事官だった。二人いる理事官のうちの一人で、表の理事官だ。

「ちょっと、人と会う用事があって外出していました」

「働き方改革だよ。あまり残業をすると、厚労省がうるさい」

これは明らかに冗談だということがわかる。労働時間に関しては、おそらく早川も隼瀬と同じように考えているはずだと思った。

「適当なところで引きあげます」

「誰と会っていたんだね？」

「は……？」

理事官は、課長と課長補佐の間にいるので、隼瀬にとっては直属の上司ということになる。

だが、理事官は主に下の係長のほうを見ているし、課長補佐は上の課長のほうを見ているので、実際には指示を受けることは少ない。

課長補佐への指示は、課長から直接下されるのが普通だ。

だから、早川理事官からこういう質問をされるのに、隼瀬は慣れていなかった。

正直にこたえることはないのかもしれない。だが、嘘をついて、万が一本当のことを知られたときに、まずいことになる恐れもある。

別に隠すことではないので、正直にこたえることにした。

「武藤という記者に会っていました」

「ああ、武藤なら知っている。警視庁記者クラブにいるんだったな」

「はい」

「彼に何の用だね？」

隼瀬は警戒した。話の内容まで訊かれるとは思っていなかった。

警戒心が募る。だが、隼瀬はそれを悟られないように、きょとんとした顔をしてみせた。

「特に用事はありませんよ。食事をしようと言われましてね……。どうしてそんなことを訊くのですか？」

「警視庁記者クラブなら、夜回りの相手は警視庁の刑事だろう。警察庁の君が、どうして会ったのかと思うのが普通だろう」

普通だろうか。わからない。

隼瀬は肩をすくめてみせた。

「今言ったとおりです。武藤さんとは長い付き合いで、たまに仕事抜きで会うんです」

「本当に仕事抜きだったのか？」

「どういうことでしょう？」

「相手は記者だ。油断ならないからな。うっかり何かを聞き出されたりすることもある」

隼瀬は笑った。

「今日はそういうことは、まったくありませんでしたね」

早川理事官も笑顔を見せた。

「まあ、いろいろとあったから、記者から質問攻めにあっていたんじゃないかと思ってな」

「いろいろとあった……？　何のことです？」

「法務省官僚が殺害されたり、うちの岸本が自殺したり……。記者も嗅ぎ回っているだろう」

「自分に訊いたところで、何もわかりませんよ」

早川理事官はうなずいた。

「早く帰ろう。働き方改革といっても、我々管理職には何の恩恵もないからなあ」

彼は隼瀬のもとを離れて行った。

隼瀬は今の会話を最初から思い出して、慎重にチェックしていた。何かまずいことを口走っていないだろうか。

覚えている限りでは、だいじょうぶそうだった。

落ち着かない気分になり、早々に帰宅することにした。

自宅に戻るとすぐに、隼瀬は水木に電話をした。なかなか出ない。

電話を切ろうかと思ったとき、ようやくつながった。電話の向こうが何やら賑やかだ。どこかの飲み屋のようだ。

「何だ?」

「早川理事官に声をかけられまして……」

「それがどうした?」

「なんだか、探りを入れられたように感じるんです」

しばらく無言の間がある。その間、周囲のざわめきが聞こえてくる。女性の声が交じっている。銀座か六本木のクラブか何かだろうか……。

「かけ直す」

電話が切れた。

約三分後に折り返し電話があった。今度は周囲が静かだ。どこか落ち着いて電話できる場所に移動したようだ。

「探りを入れられたって、どういうことだ？」

「今夜、武藤さんと食事をしました。そのことを告げると、何の話をしたかと訊かれました」

「これ以上、電話で話すのは危険だ。今どこにいる？」

「自宅です」

「北新宿か……」

「水木さんは？」

「六本木で、ロシア人と会っている」

「ロシア人……」

「中目黒まで来れるか？」

「はい」

「そろそろお開きにしようと思っていたところだ。青葉台一丁目の交差点にコンビニがあるのを知っているな？」

「知ってます」

そのコンビニは昔喫茶店で、その付近のランドマークだったという。

「そこで二十三時半に会おう」

隼瀬は時計を見た。午後十時十分だ。

「了解しました」

電話が切れた。

隼瀬は少し早めにコンビニに着いた。買い物客を装い牛乳とバナナを買い物籠に入れたとき、店に入ってくる水木が見えた。

一瞬眼が合うと、水木はすぐに店を出て行った。外で待つ、ということだろう。

隼瀬は商品をレジに持って行って支払いを済ませると、買い物袋をぶらさげて店を出た。

山手通りを渡ったところに、水木の姿があった。隼瀬は信号が青に変わるのを待って横断歩道を渡った。

水木がゆっくりと目黒川の方向に歩いて行く。隼瀬が追いついたのは、水木が橋のたもとを右折して目黒川の脇の道に入ったときだった。

桜の季節には人であふれるこの通りも、今はまったく人気《ひとけ》がない。

隼瀬は言った。

「自分らは、役所の同僚ですよ。別に人目を避けて会うことはないでしょう」

水木が低い声でこたえる。

「誰がどこで見ているかわからない。理事官が敵だとなれば、もう誰も信用できない」

「まだ敵だと決まったわけじゃありません」

「経緯を話してくれ」

武藤との食事を終えてから、早川理事官と別れるまでのことを詳しく説明した。話を聞き終えると、水木が言った。

「外事一課・三課と連絡を取るための専任チームができたとき、早川は自分から手伝うと言ってきたな」

「そうでした」

「殊勝なやつだと思ったが、目的は外事から流れてくる情報をチェックすることだったんだな」

「でも結局、その専任チームはすぐに解散になりました」

「解散になるまで監視するつもりだったんだろう。そして、おまえがジャーナリストと会ったことについて探りを入れてきた。敵とみたほうがいいだろう」

「敵っていったい何です？」

「何だかわからん。だが、神谷や岸本を殺したやつらだ」

岸本はあくまで自殺ということになっている。だが、水木は「殺した」と言った。彼はもう、ごまかしに付き合う気はないのだろう。

「敵は何を目的としていて、どのくらいの規模なんでしょう？」

「目的はキンモクセイだろう」

「でも、それはすでに過去のものです」

「何か裏があるに違いない。そして、敵の規模だが……」

そこまで言って、水木は言葉を切った。どう表現すべきか迷った様子だ。やがて彼は言った。

「とてつもなくでかい。それだけしかわからん」

とてつもなくでかいということは、隼瀬にもわかっている。

「ロシア人と会っていたと言いましたよね」

「ああ……。長いこと付き合っている情報提供者だ」

「ロシア大使館員ですか？」

「そうだ」

「……ということは、ＳＶＲですか？」

水木はうなずいた。

ＳＶＲは、ロシア対外情報庁のことだ。かつてのＫＧＢが解体されて、そのあとを継いだのが国内問題を扱うＦＳＢと、外事専門のＳＶＲだ。

つまり、そのロシア大使館員は諜報員ということになる。冷戦時代におおいに名を馳《は》せたＫＧＢの伝統を継ぐロシアの諜報員は筋金入りだ。

「何か知っているんじゃないかと思ってな……。アメリカのことを知りたければロシアに訊け、だ」

「それで何かわかりましたか？」

「やつらも、神谷殺害の件には興味を持っていたよ。犯人が外国人だと教えたら、ロシア人ではないとはっきり言いやがった」

「まあ、それは嘘ではないと思います。犯人はアメリカ人でしょう」

「日米合同委員会か……」

水木がつぶやいた。隼瀬は言った。

「武藤さんが、面倒だと言ってました」

水木が驚いたように隼瀬を見た。

「話したのか」

「ええ。キンモクセイのことも、防衛省情報本部のことも……」

「相手はブンヤだぞ。軽率じゃねえか？」

「考えがあってのことです」

「どういう考えだ？」

「神谷道雄の事件や岸本のことを、解明して世間に公表するんでしょう？　それしか自分らの安全を確保する方法はないと言いましたよね？」

「そうだ」

「その役割を担ってくれるとしたら、武藤さん以外にはいないのではないかと思います」

「マスコミは信用できない」

「自分も百パーセント信用しているわけじゃありません。ネタを与えれば、調べずにいられない。それがジャーナリストですから、それを利用しようと思います」

水木はしばらく考えた後に言った。

「まあ、しゃべっちまったもんはしょうがねえな……」

「服部理事官とはまだ連絡が取れないんですか？」

「ああ、まだだ」

「もし、早川理事官が敵だとしたら、服部理事官も敵かもしれませんね」

水木はまた、無言で何事か考えている様子だった。今度の沈黙は長かった。

「おそらく渡部課長と早川は同じ陣営だ。だが、服部さんは別な気がする」

「それは、希望的観測ってやつじゃないですか？」

「そうかもしれねえな。でも、何か希望を見つけないと、やってられない気分なんだ」

「警視庁の松下さんも、武藤さんも動いてくれています。きっと何か探り出してくれるでしょう」

「そうだといいがな」

大型スーパーの脇を通り過ぎた。次の角を右に行けば中目黒駅だ。

その角で水木が言った。

「じゃあな。身辺に気をつけろ」

「はい」

水木は角を曲がった。隼瀬はしばらく待ってから同じ道を進んだ。

翌日は何事もなかったように登庁し、仕事を始めた。水木も淡々と日常の仕事に精を出しているように見える。

警視庁の松下から電話があったのは、午前十時過ぎだった。

「どうしました」

「今しがた辞令が出た」

「辞令?」

「異動だ。八王子署の強行犯係長だとさ」

「それって……」

「形は栄転だがな」

松下が押し殺した声で言った。「飛ばされるんだよ」

19

「どこかで会えませんか?」

隼瀬が言うと、電話の向こうの松下がこたえた。

「すぐに出られるか?」

「なんとかします」

「では、昨日と同様に、祝田橋の交差点で待っていてくれ」

「わかりました」

電話を切ると、隼瀬はメモ用紙に「松下が八王子署に異動」と書いてそれを持ち、水木の席に行った。

「ちょっと出てきます。あとをお願いします」

そう言いながら、こっそりとメモを渡す。水木はさりげなくメモを見てからそれを丸めてポケットに入れた。電子的なコミュニケーションツールは増えたが、結局、昔ながらの伝達方法が痕跡を残すことも少なく安全だ。

「ああ、わかった」

水木が言った。二人のやり取りは日常のやり取りと変わらない。だから、周囲にいる職員を見ても、誰一人として気にかけた様子はなかった。

　隼瀬はすぐに庁舎を出て、内堀通りを歩き、祝田橋の交差点に急いだ。前回の待ち合わせと同じ場所で、松下を待つ。

　五分ほど立っていると、見覚えのあるシルバーグレーの小型セダンが停車していた。運転席には松下の姿があった。隼瀬が助手席に乗り込むと、車はすぐに発進した。

「異動はいつですか？」

「実はさかのぼって、十月一日からの扱いになっている。すみやかに異動しろということだ」

「そんな……。公務員の異動は、内示があって、最低でも二週間ほどは準備期間があるはずです」

「そう。たいていは一ヵ月ほど猶予はある。辞令をさかのぼって執行するなんて、ほとんど例がないことだ」

「神谷道雄や岸本のことを調べていたことが理由でしょうか」

「それ以外に考えられない」

「でも栄転なんですよね」

「形だけはな……。左遷だったら警察を辞めちまうと考えたんじゃないのか？」

「辞めさせたくなかったということですか？」

「警察内部に置いておくほうが監視しやすい」

「敵は警視庁の人事にも口出しできるやつらということですね」

松下はそれにはこたえなかった。悔しげに口元を引き締めている。

「あんたは何のおとがめもなしなのか？」

そう尋ねられて、隼瀬は思わず松下の横顔を見つめた。

「どういうことです？」

「神谷と岸本は死んだ。そして、俺は飛ばされた。だが、あんたの身には何も起きていない。この差は何なんだ？」

「自分を疑っているということですか？」

「疑いたくもなるじゃないか。俺は警視庁本部を追われる。これ以上神谷の件を調べるのは不可能だ」

たしかに八王子にいて内密の捜査の継続は難しいだろう。

「でも、神谷道雄は殺されたわけですから……」

松下が噛《か》みつくように言った。

「生きてるだけめっけもんだとでも言いたいのか」

ひどく機嫌が悪いが、それももっともだと隼瀬は思った。理不尽な扱いに、最も腹を立てているのは松下本人だろう。

「たしかに、自分には今のところ何も起きていません。でも、これから何かが起きるかもしれないんです」

「そうかな……」

「気持ちはわかりますよ。何も信じられないんですよね。でも、それだと敵の思う壺《つぼ》かもしれませんよ」

「思う壺だって？」

「そうです。一人では何もできない。対抗するには協力しあうことが必要です。しかし、誰も信用できないんじゃ、協力のしようがありません」

松下はしばらく何事か考えている様子だった。

「あんたは、俺や岸本と同様にキンモクセイのことを知っている。なのに、あんたの身には何も起きていない。これをどう説明するんだ？」

「わかりませんよ。ただ……」

「ただ、何だ？」

「同じ省庁から二人も犠牲者を出すのはまずいと考えたのかもしれません」

「岸本が死んでいるから、あんたには手を出せないと……」

「今のところは……」

「あんたがいる警備企画課は公安の元締だ。もともと俺たち刑事から見れば、公安はいけ好かないやつらなんだよ」

「刑事とは仕事の種類が違いますからね」

「ふん、自分たちのほうが高級な仕事をしていると思っているんだろう。なにせ特高の後継ぎみたいなもんだからな」

悪名高き特別高等警察、いわゆる特高は、その昔内務省警保局の管轄のもと、思想を取り締まる警察組織として恐れられていた。

「特高と今の公安は違いますよ」

「国体護持のために右も左も取り締まるんだから、同じじゃないか」

「現在はあくまで、民主警察の一部です。担当している仕事の内容が違うだけで、刑事よりも高級な仕事をしているとは思っていません」

「何もかも知っていて、俺のことを監視していたんじゃないのか」

「まさか……」

「俺が飛ばされたのも、あんたからの情報が行ったからだろう」

「なるほど、よほど腹が立つようですね」

「当然だろう。こんな人事異動があってたまるか」

「怒りのせいで正常な判断ができない状態になっているようです。冷静に考えれば、自分が敵ではないことはわかるはずです」

「ふん、公安の元締が言うことなんて信用できない」

「じゃあ、こうして自分と話をしようと思ったのは、なぜなんです?」

この質問に、松下は黙り込んだ。

隼瀬はさらに言った。

「自分が怪しいなんて、本気で思っているわけじゃないでしょう。誰かに八つ当たりしたいだけなんですよね。かまいませんよ。それで気が済むのなら、いくらでも自分に当たり散らしてください」

松下はさらにしばらく無言だったが、やがて一つ吐息を漏らして言った。

「わかったよ……」

「何がわかったんですか？」

松下は、渋い顔で言った。

「俺が悪かったよ。本気であんたを怪しいと思ったわけじゃない」

隼瀬はうなずいてから言った。

「これから先のことを考えなければなりません」

「俺はこの先、八王子で強行犯係の責任を負わされる。とても神谷の件を洗っている余裕はない。それにな、飛ばされた後も、その件を追っているとわかったら、今度は何をされるかわからない。それこそ、消されるかもしれないんだ」

「松下さん、ご家族は？」

痛いところを衝《つ》かれたというように、松下は顔をしかめた。

「こんな俺にも女房はいる。そして、三つになる息子も……」

「三歳といえば、かわいい盛りだそうですね」

「まさか、この俺が子供にうつつを抜かすことなどあるわけがないと思っていた。だが、世間が言うことは本当だった」

「殺害された神谷さんにも、三歳の娘さんがいたそうですね」

「だからさ……」

松下はうなるように言った。「だから、神谷を殺したやつが許せなかったんだ」

隼瀬は無言で再びうなずいた。

松下が個人的にこの事件に入れ込む理由が、ようやくわかった気がした。独身で子供などいない隼瀬には実感はないが、心情は理解できる。

「警視庁内で信頼できる人はいますか？」

「漠然とした質問だな」

「神谷や岸本の件に関してです。直属の上司が、独断で捜査することをお目こぼししてくれていると言っていましたね？」

「たしかに、係長は見て見ぬ振りをしている。だが、いっしょに捜査をしてくれているわけじゃない」

「でも、捜査本部が縮小して捜査から外されたことには納得していないんでしょう？」

「うちの係の者は誰も納得していないよ」

「そして、岸本の自殺説に疑問を抱いているんですよね？」

松下が無言で考え込んだ。

隼瀬はさらに言った。

「警視庁に伝手がほしいんです。自分らだけではできることに限界があります」

それでも、松下は何も言わなかった。

やがて、再び祝田橋の交差点が近づいてきた。松下が言った。

「信用できると断言できるやつはいない。だから俺一人でやってきたんだ」

「誰かとつないでほしいんです」

「それはできない」

松下は車を停めた。「敵は、絶妙な場所に楔《くさび》を打ち込んだというわけだ」

隼瀬がそれ以上言葉をかけられないほど、松下は気落ちした様子だった。おそらく、ひどい無力感に襲われているに違いない。

隼瀬は無言で車を降りた。


警備企画課に戻ると、水木と眼が合った。隼瀬は、いつもの会議室に向かった。しばらくして、水木がやってきた。

「松下が飛ばされたってことか？」

隼瀬はこたえた。

「そのようです」

「さすがに、もう殺人はまずいと思ったか……」

「松下さんの異動は、我々にとっては大きな痛手です。もともと、キンモクセイという言葉は、松下さんから我々に伝わったようなものでしたから……」

まず松下から岸本に伝わり、それが水木に伝わった。そして、隼瀬は水木から聞いたのだ。

「痛手だなどと言ってはいられない。たしかに、警視庁の人材がいなくなるというのは大きな戦力ダウンだから、何か対策を立てなければ……」

「自分は、松下さんが亡くならなくてよかったと思っているんです」

「そんなことで安心している場合じゃないと思うぞ。俺たちだって、いつどういう形で排除されるかわからないんだ」

「そもそも神谷道雄が殺されたのは、キンモクセイのせいなのでしょうか」

「今さら疑ってどうする？」

「キンモクセイは、すでに過去に葬られた計画だったわけでしょう？　それが官僚を殺すほど重大なこととは思えないんですが……」

水木が隼瀬をしげしげと見て言った。

「おまえ、やっぱりおめでたいな」

「どうしてです？」

「一度廃案になったからといって、それが永遠に葬られるというわけじゃないだろう」

隼瀬は眉をひそめた。

「再び、採用が検討されているということですか？」

「キンモクセイがどういう計画だったのか、具体的には知らない。だが、象の檻などとの関わりで考えると、かなり大がかりな傍受・盗聴システムだったと考えることができる。問題は、発足したばかりの防衛庁情報本部で、それが検討されていたということだ」

「それの何が問題なんです？」

「おまえ、今回の事件のバックに日米合同委員会があると考えていたんじゃないのか？」

「そう言われると、自信がなくなってきます。日米合同委員会のことは、他省庁の友人が言いだしたことですから……」

「なんだよ、おまえ。はっきりしろよ。俺はな、仮説としてはけっこういい線いってるんじゃないかと思ってるんだよ」

「その友人の話は、かなり陰謀説に近いんですけどね……」

「ふん。実際に、合同委員会でやってることなんて、陰謀そのものだろうさ」

「そうなんですか？」

「俺だって覗いたこともないから、実際にはどんなふうに話し合いが進んでいるのか知らない。けどな、米軍が日本国内でどれだけ好き勝手やっているかを見れば、想像はつくじゃねえか」

「防衛省の友人が、横田基地へのアプローチに使われる空域について話していました」

「そんなのは、氷山の一角だな。沖縄や横須賀の基地の周辺で米兵が犯罪を起こすと、その身柄はたいてい米軍基地が持っていくんだ」

「刑法は属地主義ですから、あくまで日本の警察が捜査をするはずです」

「やつらの身柄を取るだけでも、現場の警察がどれくらい苦労していると思ってるんだ」

隼瀬はキンモクセイに話を戻そうと思った。

「キンモクセイが再検討されることと、日米合同委員会は、何か関係があるんですか?」

「大ありだよ」

「どういうふうに?」

「今の日本は、かつてできなかったことも、できるようになった」

「どういうことです?」

「特定秘密保護法と共謀罪法だ」

なるほどと隼瀬は思った。どちらの法律も国民の生活には大きな影響はないと、政府は釈明に躍起になっている。

だが、影響がないはずはないのだ。それらの法律の成立・施行がキンモクセイの再検討に影響したということはおおいにあり得ると、隼瀬は思った。

20

しかし、と隼瀬は思い、言った。

「公安警察官僚の実感として、特定秘密保護法や共謀罪を含む改正組織犯罪処罰法が施行されたからといって、それ以前と何かが変わったという感じはしませんね」

水木は、ふんと鼻を鳴らしてから言った。

「それが恐ろしいということが、おまえにはわからないのか」

「どういうことです？」

「本当に恐ろしいことってのはな、知らないうちに進行するんだよ」

「それは今、なんとなく実感してますけどね……」

「法改正とか新法ってのは、いわば時限爆弾だ。いや、踏んだら爆発する地雷のほうが近いかな」

「地雷ですか……」

「触らない限りは何も起きない。普通の日常が続くだけだ。だが、一度それに触れるような何かが起きたら、ドカンだ」

「ぴんときませんね」

「俺は警察官僚だから、公式には特定秘密保護法や改正組織犯罪処罰法は必要だったという考えだ。だが、個人的には気味が悪いと思っている」

「自分も、特定秘密保護法はアメリカなどの海外と肩を並べるためにも必要だと思います」

日本の諜報機関は、アメリカのCIA（中央情報局）やNSC（国家安全保障会議）、ロシアのFSB（連邦保安庁）、SVR（対外情報庁）などに比べると、規模も予算も実力もはるかに劣ると言われて久しかった。

アメリカのCIAに相当するインテリジェンスの実動部隊は、事実上隼瀬が所属する警察庁警備局警備企画課が統括する全国の公安警察で、その中心は警視庁の公安部だ。

だが、警察の一部門では国の諜報機関としてはあまりに頼りない。CIAやイギリスのSIS（秘密情報部）に相当する組織として、内閣情報調査室があるが、シギント（電子的諜報活動）はほぼ防衛省が担っているし、ヒューミント（人的諜報活動）は公安警察が担当している。

そこで、特定秘密保護法成立とほぼ抱き合わせのような形で、国家安全保障会議を発足させた。これは、アメリカのNSCになぞらえて「日本版NSC」などと呼ばれることもある。

首相、官房長官、外務大臣、防衛大臣による「四大臣会合」がその中心となる。これでようやく、近代国家の諜報機関の体裁が整ったと言える。

「日本はかつて、スパイ天国と言われていましたからね。公務員からの秘密漏洩《ろうえい》も防ぎきれませんでした。特定秘密保護法は、アメリカなど諸外国に対して信頼度を高めたと言えるんじゃないですか」

「おまえ、自分が処罰される側になっても、そんなことを言ってられるのか？」

「まあ、公務員ですからいつ特定秘密を扱うかわかりませんがね……。秘密を洩らさなければいいんでしょう？」

「外国のスパイは、あの手この手で攻めてくるぞ。おまえはハニートラップに弱そうだけどな」

なぜかそのとき、隼瀬は歩美のことを一瞬思い浮かべていた。

「特定秘密保護法や改正組織犯罪処罰法に賛成なんじゃなかったんですか？」

「だから、それはあくまで公式見解だと言っているだろう」

「公安を担当する警察官僚としては歓迎すべきでしょう」

「ああ、そうかもな。共謀罪を含む改正組織犯罪処罰法が施行されたときに、こんなことを言ったやつがいる。俺たち公安は、これでようやく特高に戻れたってな……」

隼瀬は唖然《あぜん》とした。

「まさか……」

「そう思っているやつは多いと思うよ。だからさ、地雷だと言ってるんだ。平穏な日々が続いている間はいい。だが、一度何かが起きると、法は拡大解釈されたり、当局の都合のいいように曲解されて運用されかねない。そうなれば、悪名高き特高の復活というわけだ」

法務省の砂山や警視庁の松下が公安を特高の後継組織だと言ったことを、隼瀬は思い出していた。

「それは最悪の事態を想定してのことでしょう」

「学生運動が華やかなりし頃には、転び公妨《こうぼう》ってのがあった」

「知ってます。職質なんかで、いきなり公安捜査員が転んで、公務執行妨害だ、と叫ぶんでしょう。相手は何もしていないのに、それで現行犯逮捕したんですね」

「公務執行妨害罪でさえ、そんな運用をした実績があるんだ。共謀罪なら、それこそ公安の好き勝手にできる」

「政府は、一般市民と犯罪組織は別だと主張していますね」

「誰がその線引きをできる。俺たちが、誰かを犯罪組織だと言えばそうなってしまう」

「そんなばかな……。少なくとも自分はそんなことをするつもりはありませんよ」

「俺だってない。だが、やらなきゃならない事態に追い込まれるかもしれない。俺たちは公務員だからな。上からの命令には逆らえない」

「そんな命令が下されるとは思いません」

「そうかな。さっきの一言だけどな……」

「特高に戻れたというやつですか？」

「ああ。それを言ったのは、渡部課長なんだよ」

　隼瀬は一瞬、言葉をなくした。

　短い沈黙の後に、水木が言った。

「かつて、キンモクセイはいろいろな問題があって廃案となったのだろう。その内容がマスコミ等に洩れたときに世論や野党の反論が必至だったからだと思う。実現化の見通しが立たなかったのかもしれない。だがもし、それを、特定秘密にできるとしたら……」

　隼瀬は、背中に冷たい水を垂らされたように感じた。

「まさか……」

「特定秘密の内容は俺たちにも知らされることはない。その事案を取り扱う者を厳しく限定するからだ。防衛庁情報本部発足時に比べ、盗聴・傍受のテクノロジーもずいぶんと発達しているだろう。かつて不可能だったことも、今なら可能だ」

「特定秘密……」

「俺はな、特定秘密保護法施行や日本版NSC発足の陰には、必ずアメリカの力が働いていると思う。正確に言うとアメリカ政府じゃない。アメリカ軍だ。だから、おまえが日米合同委員会のことを言いだしたとき、俺はなるほどと思ったんだ」

　実は、隼瀬にはそれほどの実感がなかった。木菟田や燕谷が日米合同委員会のことを言いだしたときも、陰謀説の類いだとシニカルな思いで聞いていた。

岸本が死んだことについても、松下が急に異動になったことも、まだ本気で考えられないような気がしていた。

だが、水木は本気で考えている。

隼瀬は言った。

「神谷は特定秘密を漏洩したということでしょうか？」

「そうかもしれない」

「その特定秘密がキンモクセイの再検討だと……」

「あり得ることだろう」

「でもそれ、変じゃないですか」

「何が変なんだ？」

「もし神谷が特定秘密を洩らしたのだとしたら、法律で処罰すればいいんです。そのための特定秘密保護法でしょう」

「神谷は、キンモクセイについて何か知っているかと、法務省の庄司に尋ねた」

「はい」

「……ということは、その内容について詳しく知らなかったということだ。つまり、神谷はその特定秘密の取扱者ではなかったということだ」

特定秘密の取扱者は適性評価を受けなければならず、当然ながらかなり限定された職員ということになる。

「じゃあ、神谷はどうして……」

「特定秘密の取扱者が神谷に洩らしたのだろう。あるいは、神谷はその情報を洩れ聞いたというわけだ。そして、危機感を抱いたんだな」

「彼は日米合同委員会の実務に関わっていたので、そこでその特定秘密に触れた可能性がありますね」

「おそらく、そういうことだろう。特定秘密保護法と日本版NSCは、政府がアメリカの諜報機関と足並みをそろえるために作ったもんだ。そして、共謀罪を含む改正組織犯罪処罰法の成立については、米軍が好き勝手に日本国内に基地を持てるようになったことと、無関係じゃないような気がする」

隼瀬は、水木が何を言っているのかさっぱりわからなかった。

「それ、どういうことです？」

「国連だよ」

「国連……？」

「沖縄を含めた日本国内に、どうして他国に例を見ないほどの米軍基地が造られ、存続しているのか。なぜ、そんなことが認められているのか。そこには、国連をうまく絡ませた詐欺のような理屈がある」

それでもまだ、訳がわからない。隼瀬は黙って話を聞くしかなかった。水木の言葉が続いた。

「そもそもポツダム宣言には、連合国の日本占領の目的が達成されたら、占領軍はすべて引きあげると明記されていた。だが、朝鮮戦争の勃発で、米軍は日本を軍事利用する必要に迫られたんだ。そこで、知恵を絞ったのが、日米安保の生みの親と言われるジョン・フォスター・ダレスだ」

「ダレス……。アイゼンハワー大統領時代の国務長官ですね」

「やつは、国連憲章の四十三条と一〇六条を使うことで、日本を軍事利用する理屈をひねり出した」

「国連憲章の四十三条と一〇六条……」

「国連憲章の四十三条は、正規の国連軍についての条文だ。すべての国連加盟国は、国連軍のために兵力や基地を提供しなければならないと決められている。だが、この正規の国連軍というのは、いまだにできていない。だから、国連軍ができるまでの暫定的な措置を規定したのが一〇六条だ。国連軍ができるまで、常任理事国の五大国が、国連に代わって軍事行動を取っていい、という条文だ。だが、いまだに正規の国連軍はできていないから、まだこの条文が生きている。さて、ダレスが考えたのは、だ……」

水木はいったん言葉を切って、隼瀬の顔を見た。隼瀬が話をちゃんと理解しているか確かめようとするかのような態度だった。

「まず、一〇六条によって国連軍を常任理事国の軍隊であるアメリカ軍に置き換えた。そして、四十三条に当てはめるとどうなるか。国連加盟国である日本は、国連軍の代理であるアメリカ軍のために兵力や基地を提供しなければならない、ということになる。これが、ダレスの六・三〇メモと呼ばれる文書の内容だ」

「それが、在日米軍存続の根拠なんですか？」

「共謀罪を含む改正組織犯罪処罰法が必要だという根拠は何だった？」

「国連のパレルモ条約を締結するために必要ということでしたね」

　パレルモ条約の正規の名称は「国際的な組織犯罪の防止に関する国際連合条約」だ。野党や人権派弁護士、市民運動家たちは、新たな組織犯罪処罰法がなくても、既存の法の運用でパレルモ条約の締結は可能だと主張していたが、政府が方針を変えることはなく、二〇一七年、改正組織犯罪処罰法は可決・成立し、日本はパレルモ条約を締結した。

　水木が言った。

「国連を持ち出したところに、共通点を感じる。だいたい、日本人はどうして国連をこんなに信用しているんだ？　国連って何だか、国民は知っているのか？」

「国連が何だか……？」

「そうだ。国連は第二次世界大戦の戦勝国、つまり連合国が中心になって世界をまとめようという組織だ。国連は英語ではユナイテッドネーションズだが、これは連合国の英訳とまったく同じだ。つまり、国連というのは連合国のことだ。そして、連合国の中心は間違いなくアメリカなんだよ」

水木の言うことは、隼瀬にとっては衝撃だった。国連は、漠然と世界平和と安全保障のための国際組織と思っていた。

日本国民の多くがそう思っているに違いない。しかし、言われてみると、国連にはいまだに「敵国条項」がある。それを、隼瀬は思い出していた。

敵国条項というのは、連合国の敵国だった枢軸国に対しては、安保理の許可がなくても、連合国側は軍事的制裁を加えることができるというものだ。

隼瀬は、衝撃を受けつつも、水木の言うことに納得していた。そして、水木に対する印象がすっかり変わってしまったと思った。

「少し驚きました」

隼瀬が言うと、水木が尋ねた。

「何に驚いたんだ?」

「自分は水木さんのことをずっと、何と言うか……」

「落ちこぼれだと思っていたんだろう」

「ええと……。まあ、正直に言えばそうでした」

「落ちこぼれで間違いないさ。俺が長官官房長になることなどあり得ないし、総括審議官も無理だろう」

「出世をあきらめて、適当に仕事をこなしているだけなんじゃないかと思っていたんです」

「昼行灯《ひるあんどん》だと思っていたんだろう？　別に外れていないさ」

「でも、いろいろなことに問題意識を持っているということに、ようやく気づきました」

水木はただ、小さく肩をすくめただけで、何も言わなかった。

21

ノックの音が聞こえた。

隼瀬と水木は同時に、ドアのほうを見た。ドアが開いて姿を見せたのは、早川理事官だった。

「なんだ、ここにいたのか。探したぞ」

早川理事官は隼瀬を見ていた。隼瀬は尋ねた。

「何かご用でしょうか？」

「課長が呼んでいる」

「課長が……？」

「警視庁から、君に会いに来ている人がいる」

もしかしたら、松下がよこした人かもしれないと、隼瀬は思った。松下は、かなり絶望的な発言をしていたが、それでもなんとか協力者を見つけてくれたということだろうか……。

早川理事官が言った。

「いっしょに来てくれ」

隼瀬が「わかりました」と言おうとしたとき、水木が尋ねた。

「いっしょに……?」

早川理事官はうなずいた。

「そうだ。いっしょに来てくれ」

水木がこたえる。

「隼瀬との話は、もう少しで終わります。すぐに行かせますから……」

早川理事官は言った。

「あまり先方を待たせるわけにはいかないぞ」

「わかってます」

早川理事官が部屋を出て行くと、水木はドアに身を寄せ、少しだけ開けて外の様子を見た。

隼瀬は、水木がいったい何をしているのかわからなかった。

「どうしたんです? 早川理事官がどうかしましたか?」

水木は外の様子を見ながらこたえる。

「俺たちの動向を探っていたんだろう。探していた、なんて嘘だ。俺たちがどこにいるか、あいつが知らないはずはないんだ」

「どういうことです?」

「今、外には早川や課長はいない。このまま外に出るんだ」

「外に出る?」

ますます訳がわからない。

「嫌な予感がするんだ。早川理事官の様子はなんとなくおかしかった」

「そうですか?」

「いいから、早く逃げろ」

「逃げる……?」

「俺の言うとおりにしろ」

隼瀬は言われるままに、会議室を出た。

周囲に隼瀬のほうを見ている者はいない。課長席は遠く、いま理事官席に早川の姿はなかった。

なぜ俺が逃げなければならないんだ。

そう思いながら、隼瀬はそっと会議室を抜けだし、廊下に出た。できるだけさりげない振りをして階段に向かう。

逃げるとなれば、エレベーターは危険な気がした。逃げる理由はわからなくても、逃げる方法は知っている。隼瀬はひたすら階段を駆け下り、やがて玄関にやってきた。誰かに呼び止められた気がしたが無視して外に向かった。

水木は自分よりもはるかに正しく状況を把握しているようだ。彼の言葉には素直に従ったほうがいい。

　しかし、これからどうすればいいのだろう。

　桜田門駅に向かっていると、携帯電話が振動した。水木からだった。

「無事か？」

「無事ですよ。水木さん、考え過ぎなんじゃないですか」

「おまえ、逮捕されるところだったんだ」

　何を言われたのかわからなかった。

「逮捕って、どういうことです？」

「課長のところに、警視庁のやつらが来てると、早川が言っていただろう」

「ええ」

「そいつらは、おまえの逮捕状を持っていた。のこのこ早川についていったら、その場で執行されていたぞ」

　隼瀬は混乱した。

「待ってください。なんで俺が逮捕されるんです？」

「岸本は自殺じゃないと思っているな？」

「ええ。そう思っています」

「警視庁のやつらもそう言い出した。そして、おまえに容疑がかかったということだ」

「容疑……？」

「岸本を殺害したという容疑だ」

一瞬言葉を失った。

「そんなばかな……」

「敵はそういうことをするやつらだ。神谷と岸本を殺し、松下を飛ばし、おまえを殺人犯に仕立て上げるつもりなんだ。いいか。絶対に捕まるな。捕まったら終わりだぞ」

「でも……」

「この電話も盗聴されているかもしれない。切るぞ。俺も姿をくらましたほうがいいようだ。じゃあな」

電話が切れた。

隼瀬は、思わず周囲を見回していた。とにかくこの場から離れたほうがいい。

麹町方面に向かって歩き出した。

非現実感が募った。殺人の容疑など、まるで実感が湧かない。実際にやっていないのだから当然だ。

だが、いくらやっていないといっても、警視庁は聞く耳を持たないだろう。誰が言い出したか知らないが、そういう方針が立てば、捜査員たちは本気で捜査をする。

警視庁の捜査員はきわめて優秀なので、逃走を続けるのは容易ではない。

それでも逃げなければならない。水木が言ったとおり、捕まったら終わりだ。

隼瀬は、日米合同委員会のメンバーである法務官僚の多くが検事総長になるという話を思い出していた。

検事総長というのは検察の親玉だ。つまり、日米合同委員会のメンバーだった連中に、犯罪を取り締まる検察を牛耳られているということだ。

隼瀬を殺人犯にするくらい、造作もないことだろう。

突然、恐怖が押し寄せてきた。

隼瀬を待っているのは、殺人犯として服役する未来だ。逮捕され、送検・起訴されたら、九十九パーセント以上が有罪なのだ。日本の刑事裁判はそういう仕組みになっている。

どうしていいかわからないが、とにかく、身を隠すことだ。

職場から姿を消したとなれば、当然自宅にも捜査員がやってくるだろう。警戒しなければならない。

隼瀬は、コンビニに入って、現金を下ろした。一度に二十万円しか下ろせない。十回に分けて二百万円下ろした。

貯金が二百万円ほどだったから、そのほとんどを下ろしたことになる。現金の蓄えはあまりなかった。公務員なので、生活が安定しており、まだ貯蓄のことを真剣に考えたことがなかった。

ともあれ、これだけの現金があれば、当分なんとかなるだろう。麴町駅から地下鉄に乗った。

Ｓｕｉｃａを持っているので、反射的にそれを使って改札を通ったが、そこで、はっとした。

電子マネーから居場所をつかまれる恐れがある。クレジットカードほどわかりやすくはないが、痕跡をたどれなくはない。

交通系電子マネーから、瞬時に居場所を割り出すことは難しい。だから、今すぐにどうこうということはないだろうが、それがもとで潜伏先を知られる恐れはある。

今後は現金で切符を買おうと思った。

次の駅が市ケ谷だった。隼瀬はそこで降りた。駅名を見て、咄嗟に防衛省を思い出した。

駅を出たところで、隼瀬は携帯電話を取り出した。そこで躊躇《ちゅうちょ》した。携帯電話は交通系電子マネーよりずっと位置情報を割り出しやすい。

通話しなくても、あるいは電源を入れていなくても、持っているだけで位置情報を知られる恐れがある。

早く処分したほうがいい。そう思う一方で、今は携帯電話しか頼るものがないのも事実だ。

これを最後の通話にしよう。そう思って、隼瀬は防衛省の鷲尾に電話をした。

「やあ、どうした？」

「至急会いたい」

隼瀬の切迫した言葉と口調に、鷲尾は一瞬戸惑ったようだった。

「何があった」

「会ったときに話す。この電話も安全じゃないかもしれない」

「一時間後でないと出られない」

「一時間後だな。じゃあ、アルカディアのラウンジで待っている」

アルカディア市ヶ谷は、私学会館とも呼ばれるホテルだ。会議やシンポジウムなどによく使われる。

「わかった。もうじき十二時だな。じゃあ、十三時にアルカディアで」

隼瀬は電話を切った。

周囲を見回した。刑事らしい人物の姿はない。おそらく指名手配だろうから、尾行されるようなことはなく、発見されたら即検挙だろう。

一時間、時間をつぶさなければならない。うろつくのは危険なので、アルカディア市ヶ谷のラウンジで、鷲尾を待つことにした。

時計を見ると十一時五十五分だった。十二時になったとたんに混み始めるだろうと思った。

すでにかなりの席が埋まっていたが、なんとか席を確保できた。ついでに食事をすることにした。

食欲などまったくないが、無理にでも食べておいたほうがいいと思った。

メニューを尋ねると、十一時までのモーニングセットはあるが、十一時以降の食べ物は、ケーキセットしかないという。

予想に反して十二時を過ぎても混み具合がそれほど変わらないが、それが理由だとわかった。

隼瀬はケーキセットを注文した。飲み物はコーヒーだ。何も食べないよりはましだ。これからどうするかを真剣に考えなければならなかった。永遠に逃げ続けるわけにはいかない。だが、刑務所に入るのは絶対に嫌だ。

ケーキとコーヒーが運ばれてきて、それを口にしたが、ほとんど味がわからなかった。どんな弁護士をつけても身の潔白を証明することは不可能だろう。検察と裁判官が結託すれば、どんな犯罪者も作り出すことができる。

警察官僚である隼瀬は、そんなことはあり得ないと考えてきたが、日米合同委員会の存在が、その信念を危うくさせていた。

日米合同委員会が、検事総長への登竜門なのだ。

かつて検察が野党の有力議員に理不尽な圧力をかけたことがあり、これが実は日米合同委員会の意向だったという意味のことを、厚労省の燕谷が語ったことがある。

そのときは、ばかばかしい話だと思ったが、今はあり得ない話ではないという気がした。

燕谷も、その話を半信半疑でしていたのかもしれない。裏の取れる話ではない。だが、今の隼瀬にとっては現実味があった。

　これからどうするかについて、具体的なことが何も思いつかないまま時間が過ぎた。鷲尾がやってきたときは、思わず吐息が洩れるほど安堵《あんど》した。それまでどれほど不安で緊張していたか、ようやく実感した。

「どうした」

　鷲尾が眉をひそめる。「顔が真っ青だぞ」

「ああ……」

　従業員が注文を取りに来たので、鷲尾はコーヒーを頼んだ。従業員が去ったので、隼瀬は言った。

「殺人の容疑をかけられた」

　鷲尾は、しばらく無言で隼瀬の顔を見つめていた。やがて、彼は言った。

「何を言ってるんだ」

「うちのカイシャの岸本のことだ」

「亡くなった後輩だな？　自殺だということになっているが、実はそうじゃないと思っているんだろう？」

　コーヒーが運ばれてきて、話が中断した。従業員が去ると、隼瀬は身を乗り出し、声を落として言った。

「突然、警視庁が方針を変えた。それまで自殺で片づけようとしていたんだが、一変して殺人ということになったようだ。そして、その被疑者が俺というわけだ」

鷲尾は眉間に皺《しわ》を刻んだまま言った。

「警視庁は、神谷道雄殺害の件を曖昧にした上に、岸本殺害の罪をおまえに着せようとしているわけか」

「神谷の件を一人で捜査していた刑事が飛ばされた。急な人事異動だった」

「誰がそんなことをやっているんだ？」

「日米合同委員会が関わっていることは、ほぼ間違いないと思う」

鷲尾はしばらく無言で考えていた。

その顔を見て、隼瀬は思っていた。俺は、どうしてこいつに電話をしたんだろう。

理由は明らかだ。市ケ谷が麹町から近かったというのも理由の一つだが、それだけではない。

俺は鷲尾を最も信頼しているのだ、と思った。そして、誰よりも彼のことを気に入っていた。

もし、歩美と付き合っているにしても、鷲尾なら仕方がないか……。

こんなときに、俺は何を考えているのだろうと隼瀬は思ったが、考えずにはいられなかった。

鷲尾が言った。

「キンモクセイのこと、調べてみたんだ」

「それで……？」

「どうやら、過去の遺物とは言い切れないようだ」

「どういうことだ？」

鷲尾は周囲を見回した。

「ここで話せることじゃない。いずれにしろ、こんなところで長話は危険だろう」

鷲尾が立ち上がった。隼瀬も伝票を持って立ち上がった。

22

ラウンジを出ると、鷲尾が隼瀬に言った。

「歩きながら話そう」

さすがに鷲尾も危機管理に関しての心得がある。

隼瀬は言った。

「その前にやることがある」

隼瀬はスマートフォンを取り出した。鷲尾が言う。

「まだ持っていたのか」

「もしかしたら、同僚から連絡があるかもしれないと思っていたんだが、そろそろ限界だろう。ちょっと待っていてくれ」

鷲尾がうなずいたので、隼瀬はトイレに向かった。個室に入り、スマートフォンからSIMカードを抜く。それを二つ折りにしてから、床に本体を置いて踏みつけた。

最近のスマートフォンは丈夫にできているが、さすがに思いきり二回踏みつけるとひしゃげた。SIMカードと本体を個室の中のゴミ箱に捨て、隼瀬は個室を出た。

小用を足している客がいたが、そちらに顔を向けないようにしてトイレをあとにする。

鷲尾と隼瀬は連れだってアルカディア市ヶ谷を出た。目の前は靖国《やすくに》通りだ。二人は、靖国神社の方向に歩き出した。

隼瀬は周囲を見て、誰も話を聞いていないことを確かめてから、小声で言った。

「キンモクセイが過去の遺物でないというのは、どういうことだ?」

「洩らすと、俺のクビも飛んじまうんだがな……」

「おまえから聞いたとは、死んでも言わない」

鷲尾はしばらく何事か考えている様子だった。実際には、隼瀬がいかに秘密にしようが情報の出所は知られてしまうだろう。

敵の正体がはっきりしているわけではない。だが、警視庁の公安を使うだけでも、そのくらいの情報はたやすく調べだすことができる。

やがて鷲尾が言った。

「一つ確認したい。おまえに殺人の容疑がかかっているというのは、妄想じゃないんだな?」

「警視庁の捜査員が俺を訪ねてきた。それをもう一人の課長補佐が確認している」

「それで、おまえは殺していないんだな?」

「殺していない」

「どうしておまえに容疑がかかったんだ?」

「遺体が発見される前夜、岸本は俺と会っていた」

「根拠はそれだけか？」

「おそらく、罪を着せるためにいろいろな証拠をでっち上げているだろう」

鷲尾はうなずいてから話しだした。

「俺は事務方なので、省内の金の動きをある程度把握できる。ふと俺は、当初予算措置がされていないところに、けっこうな金が動いているのに気づいた」

「予算措置がされていないところ……？」

「情報本部内に金が流れている」

「だが、それは別に珍しいことじゃないだろう」

「そう。もしおまえからキンモクセイのことを聞いていなければ、俺もそう思って気にもしなかったかもしれない」

「その金はキンモクセイに関係あるのか？」

「わかる範囲で、金の動きを調べてみた。すると、それが国家安全保障会議絡みだということがわかった」

「何のための金だ？」

「新たな盗聴・傍受のための措置だという」

隼瀬は言葉を呑《の》みこみ、歩を止めた。鷲尾も立ち止まり、隼瀬を見た。

再び歩き出すと、隼瀬は言った。

「それはつまり、キンモクセイってことか？」

「そうとしか思えない。だがな、新たに全国的な盗聴・傍受システムを構築するのだとしたら、金額が小さすぎる。技術的な問題を考えると、一桁小さい」

「だが、盗聴・傍受システムであることは間違いないんだな？」

「確かな情報だ。だとしたら、考えられることは一つだ」

「何だ？」

「すでに存在するシステムを運用してもらい、情報だけもらう。そのために支払う費用だ」

「ようやくわかってきた。つまり、アメリカと話をつけたってことだな」

鷲尾はうなずいた。

「正確に言うと、アメリカ政府ではなく、アメリカ軍だろう。情報の対価を支払う相手はＮＳＡしかない」

ＮＳＡは、アメリカ国家安全保障局のことで、国防総省の情報機関だ。主にシギント、つまり電子的諜報を任務としている。

エドワード・スノーデンが盗聴を告発したのが、このＮＳＡだ。

スノーデンによると、ＮＳＡは全世界を対象として一ヵ月に九百七十億件ものインターネット及び電話回線の傍受を行った。

この通信傍受には、アメリカ国内の大手通信事業者やマイクロソフト、ヤフー、グーグル、フェイスブックなどのＩＴ企業が協力していたことが知られている。

「ＮＳＡが日本国内で盗聴・傍受の作業を行うというのか？」

「別に驚くことじゃない。世界中から情報を集めているんだ。日本も例外じゃない。アメリカとその同盟国の間で、エシュロンというシステムが運用されていることは知っているだろう」

「名前は聞いたことがある」

「電話、ファックス、電子メールなど世界中の通信を傍受し記録できるシステムだ。拠点はアメリカ、イギリス、カナダ、オーストラリア、ニュージーランドなど約十ヵ所にあると言われている。日本の三沢基地の『象の檻』もその一部だった」

いつしか二人は靖国神社の前に来ていた。どちらからともなく、その境内に足を向けた。第二鳥居をくぐり、拝殿に向かう。

隼瀬は言った。

「情報本部ができたばかりの頃には現実的でなかったキンモクセイが、特定秘密保護法と改正組織犯罪処罰法の成立・施行によって実現可能になったんじゃないかと言う者もいる」

鷲尾はうなずいた。

「考えられないことじゃない。だとしたら、国家安全保障会議絡みだというのもうなずける」

「特定秘密保護法成立と国家安全保障会議の発足は抱き合わせだから？」

「そういうことだ。そして、もしキンモクセイが、俺が考えているようなものだとしたら、おまえら公安だって無関係じゃない」

「そういうことになるな……」

国家安全保障会議は、内閣総理大臣を中心とする大臣たちによる意思決定機関で、それを具体的にサポートしているのが国家安全保障局だ。

日本の国家安全保障局には、外務省と防衛省の官僚が出向という形で参加しているが、当然警察庁からも人が行っている。警察庁からの人材は多くの場合警備局から選ばれる。つまり、公安だ。

「国内の通信を盗聴・傍受するシステムに公安が関わっていないはずはない」

「でも、俺は何も知らなかった。もう一人の課長補佐も知らなかった」

「誰かは知っていたはずだ」

そう言われて隼瀬は、渡部課長が言ったという一言を思い出していた。

「改正組織犯罪処罰法が施行されたとき、俺たち公安は、これでようやく特高に戻れたと言った者がいたそうだ」

「公安担当者の本音かもしれない」

「俺はそんなこと、思っていない」

鷲尾は笑いを浮かべた。苦笑のようだった。

「なら、出世はできないな」

「ずっと公安にいるとは限らないし……」

そこまで言って隼瀬はいったん言葉を切った。「それに、捕まって刑務所に入ったら、警察官僚としての将来は終わる」

「逃亡を続けるには、それなりの準備と覚悟がいる」

隼瀬はかぶりを振った。

「まさか、こんなことになるとは思っていなかったんで、準備も覚悟もできていない」

「俺たちが何とかする」

その言葉に、思わず隼瀬は鷲尾の顔を見ていた。

「ありがたい言葉だが、何をどうするんだ」

「これから考える」

鷲尾は間違いなく頼りになる。だからすぐに連絡をしたのだ。だが、いくら鷲尾だってできることとできないことがある。

「キンモクセイは、これから構築するシステムじゃなくて、すでに運用されているシステムからデータを提供してもらう仕組みのことなんだな」

「ああ、俺はそう思う」

「じゃあ、そのシステムを利用して俺を追跡したら、一発で発見されちまうんじゃないのか?」

「キンモクセイはまだ運用されていないんだ。警察がNSAのシステムを利用できるわけじゃない」

「日米合同委員会を通じて、NSAからのデータが警察に流れるかもしれない」

「それができれば、キンモクセイはいらない。そうだろう」

隼瀬は押し黙った。

鷲尾が続けて言った。

「不安になるのはわかる。だが、不安や恐怖のために事実を見誤ってはいけない」

たしかに、鷲尾が言うとおり、今の隼瀬は何が何だかわからなくなりそうだった。

「警察官僚の俺が、警察に追われる立場になるなんて、思ってもいなかった……」

「そんなことを言っていても仕方がない。そうなってしまったからには、自分の利点を活かすしかない」

「俺の利点？」

「そう。警察のやり方をよく知っているということだろう」

「現場のことを知っているわけじゃない」

「それでも、一般人よりは警察に詳しいはずだ」

鷲尾のお陰で、少し前向きな気分になれそうだ。隼瀬はそう思った。

「そうだな。おまえの言うとおりだ」

「どこか遠くへ逃げるか？　海外とか……」

「いや、どんなに逃げても警察は追ってくる。根元を絶たないと、助からない」

「根元を絶つ……？　どうやって？」

「真実を知り、それを一般に公表するんだ」

　鷲尾は眉をひそめた。

「それができないから、神谷や岸本は死んだんじゃないのか？」

「彼らはキンモクセイが何か知らなかった。だから、対処のしようがなかった。だが、今の俺は違う」

「わかった。じゃあ、都内に潜伏するということだな」

「潜伏先を探さなければならない。当面、ネットカフェにでも泊まるか……」

「漫画喫茶やネットカフェを利用するときは、身分証が必要だ。指名手配されていたら、すぐに足が付くぞ」

「何とかするさ……」

「俺の健康保険証を持って行け」

　彼は、財布に入っていたカード型の健康保険証を取り出した。

「おまえはどうするんだ」

「紛失届を出して、再発行してもらう」

「これがあると助かる」

「これで俺は、犯人隠避罪だな」

「犯人じゃないんだよ。疑いは晴らす。そのためには、キンモクセイについての正確な情報が欲しい」

「やってみるよ。だが、俺がアクセスできることは限られている」

「俺も探ってみる」

「気をつけろ」

「ああ。わかっている」

「どうやって連絡を取ればいい？」

「こちらから連絡する」

「省内の電話はまずい。盗聴されている可能性がある」

「わかった」

かといって携帯電話も安心できるわけではない。スノーデンの告発などによると、あらゆる通信手段が当局に傍受されていたらしい。

アメリカの諜報機関はそれを実行していた。日本国内でもそれを可能にしようという動きがある。

それがキンモクセイだ。やはり、特定秘密保護法と改正組織犯罪処罰法でそれが可能になるということか。

隼瀬は言った。

「じゃあ、俺はこれで……」

「土曜会のメンバーに集合をかけてみる」

鷲尾のその言葉に、隼瀬はまた足を止めた。

「土曜会のメンバー？　何のために」

「みんなから情報を集める。そうすることで、何かわかるかもしれない」

「俺たちは警察庁と防衛省だぞ。彼らが俺たち以上のことを知っているとは思えない」

「あの三人はあなどれないよ」

たしかに鷲尾の言うとおりかもしれない。

隼瀬はまた、歩美のことを考えていた。彼女には連絡したい。だが、どこに捜査の網が張られているかわからない。不用意な連絡は避けるべきだろう。

隼瀬は言った。

「わかった。また連絡する」

靖国神社の境内で鷲尾と別れ、隼瀬は警戒しながら、地下鉄の九段下駅に向かった。

逃走の基本は人混みに紛れることだ。地下鉄で渋谷に向かう。この街はいつも若者で混み合っている。

隼瀬はまず、家電量販店に行き、プリペイドのＳＩＭカードと格安のＳＩＭフリースマートフォンを入手した。

それからユニクロでジーンズやシャツ、ジャンパーを買い、靴の安売り店でスニーカーを買った。

鷲尾が言った逃亡生活のための準備と覚悟だった。

23

隼瀬は、東急百貨店本店に入り、トイレに向かった。個室で着替えを済ませる。安いリュックを買っておいたので、着ていた背広やワイシャツ、靴などをそれに入れた。着替えるときに、靴を替えるのは鉄則だ。警察官は、靴を見る。変装するときに、上着やズボンは替えるが、靴まで考えが及ばないことが多い。

ジーンズにジャンパー、キャップにスニーカーという恰好《かっこう》になり、便座に腰を下ろすと、買ったばかりの型落ち格安スマートフォンにプリペイドSIMカードを装着して起動した。

連絡先や予定などは、クラウドにアップしてあるので、ログインするだけで同期される。

通信事業者の店頭で、携帯電話に連絡先などのデータを移してもらっていた時代が嘘のように、今は便利になった。

連絡先の同期はほどなく終わった。まずは、水木の動向が知りたかった。水木の電話番号に、テキストメールを送ってみることにした。

水木の身柄が警察に拘束されている恐れもあるので、メールには、「連絡していいか？」

とだけ書いた。

もし、返事がなければ、水木は拘束されていると考えることにした。しばらく待っていると、テキストメールが返ってきた。

「だいじょうぶだ」と書いてある。罠《わな》かもしれないが、もしそうだったら、またこのスマートフォンを処分して、新しいものを入手するだけだ。

隼瀬は個室を出て、さらにトイレをあとにした。階段を探した。デパートの階段は、人通りがあまりないので、電話するのにもってこいだ。

トイレの個室では、他の使用者に会話の内容を聞かれる恐れがあるのだ。

踊り場までやってくると、隼瀬は水木に電話をした。

「今どこにいる？」

間違いなく水木の声だった。

「無事ですか？」

「ああ。俺もすぐにカイシャを出た。今のところ、俺に容疑はかかっていないようだが、いずれ俺にも何かの沙汰があるはずだからな」

「この電話が誰かに聞かれているかもしれないので、お互いにどこにいるかは言わないほうがいいでしょう」

「番号を特定されたら、居場所もわかっちまうぞ」

「前の電話は処分しましたので、しばらく時間が稼げると思います。どこかで会えませんか？」

「砂山たちと会った後、昼飯を食った店を覚えているか？」

虎ノ門の定食屋だ。

「はい」

「そこの前で会おう。時間は？」

「十五時でどうです？」

「わかった」

電話が切れた。

今、午後二時三十分だ。十五時に虎ノ門で会うことを了承したということは、水木もそう遠くない場所にいるということだ。

電話で具体的な地名を言わずに互いに認識できる場所を指定したのはさすがだ。水木も公安にたずさわる職員なのだ。

隼瀬は続いて、鷲尾の携帯電話に連絡した。留守番電話サービスに切り替わったので、隼瀬は「俺だ。連絡をくれ」とだけメッセージを残した。

すると、すぐに電話がかかってきた。鷲尾が言った。

「すまんな、見たことのない電話番号だったので……」

「当分、この番号で連絡が取れると思う」

「わかった。土曜会のみんなと今日『アルバトロス』で会うことになった。緊急事態だからな」

「俺は行けるかどうかわからない」

「来ないほうがいいと思う。警察が本気なら、俺たちも張られているはずだ」

鷲尾が言うことは正しい。警察はまず家族と交友関係を洗うだろう。友人たちが集まる場所にのこのこ出かけて行ったら、その場でお縄だ。

電話を切ると隼瀬は、いったん東急百貨店を出て、渋谷駅に向かった。駅は人であふれているような印象があるが、実はあまり人が通らないスペースがけっこうある。

隼瀬は地下道の端に適当な場所を見つけ、そこでまた電話をした。相手は新聞記者の武藤武だ。

「はい、武藤」

「隼瀬です」

「おい、どうなってるんだ。何度も電話したんだぞ」

「前の電話は処分しました。この電話番号もいつまで使えるかわかりません」

「よく聞こえないな」

「大きな声が出せないんです」

「指名手配されているぞ。岸本殺害の容疑だ。まさか、やってないだろうな」

「やっていません。何者かが、神谷道雄を殺し、岸本を殺し、松下さんを遠くに飛ばし、俺を殺人犯に仕立て上げた。そういうことです」

「例のこと、調べてみた」

キンモクセイのことだ。

「何かわかりましたか？」

「ああ。いろいろとな……。会って話ができればな……」

今、外部の誰かに会うのは危険だ。だが、武藤は重要な手駒だ。

「わかりました。こちらも伝えたいことがあるので、また連絡します」

「捕まるなよ」

「はい。じゃあ……」

電話を切った。

それから隼瀬は、地下鉄銀座線の改札に向かった。

遠くから待ち合わせ場所をしばらく観察していた。捜査員がいれば、その動きを察知できると思った。

専門的な訓練を受けたわけではないが、何を見ればいいかは知っている。不自然な動きをする人物だ。同じ場所に長く留《とど》まっていたり、何度も往復したり……。

捜査員は、変装していても受令機のイヤホンを装着しているので、それでわかる場合もある。

変わった様子はない。約束の十五時になったが、水木は姿を見せなかった。向こうも、離れた場所から様子をうかがっているのかもしれない。

隼瀬は、定食屋の前に行くことにした。昼食の時間は定食屋で、夜は居酒屋になる。今は夜の仕込みの時間で店は閉まっている。

隼瀬がその場に立つとすぐに水木が現れた。やはり監視していたようだ。彼は背広姿のままだ。

「歩こう」

水木が言った。二人は、溜池《ためいけ》方面に歩きはじめた。

「服部理事官と、ようやく連絡が取れた」

「理事官はどこにいたんですか？」

「それは教えてくれなかった」

「キンモクセイのこと、尋ねてみましたか？」

「それはまだだ」

「会うんですか？」

「ああ。そのつもりだ。そっちはどんな状況なんだ？」

「防衛省の仲間と会いました。いろいろな省庁の若手が集まる会があって、その仲間と今日会って情報交換すると言ってました」

「服を着替えたのは正解だな。自宅には張り込みがついているから、絶対に戻るなよ」

「わかっています。ネットカフェにでも寝泊まりします」

「そんなことをしていても、長くは続かないな」

「逃亡犯は、なかなか捕まらないものです」

「俺はとにかく、服部理事官に会ってみる」

「武藤さんに電話しました」

「マスコミに電話するなんて、何考えてるんだ」

「すべてを敵に回すわけにはいきません」

「何か言っていたか？」

「キンモクセイのことを調べたと……」

「それで……？」

「内容はまだ聞いていません。電話で話せるようなことじゃないので……」

「どうするんだ？」

「どこかで会おうかと思っています」

「本当に信用できるんだろうな。新聞記者は、警察に連絡しておまえを逮捕する瞬間の写真を撮る、なんてことを平気でやるぞ。スクープのためなら、何でもやる連中だ」

「武藤さんは信頼できるジャーナリストです。じゃなければ、連絡は取りません。それより、服部理事官はだいじょうぶなんでしょうね」

「ああ。唯一の希望だと言っただろう」

「何か知っているといいんですが……」

二人は溜池の交差点を渡り、さらに赤坂見附《あかさかみつけ》方向に歩いた。山王下《さんのうした》の交差点までやってくると、水木は言った。

「俺は、これから服部さんと連絡を取って、会う段取りをつける。ここで別れよう」

「わかりました」

「俺は見附方向に行く、おまえは赤坂通りのほうに行ってくれ」

「水木さん、カイシャには戻らないつもりですか？」

「戻れねえよ。なんとかこの一件を解決しなけりゃ……」

「どこで幕引きにするんです？」

「俺たちの無事が確認されるまでだ。そうだな……。まずは神谷殺しの実行犯を見つけることだな。それがそもそものきっかけだからな」

「アメリカ人なら、もう本国に帰っているでしょうね」

「わからんぞ。俺たちを消すために、まだ日本に残っているかもしれない」

「その冗談は、笑えませんよ」

「冗談じゃないからな」

警察に追われ、その上、アメリカの殺し屋に追われるんじゃたまらないな……。隼瀬はそんなことを思っていた。

「じゃあな……」

水木は、赤坂見附方面に歩き去った。隼瀬は赤坂通り方面の信号が青に変わるのを待っていた。

新しい電話がトレースされているとは思えなかった。だがもし、アメリカのNSAが一枚嚙んでいるとしたら、安心などできない。

ちょっと確かめてみたいと思った。どこか周囲を観察できる場所にしばらく留まってみれば、スマートフォンの微弱電波やGPS情報が追跡されているかどうかわかるだろう。

そう思ったとたんに、確かめずにはいられない気分になった。

隼瀬は、徒歩で赤坂通りを進み、赤坂五丁目交番の交差点を左折した。さらに突き当たりを左に行くと、目の前が檜町《ひのきちょう》公園だった。

公園への階段を上がり、木陰のベンチに腰を下ろした。そこからならば、公園内の様子がよく見て取れた。

もし、位置情報が監視されているとしたら、すぐに捜査員がやってくるはずだ。

三十分その場にいて、何事も起こらなければ、まだ新しいスマートフォンの位置情報は監視されていないと考えていい。

隼瀬はそう判断して、じっと座っていることにした。

殺人で指名手配されている被疑者を確保しに来るのだから、捜査員たちは隠密《おんみつ》行動は取らないだろう。

刑事たちは、姿を隠そうともせずに集団でやってくるはずだ。その点も、刑事と公安の仲が悪いと言われる理由の一つだ。

公安はそういう無神経な捜査の仕方を嫌う。一方で、刑事たちは公安の秘密主義を嫌うわけだ。

公園内は午後ののどかな光景だった。東京ミッドタウンの裏手で、都会のど真ん中にあるのだが、それを忘れるくらいに静かで穏やかだった。

隼瀬はくつろいだ様子を装って、周囲を警戒していた。結局、三十分経ったが、何も起きない。

スマートフォンはまだ安全だと判断した。傍受されていても、それが監視されたり記録されたりしない限り、傍受されていないのと同じことだ。

隼瀬は腰を上げて、今夜の滞在先を決めることにした。渋谷に戻ってネットカフェに入ることにした。

寝泊まりもできるし、シャワーもある。何よりパソコンが使えるのが利点だ。費用もそれほどかからないので、潜伏先にはもってこいだ。

地下鉄の赤坂駅に行き千代田線に乗る。表参道で乗り換えて渋谷に戻った。

道玄坂にあるネットカフェを選び、鷲尾の健康保険証を使って会員登録をする。出入り自由の宿泊コースを頼んだ。

個室に入ると、ほっとした。ソファにもたれ、自分がどれくらい疲れているのかを実感した。肉体的な疲れではない。緊張による精神的な疲労だった。

パソコンを立ち上げる気力もなくぐったりとしているうちに、いつしか眠っていたようだ。

食欲もないし、とても眠れる精神状態ではないと思っていたが、一瞬気が弛《ゆる》んだ隙に脳が休息を欲したのだろうか。目を覚ましたときに、そんなことを考えていた。

スマートフォンの振動で目を覚ましたのだった。武藤からのテキストメールだった。

「電話をくれ」という内容だ。

隼瀬は個室を出てロビーに行き、周囲を警戒しながら武藤に電話した。

「隼瀬です。何かありましたか？」

「水木というのは、同僚だよな」

「ええ。同じ課長補佐です。水木がどうかしましたか？」

「警察に身柄を拘束されたらしいぞ」

隼瀬は、一瞬何を言われたのかわからなかった。

「どういうことです？」

「詳しいことはわからない。うちの記者が嗅ぎつけた。正式発表はまだだ。発表があるかどうか、わからないがな……」

隼瀬は、言葉を失っていた。

24

「おい、聞いているのか」

電話の向こうの武藤が言った。隼瀬はこたえた。

「ええ、聞いています」

「あんたは指名手配、同僚は身柄拘束……。なんだか、とんでもないことになってるじゃないか」

「水木は警察に拘束されたと言いましたね？　逮捕されたということですか？」

「詳しくはわからない。会えないか？」

隼瀬は混乱していた。

「会おうにも、どこが安全なのかわかりません」

「俺のほうで何とかする。今から出てこられるか？」

隼瀬は時計を見た。午後六時を少し過ぎたところだ。

「だいじょうぶです」

「六本木まで来てくれ。住所はメールで送る」

「これまで使っていたメールは監視されている恐れがあります。今と同様、この番号にテキストメールをください」

「了解した」

電話が切れて、すぐにテキストメールが届いた。

店の名前と住所が書いてある。それを、地図アプリに入れてすぐにネットカフェを出た。

ＪＲで恵比寿まで行き、日比谷線に乗り換える。武藤が指定した店は、東京ミッドタウンの向かい側にあるビルに入っているイタリアンレストランだった。路面店だ。

店に到着したのは、午後六時半少し前だった。武藤はすでに来ていた。

人目につかない奥のテーブル席だった。

隼瀬が席に着くと、武藤が言った。

「この店は出入り口が二つある。表の出入り口と、裏の出入り口だ。トイレが店の外なんで、そこに行くためのドアだ」

つまり、逃げ道を確保しやすいということだ。それに、武藤が選んだ席からは、店内の様子が見て取れる。

捜査員が店に入ってきたら、すぐにわかるということだ。

「料理は適当に注文するぞ」

武藤にそう言われて、隼瀬はうなずいた。食欲などない。料理を選ぶ気になどなれない。

武藤がパスタを二種類と、メインディッシュに鶏肉《とりにく》の料理を注文した。

武藤は赤のグラスワインを飲んでいるが、隼瀬はガス入りのミネラルウォーターをもらうことにした。

武藤が質問した。

「水木さんはなぜ拘束されたんだ？」

隼瀬はかぶりを振った。

「わかりません。罪状としては、犯人隠避なのかもしれません」

「あんたの逃走を助けたから捕まったと……」

「それしか考えられません。水木とはさきほど、虎ノ門で接触しました。虎ノ門から赤坂山王下まで歩きながら話をしました」

武藤はかぶりを振った。

「いや、それを捜査員たちが見ていたとしたら、あんたを逮捕しないのはおかしい」

「自分と会ったことを、誰かに話したのかもしれません」

「もし、そうだとしたらうかつだな」

飲み物が運ばれてきて、話が中断した。

ミネラルウォーターを一口飲むと、隼瀬は言った。

「そうですね。たしかにうかつです。考えてみると、水木がそんなことをするとは思えません」

「何か他に考えられることはないか？」

隼瀬が考えていると、パスタが運ばれてきた。トマトソースの海鮮パスタを自分の皿に取り、一口食べると止まらなくなった。

意識していなかったが、腹は減っていたのだ。さらに、もう一種類の茸《きのこ》のパスタも食べた。

それらを食べ終わると、幾分か気分が落ち着き、頭の回転もよくなったような気がした。

隼瀬は言った。

「水木は、服部理事官に会いに行くと言っていました」

「服部理事官……？　たしか、警備企画課の裏の理事官だな。ゼロを統括する……」

「そうです。ゼロの研修を受けた全国の公安マンから『校長』と呼ばれています。水木も、ずいぶんと信頼しているようでしたが……」

「……でしたが？」

「自分は信用していいのか、判断がつきませんでした」

メインディッシュが運ばれてきて、従業員に切り分けてもらうと、隼瀬はそれもあっという間に平らげた。

武藤が言った。

「その服部理事官に会いに行くと言った水木の身柄が拘束された……」

「服部理事官が、水木を罠に掛けたのではないかと思います」

「呼び出しておいて、捕まえた……」

「服部理事官は、ゼロのトップですから、全国の公安を自由に動かせます。もしかしたら、すでに水木や自分は監視対象だったのかもしれません」

「何のために監視するんだ？」

「我々がキンモクセイに近づいたからじゃないでしょうか」

「じゃあ、一連の事件の黒幕は服部理事官だと……」

隼瀬はかぶりを振った。

「黒幕かどうかはわかりません。でも、何らかの形で関与しているのではないでしょうか」

「公安だからな。あり得るだろう」

「キンモクセイについて、何かわかったことがあるとおっしゃっていましたね？」

「ああ。情報本部発足当時、防衛庁を担当していた同僚に話を聞いてみた。たしかに、当時、橋本龍太郎内閣の肝煎で、大規模な盗聴・傍受システムを米軍の協力のもとに構築するという青写真があったという話は聞いた。だが、当時の政権は安定していたわけではなく、社会民主党と新党さきがけの閣外協力を得ていた。盗聴・傍受システムは社民党やさきがけの猛反発にあい、結局頓挫したんだ」

「それがキンモクセイですね」

「そう。それっきりそいつは、闇に葬られたまま消えていったはずだった。ところが、再びそれが検討される事態になった。きっかけは九・一一だ」

「なるほど……」

「アメリカの同時多発テロを受けて、テロ対策特措法が成立・施行された。それが二〇〇一年のことだ。集団的自衛権などのさまざまな問題とともに、盗聴・傍受システムについても検討された。そのときに、キンモクセイのアイディアがにわかに復活したわけだ」

「キンモクセイはまだ運用されていないんですよね」

「もちろんまだだ。俺も話を聞いてあきれたよ。二〇〇一年から検討を始めて、まだ結論が出ないのか、と……。だが、それにはいろいろと事情があったようだ。テロ対策特措法が時限立法だったこともあるが、さらに、二〇〇九年から民主党政権になったことが大きな理由だった。省庁内で大幅な予算の見直しが迫られた。キンモクセイは再び頓挫するわけだ」

「盗聴・傍受システムと民主党は、たしかに馴染みませんね」

「再び自民党が政権を取り、特定秘密保護法が成立・施行された。だが、これはもともと民主党政権時代に検討されたものを、自民党の内閣が提出したもので、それ単体では、それほど大きな影響力はない。しかし、二〇一七年に成立・施行された改正組織犯罪処罰法、特に共謀罪と合わせて考えると、かなりきなくさいものになる」

「キンモクセイのようなシステムを秘密裡に運用することも、法的に可能になるということですね」

「合法かというと、かなり微妙なところだが、抜け道は確保できるんじゃないかね」

「やはり、神谷道雄や岸本は、その秘密に近づいたために殺害されたということですね」

「そして、あんたは指名手配、水木は捕まった」

「水木と話をしました。もし、キンモクセイが特定秘密に指定されたのだとしたら、神谷道雄はその取扱者には含まれていなかったのだろう、と……」

武藤はしばらく考えてから言った。

「そうだな。特定秘密の取扱者が、それをどこかに洩らしたのだとしたら、法律で処罰すれば済むことだ」

「そうです。殺害することなんてないんです。殺すのは割に合いませんよ」

「普通の殺人なら割に合わないさ。だが、権力が邪魔者を消すというのなら事情が変わってくる」

「権力が邪魔者を消す……」

「そうだ。外に洩らしたくない秘密に触れた者は、消すのが一番だ。もし、法で裁こうとすると、その秘密の内容を明らかにすることが必要になってくる。キンモクセイの内容が裁判所や国会などで取り沙汰され、マスコミで報じられたら、すべては水の泡ってわけだ」

「今回の場合、邪魔者を消す権力って、具体的に誰だと思います？」

「神谷殺しの実行犯は外国人らしいということだな。そして、あんたは指名手配された」

「いっしょに調べてくれていた警視庁の松下という刑事は飛ばされました」

「そして、水木は拘束された。それを考え合わせると、結論は一つだと思う。あんたが言っていたとおり、日米合同委員会しかない」

隼瀬はわずかに身を乗り出して言った。

「キンモクセイは日本にとって必要なシステムだと思いますか？」

「テロ対策は必要だと思う。だが、そのために日本国民すべてを監視するようなシステムはきわめて危険だ」

「防衛省のやつから聞いたんですが、キンモクセイはシステムとしての予算がずいぶんと少ないらしいです。つまり、新たなシステムを構築するのではなく、今運用されているものからデータの供与だけを受けるのではないかと……」

武藤は思案顔になって言った。

「それは合理的だな。ＮＳＡなら世界中の通信を傍受できる能力がある」

「防衛省のやつもＮＳＡからデータを提供してもらうのだろうと言ってました」

「皮肉なものでな、ＮＳＡがアメリカ市民のことを盗聴するのは違法なんだ。だが、アメリカ市民以外を盗聴するのは違法じゃない」

「ＮＳＡが盗聴・傍受した日本国内の情報を入手するシステム。それがキンモクセイの正体なんですね」

「そうだと思う。そして、提供されるのはメタデータのはずだ」

「なるほど、メタデータ……」

「傍受した音声データや盗撮した画像データそのままだと、膨大な容量になる。それよりも、メタデータを収集するほうが合理的だ。いつ、誰が、どこで、誰に、どれくらいの長さの通話をしたか、あるいは、いつ、誰が、誰に、メールを送ったか、そういうデータがメタデータだ。通信の内容よりも、そういうデータのほうが捜査に役立つことが多い」

隼瀬はうなずいた。

「おっしゃるとおりです。そして、これは公安担当者としては言いたくないのですが、通信内容そのものよりも、そういうデータのほうが、起訴や公判にも役立つんです」

「つまり、内容は問わず、通信したという事実だけで犯罪者に仕立て上げることができるということだ。事実なので、それなりに証拠能力がある。例えば、相手がテロリストと知らずに、日常的な話をしただけでも、電話をしたという事実が問われて、共謀者にされてしまう恐れがある。だから、メタデータは恐ろしいんだ」

「メタデータは検索のためのデータでもありますから、必要ならそこから元データも探れるはずです」

「そういうことだな」

「ようやくキンモクセイの全貌が見えてきたような気がします」

「だがな……」

　武藤は表情を曇らせた。「確証は何もない。すべては推論の積み重ねでしかないんだ。これでは、記事になどできない」

「そうでしょうね」

　隼瀬も眼を伏せた。「それに、自分は警察官僚ですから、自分の身を守るために、国家の秘密を公にしていいものか、という迷いもあります」

「国家の秘密というが、国家って何だ？　国民を守るための器が国家なんじゃないのか？　その原則を忘れて一般市民の盗聴をするなんて、冗談じゃない」

「テロから国民を守るためでもあります」

「スノーデンが言っていたがな、大規模な盗聴は、決してテロ捜査の役には立たないんだそうだ。それだけ分母が増えてしまう」

「分母が増える？」

「つまり、捜査の対象が膨大に増えた結果、本来捜査すべき対象まで捜査の手が及ばなくなるというんだ。つまりさ、国家による盗聴・傍受ってのは、目的はテロ対策じゃないことは明らかだ」

　隼瀬は、渡部課長が言ったという、「俺たちはようやく特高に戻れた」という言葉を思い出していた。

隼瀬が黙っていると、武藤はさらに言った。

「キンモクセイが重要な国家の秘密だって？　そんなの国民をばかにしている。テロ対策なら、他にいくらでも方法があるはずだ。もう一度言う。国家、いや日米合同委員会の目的はテロ対策なんかじゃない。言論統制なんだ」

隼瀬は顔を上げた。

「わかりました。迷いは捨てます。何であろうと、殺人は許されません」

「あんたが捕まったら、すべては終わりだ」

隼瀬はしばらく考えてから言った。

「武藤さんに紹介したい連中がいます」

25

「紹介したい連中？」

武藤が隼瀬に尋ねた。「何者だ？」

「自分と同期の官僚たちです。全員私立大学出身で、自分を含めて土曜会という会を作っています」

「土曜会？　なんだか聞いたことがあるな。たしか、明治時代の貴族院の会派にそんなのがあったな」

「飲みながら情報交換をする会で、みんな信用できる連中です」

「なるほど、さっきあんたが言った防衛省のやつというのも、その中の一人なんだな」

「そうです」

そして、隼瀬は、自分以外の四人のメンバーについて説明した。

「ほう……。外務省、厚労省、経産省に防衛省、そして、あんたが警察庁……。けっこうな情報が集まりそうだな」

「土曜会の誰かから連絡を取らせます」

「連絡先を教えてもらったほうが早いと思うが」

「用心深い連中ですから、武藤さんが電話をしても出ないかもしれません」

「わかった。早急に連絡をくれるように言ってくれ」

「確証がないと記事にはできないと言いましたね。土曜会の連中が何か確証をつかんでくれるといいんですが……」

「どうかな……。みんな、あんたの同期なんだろう。こう言っちゃ失礼だが、決定的な情報が得られるかどうか疑問だな……」

「だとしたら、世間に公表することはできませんね」

「ネットで洩らすという手もある」

「大きな反響にはならないでしょう。ネットには政府陰謀説があふれています。そうした誤情報の中に埋もれてしまうでしょう」

「それでもやらないよりはましだ」

「自分や水木の疑いを晴らすほどの社会的影響はないですよね」

隼瀬がそう言うと、武藤はしばらく考え込んだ。

「まあ、確証はなくても記事にする方法はある」

「どんな方法です?」

「例えば、だ。国会議員は強力な調査権を持っている。国政について調べようと思ったら、かなりのことを調べられるんだ。そして、国会で質問ができる。議員が国会で質問したというのはれっきとした事実だから、新聞などのマスコミはその内容を含めて報道できる」

「政治家を利用するということですか？」

「そうだよ。国会議員というのは、国民が利用するためにあるんだ」

「それは理想論ですね」

「理想論の何がいけない？　俺は理想を忘れてしまうことこそが恐ろしいのだと思っている」

「しかし、国会議員は自分と、地元の選挙民の利益になることしかやろうとしないでしょう」

「そんな議員ばかりじゃないさ」

「でも、大物じゃないと世間は注目しません。そして、大物がおいそれと動いてくれるとは思えない」

「それも思い込みだよ。あんたが大物と言うとき、与党の自民党の議員のことだけを考えていただろう」

「言われてみると、そうですね」

「野党にも大物議員がいる。総理経験者だっているんだ」

「話を聞いてくれそうな人がいるでしょうか？」

「キンモクセイのことが、もし本当だとしたら、看過できないと考える政治家は何人もいるはずだ。取りあえず、俺が懇意にしている野党の大物に話をしてみる」

「本気にしてもらえるでしょうか」

「政治の世界にいる者のほうが、一般の人よりもリアルに感じるはずだよ」

「調査に時間がかかったり、質問できなかったりしたら意味がありません」

「議員の調査というのは、すさまじいスピードで進むんだ。国会での質問時間を考えると、党も選ばないとならないな……」

どんなことでも、まずやってみることだ。隼瀬はそう思った。

武藤が言った。

「一所《ひとところ》にあまり長居しては危険だな。もうそろそろ行ったほうがいい。俺はまだここにいる」

隼瀬が財布を出すと、武藤は手を振った。

「俺が払っておく」

「でも……」

「俺が呼び出したんだ。それに、取材の一環でもある」

「じゃあ、お言葉に甘えます」

「念のため、裏口から出たほうがいい」

「わかりました」

隼瀬は言われたとおり、奥のドアからビルの廊下に出た。右手に行くとトイレ、左手に行くとビルの出入り口になっている。

隼瀬は周囲に人がいないのを確かめて、鷲尾に電話をした。

「今電話していてだいじょうぶか？」

隼瀬が尋ねると、電話の向こうの鷲尾がこたえた。

「だいじょうぶだ。今『アルバトロス』にいる。他の三人もいっしょだ」

「まだ七時半じゃないか。それなのにみんな集まっているのか？」

「緊急事態だからな。ちょっと待て、代わってくれと言っているのがいる」

電話に出たがっているのは誰だろう。皮肉屋の燕谷じゃなければいいがと思っていた。

「無事なのね？」

歩美の声がして、隼瀬は一瞬自分が置かれている状況を忘れそうになった。

「ああ、今のところはね」

「後輩を殺したなんて、嘘よね？」

「もちろん嘘だ」

「それを本人の口から聞いておきたかった」

「何とか疑いを晴らさなければならないんだ。手を貸してくれている新聞記者がいる。土曜会のことを話しておいたので、連絡を取ってほしい」

「わかった。私が責任を持って連絡を取る」

隼瀬は武藤の名前と連絡先を教えた。それを聞き終わると、歩美が言った。

「あなたの電話番号を、鷲尾君から聞いてもいいわね？」

「ああ、もちろんだ。だが、また電話番号を変える必要があるかもしれない。この電話番号を知っている同僚が警察に身柄を押さえられた。もしかしたら、捜査員にこの電話番号を教えてしまったかもしれない」

「変わったらまた教えてちょうだい」

歩美が言った。「鷲尾君だけじゃなくて、私にも、ちゃんと……」

「わかった」

「じゃあ、代わるわ」

再び鷲尾が電話に出た。

「これから、どうしたらいいか、みんなで相談する」

「鵠沼に、武藤という新聞記者と連絡を取るように言った。彼にできるだけくわしい情報を提供したい」

「わかった。できる限りのことはする」

「済まんな」

「礼を言う必要はない。俺たちだっていつ法務省の神谷やおまえのような目にあうかわからないんだ。官僚なんだからな」

「鵠沼にも言ったが、この番号をいつまで使えるかわからない」

「新しい番号が入手でき次第連絡をくれ」

「わかった。じゃあ」

隼瀬は電話を切った。そして、念のために電源を落とした。

携帯電話は電源を切っていても、微弱電波を察知されて位置情報がわかるなどと言われているが、それは正確ではない。

電源が入っていたときに送った微弱電波の記録が基地局に残るので、電源を切っても、その残った情報から位置を割り出されることがある、ということなのだ。

武藤のおかげで腹ごしらえもできたので、渋谷のネットカフェに戻ることにした。

渋谷にやってくると、昼間とは別の量販店で、プリペイドSIMカードと、型落ちの安価なSIMフリーのスマートフォンを購入した。持っていたスマートフォンは電源を切ったままトイレのゴミ箱に捨てた。

やはり、電話番号のことが気になる。水木を信用していないわけではないが、捜査員はあの手この手で攻めるはずだ。公式には、そういうことはないことになっているが、拷問だってするのだ。

自分だって捕まったら、口を割らない自信はない。拷問に耐えられる人間はごくわずかだ。

通信手段は生命線と言ってもいい。安全な電話番号を確保しておかなければならない。

慎重に周囲を歩き回り、捜査員らしい人物の姿がないことを確認してから、ネットカフェに戻った。

個室に入ると、ソファの背もたれを倒してぐったりと横になった。疲れ果てていた。

ただ六本木で武藤と会っただけだ。それなのに、いつもの数倍疲れているように感じた。肉体的な消耗よりも、精神的な疲れのほうが疲労感が強いようだ。

横になったまま考えた。ここはいつまで安全だろう。

どのくらいの態勢で警視庁が自分を捜しているかわからない。殺人事件となれば、どこかに捜査本部ができて最低でも五十人、多ければ二百人ほどの態勢で捜査をしているはずだ。

潜伏先をつきとめるために、ホテルなどの宿泊施設を虱潰《しらみつぶ》しに回っているに違いない。

ネットカフェも安全とは言えない。

だが、捜査員がこのネットカフェにたどり着くまではまだ時間があると、隼瀬は踏んでいた。

時計を見ると午後九時過ぎだった。背もたれを起こして、パソコンを立ち上げる。

ニュースを確認してみた。ポータルサイトのニュースページや新聞社のウェブサイトを巡回する。

すでに、いくつかのサイトで記事が見つかった。実名・写真入りの報道だ。指名手配されたからだろう。

警視庁の捜査員が警察庁にやってきたのが、今日の午前十一時半頃のことだ。それが遠い過去のような気がする。

この時点で報道されているということは、警視庁は午前中に記者発表をしたということだろう。捜査員が来た段階ですでに発表をしていたのだろうか。

警視庁は秘密主義だから、家宅捜索の前に発表をすることなど、通常ではあり得ない。だが、タイミングから考えると、捜査員が警察庁にやってくるときにはすでに、記者発表されていたとしか考えられない。

それは何を意味しているのだろう。俺が逃走することを、あらかじめ予想して、指名手配したのだろうか。

それは捜査の手続きとしては不自然な気がする。

普通なら捜索差押令状と逮捕状の発付を待ってウチコミをする。逮捕を目的とした家宅捜索だ。そして、犯人を逮捕した段階で、記者発表という段取りになる。

考えられることは一つ。隼瀬の動きを絶つために、指名手配を急いだということだ。

指名手配されれば、全国の警察に顔写真が届き、マスコミで報道される。

そうなれば、身動きが取れなくなる。実際、今の隼瀬はそうだった。ネットカフェにこもっているときしか安心できない状態だ。

渋谷駅の地下道から武藤に電話したとき、彼はすでに隼瀬が指名手配されていると言っていた。あれはたしか午後二時四十分頃のことだ。武藤はそれ以前にも何度も隼瀬に電話をしたと言っていたから、もっと早い時間に指名手配されていたことになる。

やはり、不自然な早さで指名手配されたと考えるべきだ。

水木に関する記事はどこにも見当たらなかった。逮捕ではなく、任意同行ということなのだろうか。

逮捕しておいて、何も発表しないというのはあり得ない。現職の警察官僚が逮捕されたとなれば、マスコミが騒がないはずがない。

しかも、岸本殺害に関連して身柄を拘束されたのだ。反響は大きいはずだ。だが、ネット上のどこにも水木に関する記事はない。

やはり、服部にはめられたのだ。そうとしか考えられなかった。服部なら、記事を抑えることもできるだろう。

服部には、水木の身柄拘束を世間に知られたくない事情があるのだろうか。おそらくそれは、逮捕でも保護でもなく身柄を拘束しなければならないからだろう。

逮捕でなければ、任意同行しかあり得ない。逮捕せずに身柄を拘束したとなれば違法だ。警察が逮捕監禁の罪に問われることになる。

武藤が水木の身柄拘束のことを知っていたということは、すでに何人かの記者は気づいているということだ。服部は、それを力ずくで記事にならないように抑えているということだろう。

全国の公安警察のトップでなければできない芸当だと、隼瀬は思った。

ふと隼瀬は、ポケットのスマートフォンを意識した。新しい番号をまだ誰にも教えていない。必要最小限の相手には教えておくべきだ。

隼瀬は個室を出てロビーに行き、まず武藤にかけてみることにした。呼び出し音が八回鳴って、ようやく武藤が出た。

「はい」

「隼瀬です」

「また番号を変えたのか。見知らぬ番号だったのでシカトするところだったぞ。連絡を取りたいと思っていたんだ。渡部課長から俺宛に、社に電話があったらしい」

「渡部課長から……？」

どういうことだろう。

隼瀬は眉をひそめていた。

26

「もしかしたら……」

隼瀬は言った。「自分と武藤さんが連絡を取り合っていることを知られたのでしょうか？」

「いや」

電話の向こうで武藤が言った。「俺は渡部課長と接触した覚えはないし、監視されていたとも思えない」

「公安をばかにしちゃいけませんよ」

「記者をなめちゃいけない。とにかく、俺はヘマはしていない」

「じゃあ、どうして課長が連絡を……」

「わからん。おそらく、あんたの交友関係を片っ端から当たっているんじゃないのか」

そうだろうか。隼瀬は考えた。

「警視庁の捜査本部が交友関係を洗っているというのならわかります。でも、渡部課長が直接武藤さんに電話する理由がわかりません」

武藤はしばし無言だった。彼も考えているのだろう。やがて、彼は言った。

「折り返し電話をしてみようかと思う」

「そうなれば、自分のことを話さざるを得なくなるかもしれませんよ」

「話しはしないよ。とにかく、用件を聞いてみないことには始まらない」

隼瀬は、また考え込んだ。武藤の言うことが正しいように思えるが、どうだろう。今は何が正しくて何が間違っているのか、なかなか判断がつかない。

　隼瀬は言った。

「わかりました。武藤さんのおっしゃるとおりだと思います」

「それからな、鵠沼という女性から電話があった。経産省に勤めていると言っていた。あんたの知り合いで間違いないな？」

「はい。土曜会のメンバーです。武藤さんと連絡を取るようにと、自分が言いました」

「その鵠沼が言っていた。あんたと連絡が取れなくなったってな。新しい番号を教えてやるんだな。味方と連絡が取れないんじゃ、よけいに危険だ」

「はい、そうします」

「じゃあ……。渡部課長の件は、何かわかったら電話する」

電話が切れた。

隼瀬は、歩美に「これから電話する」というテキストメールを送り、電話した。

歩美はすぐに出た。メールを読んでくれたらしい。

「また電話番号を変えたの？」

「ああ。安全じゃなくなったと判断したんだ」

「この番号はしばらくだいじょうぶだと思うが……」

「さあな。今のところはだいじょうぶ？」

「武藤っていう記者と連絡を取ったわ」

「武藤さんから聞いた。何か話したのか？」

「今度、土曜会のメンバーと会って話がしたいというので、早急に予定を組むことにした」

「わかった。また連絡する」

そう言って、隼瀬は電話を切った。個室に戻ると、一つ溜め息をついた。

ほんの一週間ほど前までは、歩美と鷲尾の仲を怪しんだりしていた。今はそれどころではなくなってしまった。

いつかまた、歩美のことばかり考えているような日々が戻って来るのだろうか。

なんだか、もうそんなことは永遠にないような気がしていた。

俺はこのまま警察に捕まり、罪を着せられて有罪判決を受け、刑務所に入るはめになるのではないか。起訴されたら最後、有罪率は九十九・九パーセントだ。

そして、警察は何が何でも起訴に持ち込みたいと考えるだろう。いや、警察だけではない。検察も敵かもしれない。

なにせ、検事総長の多くが日米合同委員会の参加経験者だというのだ。今の検事総長がそうなのかは、隼瀬にはわからない。だが、違うと考える根拠はない。

再び、インターネットでニュースを見る。隼瀬に関する新しいニュースはない。水木についての報道はまだない。

俺はただ、パソコンの画面を眺めながら、隼瀬は思った。

ここでじっとしているしかないのか。他に何かやれることはないのだろうか。

真相を解明するために、土曜会のみんなと会うべきではないか。だが、警察が彼らをマークしているのは間違いない。土曜会に近づくと逮捕される危険があるのだ。だから、せいぜい電話連絡をするしかない。

武藤には、また会えるかもしれない。だが、渡部課長が彼に電話をしてきたというのが気になる。

もし、服部理事官が水木の身柄を拘束したのだとしたら、もう一人の理事官である早川理事官も、その上にいる渡部課長も敵だと考えなくてはならない。

これまでに知り得た情報を組み合わせると、渡部課長と二人の理事官が、裏で糸を引いていた可能性は否定できない。

警視庁の松下が、「公安ならキンモクセイについて知っているだろう」という意味のことを言っていたのを思い出した。

殺された神谷がキンモクセイについて、同僚の庄司に尋ねたのだが、その理由について庄司は、おそらく自分が公安課だからだろうと言った。

ここにも公安という言葉が登場した。

鷲尾に、過去に廃案となったキンモクセイのことを聞いたとき、彼は公安なら知っていて当然、というような言い方をした。

つまり、キンモクセイの運用については公安が深く関わっているということだ。それは当然だと、隼瀬は思った。キンモクセイによってあらゆる国民のメタデータを入手できるとしたら、それを最大限に活用できるのは、他でもない公安警察なのだ。

そして、実際のキンモクセイのオペレーションにたずさわる者の多くは公安関係者ということになるだろう。

内閣情報調査室や情報本部という日本の情報機関には、警察庁から公安関係者が数多く出向している。また、法務省管轄の公安調査庁にも警察庁からの出向者がいる。

つまり、キンモクセイは事実上公安のためにあると言ってもいい。それに全国公安の元締である警備企画課の課長である渡部が関わっていないはずがない。

どうして今までそれに気づかなかったのだろう。自分でも不思議だった。おそらく、うすうす気づいていたのだ。だが、自分自身でそれを認めたくなかったのだ。あるいは、無意識のうちにそのことを考えるのを避けていたのかもしれない。

携帯電話が振動した。武藤からの着信だ。時刻は午後十時三分だった。隼瀬は、電話に出たが自分からは声を出さなかった。相手が本当に武藤かどうか確かめたかった。

「聞いてるか？　武藤だ」

たしかに武藤の声だった。

「聞いています。こちらからかけ直していいですか」

「ああ。待ってる」

電話が切れた。隼瀬は、個室を出てロビーに行き、武藤に電話をした。

「何かありましたか？」

「渡部課長に電話をしてみた。カイシャにかけても、必要があれば携帯に転送してくれるんだな」

「それで……？」

「あんたの居所を知らないか、と訊かれた」

「ストレートですね」

「ああ。俺もそう思った」

「それで、どうこたえたんですか？」

「事実をそのままこたえたよ。居場所は知らないってな。実際、俺は今あんたがどこにいるのか知らない」

「それで、課長は何と……？」

「火急の用があるので、連絡が取りたい。居場所や連絡方法を知っていたら教えてほしい。そう言われた」

隼瀬は違和感を覚えた。

「指名手配されている部下に対して、火急の用があるというのは、妙な言い方ですね」

「俺もそう思った。公安の元締は、やっぱり何を考えているのかわからん」

「自分は部下ですが、武藤さんと同じです。課長の考えがわかりません。ただ……」

「何だ？」

「公安が例の件に関わっていることは間違いないでしょう。だとしたら課長も関わっているはずです」

「例の件、か……」

武藤はつぶやくように言った。「俺はこれから、野党の大物に会ってくる」

「アポが取れたんですか？」

「取材や打ち合わせ用に取っているホテルのスイートで、十分だけ会ってくれることになった」

「自分も行ければいいんですが……」

武藤はしばらく無言だった。考えているのだろう。やがて彼は言った。

「来てみるか？」

「え……」

「新聞記者の俺が言うより、警察庁のしかも警備企画課のあんたが言ったほうが現実味があるだろう」

　出歩くと、それだけ捕まる危険が増える。しかし、何かしたいと切実に感じていることは事実だった。

「場所は？」

　ここから遠く離れているのなら行くべきではないと思った。移動距離が長いと、それだけ危険が増す。

「渋谷のエクセルホテル東急だ」

　井の頭線の渋谷駅に直結しているマークシティにあるホテルだ。今いるネットカフェから五分、いや急げば三分ほどで着く。

　この僥倖《ぎょうこう》は、おそらく神が行けと言っているのかもしれないと、隼瀬は思った。普段は神のことなど考えたこともないのだが……。

「わかりました。行きます」

「十時半にロビーに来られるか？」

「だいじょうぶです」

「じゃあ……」

　電話が切れた。

　あまり長い間、姿を衆目にさらしたくはない。待ち合わせぎりぎりまでここで待機していることにした。

渋谷エクセルホテル東急のフロントとロビーは五階にある。それを知らないと迷ったかもしれない。

隼瀬は時間ちょうどにロビーに到着した。武藤はすぐに見つかった。片手を上げ、向こうから近づいてきた。

隼瀬は、周囲を警戒していた。無造作に武藤に近づいたとたんに、捜査員が横から飛び出してくる。そんなことを思い描いていたが、実際には何も起きなかった。

武藤が言った。

「持ち時間は少ない。すぐに部屋に行こう」

隼瀬はジーンズにジャンパーという恰好だった。それにキャップをかぶっている。議員に会うのに、この恰好でいいものだろうかと、一瞬思った。

だが、今はこの服装でいるほうが安全だろう。

武藤がノックすると、すぐに部屋のドアが開いた。隼瀬たちを出迎えた人物の姿を見て、一瞬部屋を間違えたのかと思った。

その年齢不詳の男は、今の隼瀬と同じような服装だった。ジーンズにポロシャツだ。

「私設秘書の上村《うえむら》君だ。こちらは警察庁の隼瀬君」

隼瀬は思わず武藤を見ていた。自分は指名手配の身だ。当然、匿名で会うものと思っていた。

上村はうなずいた。

「話は聞いています。とにかく中へ……」

二人が部屋に入ると、上村はすぐにドアを閉めた。

「あずまは、こちらです」

上村が言って、続き部屋に二人を案内した。

あずま……。そうか、東叶夫《あずまかなお》か……。隼瀬は思った。

たしかに、彼なら話を持っていくのにはうってつけかもしれない。出身母体は市民運動団体だ。かつて彼がいた政党が政権を取ったときには、閣僚も経験した。

武藤が言うとおり、大物だ。

続き部屋には木製のテーブルが置かれており、その周囲に八脚の椅子が配置されている。会議ができそうな部屋だ。その一番奥に東叶夫がいた。驚いたことに、東もジーンズ姿だった。

武藤が東に言った。

「時間をいただいて礼を言います」

「おまえにそんな言い方されると、かえって恐ろしいよ。そっちが、指名手配されている警察庁の人か？」

なんと、東叶夫も事情を知っているのか。無防備過ぎはしないか。そんな思いで、隼瀬は武藤を見た。

武藤がそれを察した様子で言った。

「だいじょうぶだ。話を聞いてもらうからには、全部伝えないとな……」

東叶夫が言った。

「さて、時間がない。さっそく話を聞こうか」

武藤が隼瀬に言った。

「話してくれ。まず、法務省の神谷殺害の話からだ」

「はい」

隼瀬はできるだけ要領よく話すように心がけた。報告の仕方については、警察庁で鍛えられている。

神谷殺害、そして、捜査本部の縮小。岸本の死。松下の異動。水木の身柄拘束。キンモクセイについて知り得たことと、考えられること。

話し終わると、東叶夫はしばらく何事か考えている様子だった。長い沈黙が続いた。

やがて、東叶夫がおもむろに口を開いた。

「禁止、沈黙、制圧で禁黙制ね……」

隼瀬はうなずいた。

「はい」

東叶夫は言った。

「つまらん話だ」

27

東叶夫の言葉に、隼瀬は驚き、そして落胆した。

どうやら、議員はキンモクセイに関心を持ってくれないらしい。やはり、政治家は票につながらない事柄には興味がないということなのだろうか。

隼瀬は、激しい無力感に囚《とら》われた。

水木は身柄を拘束されている。いつ自分も逮捕されるかわからない。そして、今のまでは、武藤はキンモクセイのことを記事にすることができない。

武藤が意外そうな顔で東叶夫に言った。

「つまらない話とおっしゃるのですか？　国民全員が政府に監視されるシステムが生まれようとしているんです。それを、つまらない話だと……」

東叶夫は片手を上げて、武藤の言葉を制した。そして、彼はおもむろに言った。

「ああ、言葉が足りなかった。つまらない話というのは、政府がつまらないことをやっているな、ということだ」

武藤が尋ねる。

「では、関心がおありだということですね？」

「この話に関心を持たなければ、政治家など辞めたほうがいい」

隼瀬は一転して、ぱっと目の前が開けるような気がした。東の言葉に安堵した。いや、安心しただけではない。体の奥底から力が湧いてくるような気がした。

東が隼瀬に言った。

「もう一度、情報源を詳しく教えてくれ」

隼瀬は頭の中を整理してから話しだした。

「殺害された法務省の神谷道雄が、同僚にキンモクセイのことを尋ねたという情報は、警視庁捜査一課の捜査員から聞きました。捜査員の名は松下といいます」

東はうなずいた。

「その話は信憑性《しんぴょうせい》があるな」

「法務省の同僚に会って裏を取りました。キンモクセイについて訊かれたのは、庄司という人物です」

「そのキンモクセイが、かつての防衛庁情報本部誕生の頃に検討されたシステムだという話を君にしたのは誰だっけ?」

「防衛省にいる友人です」

「名前は?」

隼瀬は迷った。

議員に対して名前を言うということはさまざまな意味がある。味方ならば、名前を覚えてもらうことは名誉なことであり、心強いのだが、敵に回るときわめて危険なことになる。

　ここは、東を信頼するしかない。結局、そう判断して隼瀬は告げた。

「鷲尾といいます。事務方です」

「それも信憑性がある。そして、一度は廃案になったキンモクセイが、復活しそうだということだな?」

「それも、鷲尾からの情報です」

「なるほど……。キンモクセイ復活の黒幕が日米合同委員会だというのは、どこから出た話だ?」

「自分や鷲尾を含めた五人の集まりがあります。警察庁、防衛省、経産省、厚労省、外務省に勤務する自分と同期の国家公務員の懇親会のようなものです。そこで出た話です」

「うーん」

　東がうなった。「それは、ちょっと眉唾だな」

　武藤が言った。

「だが、ありそうな話ですよ。防衛省の鷲尾によると、キンモクセイに対する予算規模が思ったより小さいということです。おそらく既存のシステムを流用するからでしょう。そして、盗聴・傍受の既存のシステムといえば、アメリカのNSAのシステムが、まず第一に考えられます」

「ＮＳＡか……」

東が思案顔になった。「スノーデンの告発以来、ずいぶんと話題になったが、日本国内でそれに関する何らかの摘発があったという話は聞いていない」

「つまり、いまだに野放し状態であり、秘密にされているということでしょう」

東は何度かうなずいた。

「そこが突っ込みどころだな。質問しても、政府は何もこたえようとはしないだろうが、質問する意味はある……」

武藤が言った。

「実際に国会で質問しなくても、質問を前提に議員が調査をしているということになれば、大きな抑止力になると思います」

「世間に知られないと意味がないだろう。公表されなければ、隼瀬君やその同僚の疑いを晴らすこともできない」

「俺が記事にしますよ」

それを聞いて、東がにやりと笑った。

「なるほど独占スクープを狙っているわけか」

「まあ、それくらいの余禄《よろく》は許されるでしょう」

「しかし、記事を発表できるのか？　握りつぶされるんじゃないのか？」

「それは俺に任せてください。議員が動くとなれば、大きな記事になりますから……」

「しかしな……。これから調査を始めて、質問の準備をするとなると、それなりに時間がかかる。今の国会の会期中に間に合わないだろうし、委員会でのわが党の質問時間はすでに使い果たしている。だから、私が調べだしたことをうまく記事にするしかないだろうな」

「議員が動いているという事実があれば記事にできます」

「わかった。その線で行こう」

それから東は、隼瀬のほうを見て言った。「身柄を拘束されている同僚は何と言ったかな?」

「水木です。自分と同じく警備企画課の課長補佐です」

「誰に捕まっているんだ?」

「不明ですが、おそらく服部という理事官ではないかと思っています」

「理事官? 課長の下だな?」

「警備企画課には二人の理事官がいまして、服部は裏の理事官と呼ばれており、チヨダとかゼロなどと呼ばれている係を担当しています」

「ほう、ゼロというのは、本当にあるのだな」

「全国の公安の作業班を統括しています」

「つまり、公安の元締か。それが、どうして水木君を……」

「水木は、警備企画課長ともう一人の理事官が、キンモクセイに関与しているのではないかと疑っていました。服部理事官は課長と対立する関係にあると思い込んでいたのです。そして、自分のところに警視庁の捜査員がやってきたことを知った水木は、自らも警察庁から逃走し、服部理事官と接触を図ったのです」

「大規模な盗聴・傍受システムとなれば、おそらく実動部隊は公安だ。ゼロの担当者が関わっていないはずがない」

「改めて考えるとそれが不思議なのですが……」

「不思議？」

「はい。自分も公安の仕事をしていますが、これまでにキンモクセイの話など聞いたこともなかったんです」

「上の者しか知らないということか……。おそらく秘密保持のレベルがあるのだろう。理事官までは知っているということか……」

武藤が言った。

「課長が俺に連絡を取ってきました」

東が尋ねる。

「何を言ってきたんだ？」

「隼瀬君の居場所を知らないかと言われました」

そこに、秘書の上村が姿を見せた。それに気づいた東が言った。

「約束の時間をオーバーしたな。残念だが、話はここまでだ」

武藤がうなずいた。

「わかりました。では、失礼します」

「何かあったら上村に言ってくれ」

それから東は隼瀬に言った。

「今すぐに君を自由にしてやることはできない。捕まるなとしか言えない」

「指名手配犯である自分とお会いになるという危険を冒していただいただけでも申し訳なく思いますし、感謝しています」

東がうなずくと、上村が近づき何事か話し合いを始めた。おそらく、まったく別の話なのだろうと隼瀬は思った。議員が片づけなければならない問題は山ほどあるはずだ。

部屋を出ると、隼瀬は武藤に言った。

「いろいろとありがとうございます」

「なに、礼を言うことはない。これを記事にできれば、独占スクープだよ。特ダネだからな」

どんな記者もスクープとか特ダネという言葉に弱い。日本のマスメディアは、抜いた抜かれただけで成り立っていると言っても過言ではないと、隼瀬は思っている。

今はそのマスメディアに頼るしかない。

廊下を歩きながら、武藤がふと表情を曇らせた。

「渡部課長は、あんたを捕まえてどうするつもりだろうな……」

「おそらく、キンモクセイについて誰がどこまで知っているかを、自分から聞き出すつもりでしょう」

「その後は？」

「岸本殺害の罪を着せられ、起訴されて有罪になり、刑務所行きでしょうね」

万が一捕まったら、確実にそういうことになる。

武藤がさらに難しい表情になって言う。

「政府が何かを隠そうと思ったら、徹底的にやるだろう。特に日米合同委員会がらみならな。そのことは、長年タブーとされてきた」

「日本がアメリカの属国だと言う人は多いですが、その実態を正確に把握している人はそれほど多くはないですからね」

「落としどころを冷静に考えないといけない」

「落としどころ……？」

「そうだ。最初のキンモクセイと同様に、今回も廃案とさせるのか……」

「それが理想だと思います」

「そもそものきっかけは、法務官僚の殺人事件だった。まずはその実行犯を捕まえることだな」

武藤が言いたいことは理解できた。政府が秘密裡にやろうとしていることを、簡単に諦めるはずがない。

無鉄砲に立ち向かっても、討ち死にするだけだ。どこかで取りあえずの幕引きを考えなければならない。それが、武藤が言う「落としどころ」だ。

国民一人ひとりを完璧に監視する政府。日本をそんな国にしてしまうのは嫌だと、隼瀬は思った。

だが、いくらそんな主張をしても実際に何かを変えなければむなしいだけだ。

隼瀬は言った。

「絶対に譲れないのは、神谷と岸本の死の真相を明らかにすること、それと、自分と水木が自由の身になることです」

「そうだな。俺も、その線は譲れないと思う」

やがて、二人はホテルを出て駅前の横断歩道の前にやってきた。

「じゃあ、自分はここで……」

「どこに泊まっているんだ？」

「それは言えません」

「おおかた、ネットカフェか何かだろう。ちゃんと体を休めないともたないぞ」

「わかっています」

武藤と別れて、ネットカフェに向かった。途中、遠回りをして尾行や監視がないかを確認した。

ネットカフェのロビーまで来ると、ほっとした。議員に会うというだけで疲れていた。

だが、今は不安なだけではなかった。東叶夫は、間違いなく一筋の希望の光だった。

時計を見ると午後十一時になろうとしていた。個室に戻ろうとしたとき、ふとフロントにいる係員の視線が気になった。若い男だ。おそらくアルバイトだろう。

何度もちらちらと隼瀬のほうを見ている。

気のせいだろうか。警戒心が強くなっているので、そんな気がするのかもしれない。

隼瀬はそんなことを思ったが、その係員の前にあるパソコンのディスプレイに気づいて、はっとなった。

インターネット上に、隼瀬の手配写真が出回っているだろう。係員はそれを見たのかもしれない。

隼瀬は、いったん個室に戻り、荷物を手にネットカフェを後にした。その直後、明らかに捜査員とわかる男たちがネットカフェのほうに駆けて行くのを見た。

おそらく機動捜査隊員だろう。スーツ姿の男もいれば、ベストにウエストポーチという恰好の男もいた。

機捜ならば拳銃を携帯しているはずだ。へたをすれば撃たれる恐れもある。逮捕よりも抹殺を優先することもあり得るのだ。自分が巻き込まれているのはそういう事態なのだと、隼瀬は思った。

個室でのんびり夜を明かそうとしていたら、すでに身柄を拘束されていただろう。

隼瀬はぞっとした。

逃走犯というのは心が安まらない。それを実感した。

とにかくこの場を離れることだ。防犯カメラのある駅は避けたい。タクシーも最近は車内を撮影している。

あらゆる映像を避けたい。そう考えると、今の東京はどこで撮影されているかわからない。その映像データを追跡されたら、おそらくは逃げ切れないだろう。

犯罪捜査には役立つに違いない。実際最近は、防犯カメラやドライブレコーダーの映像による検挙が急増している。

これまで隼瀬は、検挙する側だったので、その傾向を歓迎していた。だが、監視される側に立ってみると、それがいかに危険なことか実感される。

隼瀬はスーツが入ったリュックを背負い徒歩で東急本店の方角に向かった。どこを目指すでもなく、ただひたすら歩き続けるしかなかった。

28

隼瀬は、東急百貨店本店の前を通り、しばらく道なりに進んだ。つい、人気のない松《しょう》濤《とう》の住宅街のほうに進みたくなるが、それはやってはいけないことだった。

逃走犯は、人目を避けるために人気がない道を選んでしまう。捜査員にとっては、思う壺だ。通行人がいないような通りでは、対象者を発見しやすいのだ。

尾行や追跡をまこうとしたら、できるだけ人混みの中に入ることだ。公安の担当である隼瀬は、追尾の講習の際に、それを学んでいた。

右に行くと、静かな住宅街の松濤。左に行くと、円山町《まるやまちょう》のホテル街だ。隼瀬はいずれにも曲がらずに道なりに歩いた。やがて旧山手通りに出る。

左に進んだ。ネットカフェを出て二十分ほど歩くと、神泉町《しんせんちょう》に出た。旧山手通りと国道246の交差点だ。

右に曲がり、国道246沿いに進む。こんなに歩くのは久しぶりだ。さすがに足が重くなってきた。しかし、不安で立ち止まることができない。

隼瀬は常に背後を気にしながら、歩き続けた。

さらに、三十分ほど歩くと、三軒茶屋が見えてきた。そこで、力尽きたように立ち止まった。尾行はついていないと思った。

隼瀬は道の端に寄り、携帯電話を取り出した。

他人に迷惑をかけたくはない。だが、意地を張っている場合でないことは確かだ。

通信の履歴に残っていた鵠沼歩美の名前を指でタッチした。呼び出し音が聞こえる。

もうじき午前零時だが、歩美はまだ起きているはずだ。呼び出し音八回でつながった。

「隼瀬君？」

「そうだ」

「何かあった？」

「潜伏していたネットカフェに捜査員がやってきた。あやうく捕まるところだった」

「ネットカフェ……？」

「そう。渋谷のネットカフェだ」

「それで、今は？」

一瞬、警戒心が頭をもたげた。盗聴されている恐れはどれくらいあるだろう。

この電話は、先ほど買い換えたばかりだ。まだ盗聴もトレースもされていないと判断した。

「三軒茶屋の近くにいる」

「捜査員がネットカフェにやってきたのはいつのこと？」

「一時間ほど前。正確に言うと五十五分ほど前か……」

「通報があったってことね？」

「そうとしか考えられない。おそらくパソコンで俺の手配写真を見たフロント係が通報したんだ」

「三軒茶屋と言ったわね？　田園都市線で二子新地まで来られる？」

歩美の自宅がある駅だ。

「そこまで行ってどうしろと……」

「私が何とかする」

「俺が立ち寄りそうなところには、捜査員が張り付いているはずだ。おそらく、すでに土曜会のことは調べがついているだろうから、鵠沼も見張られている恐れがある」

「まさか……」

「用心するに越したことはない。それに、駅の防犯カメラに映りたくない」

「どこか、身を隠せるところはない？」

「ホテルなんかの宿泊施設は手配写真が回っているだろうから危険だ」

「何とかしてほしいから電話してきたんでしょう？」

「それはそうなんだが……」

電話をしておいておかしな話だが、歩美を巻き込みたくないと感じていた。「追い詰められた気分で、携帯を取り出した。気がついたら、鵠沼に電話していた」

「わかった。とにかく、どこかに身を隠していて。電話で連絡が取れる場所で……」

「いや、いいんだ。捜査員が駆けつけたので、すっかり動揺してしまったんだ。鵠沼の声を聞いたら落ち着いてきた。自分で何とかする」

「自分で何とかするって、どうするつもり？」

隼瀬はその問いにはこたえなかった。わからないのだから、こたえようがない。

「武藤さんと会う予定は？」

「明日会う日を決めるわ」

「今日、武藤さんといっしょに、東叶夫に会った」

「え……？　衆議院議員の？」

「そうだ。詳しいことは、武藤さんに会って彼に訊いてくれ。じゃあ……」

「あ、待って。必ず連絡が取れるようにしていてよね……」

隼瀬は電話を切った。

歩美に電話すべきではなかった。彼女にはどうしようもないのだ。それはわかっているはずだった。人間はなかなか合理的な行動を取れないものだ。

人混みの中に隠れるという鉄則に従い、隼瀬は三軒茶屋の交差点に近づいた。飲食店の多いこの一帯は、深夜でも人通りが絶えることがない。

朝までやっている酒場もたくさんあるはずだ。だが、今は酒を飲む気になれない。酒も飲まずに、一人で酒場にいるのは不自然だろう。

そう考えると、潜伏する場所は意外と少ない。

捜査員たちの追跡をかわし、何年も逃亡を続けている指名手配犯が少なからずいる。彼らはどうやって潜伏しているのだろう。

もしかしたら、俺は考え過ぎているのかもしれない。ふと、隼瀬はそう思った。土曜会のみんなに捜査員が張り付いているというのは、隼瀬の想像でしかない。人員の都合もあるだろうから、そこまでやらない可能性もある。

歩美が言うとおり、二子新地に行って潜伏先を世話してもらう手もある。そのほうが三軒茶屋をうろうろしているより安全かもしれない。

足が三軒茶屋の駅に下りる階段に向かいかけた。そこで、立ち止まった。

いや、こういう場合、いくら考えても考え過ぎということはない。臆病なくらいでちょうどいい。

のこのこ歩美に会いに行って、捕まってしまっては元も子もないのだ。隼瀬は駅の階段を通り過ぎ、交差点を渡って世田谷通り方面へ進んだ。

通りの向かい側に交番があってひやりとしたが、警察官たちは誰も隼瀬のほうを気にしていなかった。

通りを行き交う若者たちの一人に過ぎない。不自然な行動さえ取らなければ、彼らの眼を引くことはない。

携帯電話が振動したので、取り出して画面を見る。武藤からだった。

「はい」

「武藤だ」

間違いなく彼の声だ。

「隼瀬です」

「鵠沼君から電話があった。潜伏先に踏み込まれたんだって？」

「ええ、武藤さんと別れた直後のことです」

「やはり、ネットカフェに泊まろうとしていたんだな？」

「はい……」

「今あんたが逮捕されたら、今までの苦労が水の泡になる」

「わかっています」

武藤は何としても特ダネをものにしたいのだ。

「社でいつも使っているホテルの一つを押さえておく。俺がチェックインしてキーを渡すから、フロントを通らずに部屋に行ける」

「すいません。場所はどこですか？」

「築地だ。最寄りの駅は日比谷線の築地か有楽町線の新富町だ」

「駅は防犯カメラがあるので、避けたいんですが……。タクシーも最近はカメラがついています」

「わかった。社で契約しているハイヤーで迎えに行く」

ハイヤーだからといって百パーセント安心とは言えないが、タクシーよりはましだろう。

「正直言うと、すごく助かります。かなり参っていたところなんで……」

「今どこにいる？」

「三軒茶屋です」

「わかった。ハイヤーはキャロットタワーの前につけさせる」

「ご迷惑をおかけします」

「ニュースソースを守るのは記者のつとめだ。しばらく待ってくれ」

電話が切れた。ひたすら待つしかない。だが、キャロットタワーの前で長時間たたずんでいると怪しまれるに違いない。

警察官がやってきて職質を受けることになるかもしれない。できるだけさりげなく振る舞うことが大切だ。

どこかで時間をつぶすために、一杯だけ酒を飲もうか。ハイヤーが来るまで、どんなに早くても三十分はかかるだろう。

そう思い、隼瀬は世田谷通りから脇の路地に入った。そこは雑然とした飲食店街だった。まるで、タイムスリップして過去に迷い込んだような気がした。

居酒屋はすでに看板だが、スナックなどはまだ営業している。物色しながら歩き回り、小さなスナックに入った。

カウンターだけの店で、かなり混み合っていた。常連客ばかりのようだ。隼瀬は一番出入り口に近い席をなんとか確保して、ビールを注文した。

常連客のカラオケが始まった。一見《いちげん》の客を拒否するでもなく、へたに詮索するわけでもない、その距離感が好ましかった。

客たちの歌を聞いているうちに、退屈もせずに時間が過ぎた。三十分ほどかけてビール一杯を飲み干し、勘定を済ませてキャロットタワーの前に移動した。

ハイヤーがやってきたのは、午前零時五十分頃だった。運転手が降りて来てドアを開けてくれた。

後部座席に乗り込むと、奥に武藤がいた。隼瀬は言った。

「すいません。とんだ迷惑をかけて……」

「気にするなといっても、まあ、無理だろうな」

ハイヤーはすぐに走りだした。首都高に入り、築地に向かう。安心したとたん、隼瀬はひどく疲れているのを感じた。

車の中ではほとんど話をしなかった。ハイヤーはタクシーに比べればはるかに秘密が守られるが、やはり危険なことに変わりはない。

ホテルの玄関で、武藤が言った。

「黙って、俺に付いてこい」

武藤はフロントを素通りして、エレベーターに向かった。

「おたくの課長がまた電話をかけてきた」

エレベーターに乗り込むと、武藤が言った。

「渡部課長が?」

「あんたを守るために、連絡を取りたいと言っていた。今のままじゃ危険だと言っていた」

「連絡を取ったとたんに、捜査員を送り込んできますよ」

「当然ながら俺もそう思っていたんだが……」

八階でエレベーターを降りた。武藤は無言で廊下を進み、目的の部屋の前に来ると、カードキーで解錠した。

部屋に入ったとたんに隼瀬は、ベッドに倒れ込みたくなった。だが、話がまだ途中だった。

隼瀬と武藤は立ったまま話を続けた。

「課長の言うことを信じるというのですか?」

隼瀬が尋ねると武藤はこたえた。

「もちろん信じているわけじゃない。だが、あながち嘘とも言えないような気がしてきた。課長の声や口調はずいぶんと切実な感じがした」

「そりゃあ、それくらいの演技はしますよ」

「会って話をしてみようと思う」

「それは危険ですよ。武藤さんの身柄も拘束される恐れがあります」

「向こうがその気なら、とっくにそうしているだろう」

そうだろうか。隼瀬は、武藤が言ったことを心の中で検証していた。結局、判断がつかなかった。

「とにかく、会うのは危険な気がします」

「危険を避けてばかりじゃ、こちとら仕事にならないんでね……。警備企画課長と言やあ、公安の親玉だ。キンモクセイのことだって詳しく知っているはずだ」

「身柄を拘束されて厳しく尋問され、俺の電話番号を吐いてしまうかもしれませんよ」

「どうかな……。どうもそんな事態にはならないような気がする」

「公安をなめちゃいけません」

「別になめちゃいない。課長に会って、いろいろと確かめたいこともある」

隼瀬はしばらく考えてから言った。

「会うなとは言えませんね」

武藤はうなずいた。

「土曜会の面々にも会ってみる。とにかく、今日は休め」

武藤が差し出したカードキーを受け取った。

「そうします」

今にも倒れてしまいそうだった。長い一日だった。そして、ずっと神経を張り詰めていた。とにかく安全な場所で眠りたい。

「明日まではここにいて安全だろう。明日また連絡する」

「わかりました」

武藤は部屋を出て行った。

隼瀬は、ソファにぐったりと座り込んだ。そのまま動けなくなりそうだった。体をソファから引き剝がすように起き上がり、服を脱ぎ捨てるとそのままベッドにもぐり込んだ。

武藤が明日までは安全だろうと言った。隼瀬もそう思いたかった。とにかく明日起きたらいろいろ考えなければならない。そんなことを思っているうちに、隼瀬はたちまち眠りに落ちた。

29

目を覚ましたとき、自分がどこにいるかわからなかった。徐々に意識がはっきりしてきて、隼瀬は、武藤が取ってくれたホテルにいることを思い出した。

時計を見ると六時半を示している。間違いなく午前六時半だろう。長年の習慣で、この時刻に目が覚めてしまう。

眠りに就いたのは何時だったろう。はっきりと覚えていないが、おそらく午前一時半頃だったはずだ。五時間ほどぐっすりと眠ったことになる。

起きて身支度を整えるべきか、それとも、もうしばらく休息を取るべきか……。隼瀬は、ベッドに横になったままで考えていた。

ここは本当に安全だろうか。もし、今安全だとしても、それがいつまで続くだろう。

それを考えはじめると、のんびりしてはいられない気分になってくる。しかし、今の自分に何ができるだろう。ただ、身を潜めているしかないのではないか。

だったら、安全だと思える間に心身を休めておくべきだ。疲労すると、思わぬ判断ミスをする。あるいは、自暴自棄になったりする。

休息を取ってさえいれば、そういう事態はある程度避けられるのだ。

隼瀬は、そう考えて、目を閉じた。眠れるものなら、もう少し眠りたい。そして実際に、それからしばらく眠った。

次に目を覚ましたのが午前十時過ぎだった。警察庁は今頃、どうなっているだろう。スマートフォンの表示を見て、今日が土曜日であることに気づいた。役所は休みだ。土曜会のみんなも休みだろうか。休日出勤している者はいるかもしれない。若手の官僚はいいようにこき使われる。

ふと、不在着信があったことに気づいた。相手は歩美だった。

隼瀬は彼女に電話した。

「どうしてるの？」

歩美は電話に出るなり、そう言った。隼瀬はこたえた。

「昨日はあれきり連絡できずに済まなかった。武藤さんにホテルを用意してもらって、今そこにいる」

「安全なのね？」

「今のところは……。しかし、何もできないのがもどかしい」

「とにかく捕まらないことよ」

「そうだな……」

「私たちは今夜、武藤さんに会う」

「何時にどこで会うんだ？」

「それを聞いたら、来たくなるんじゃない？　今私たちに近づくのは危険なんでしょう？　だから、言わないでおくわ」

「鵠沼の言うとおりだ。場所と時間を知っていたら、居ても立ってもいられなくなって、出かけてしまうかもしれない」

「無事だということがわかって、安心したわ。土曜会のみんなにも伝えておく」

「ああ。頼む」

「じゃあ」

電話が切れた。

そのとたんに、不安になった。自分の電話は変えたばかりなのでおそらく安全だ。しかし、歩美の電話は盗聴されているかもしれない。もしそうなら、今の会話を聞かれたことになる。

武藤が用意したホテル。

それだけの情報で、公安ならこのホテルにたどり着くことができる。

安らかな気分でいられたのは、ごく短い時間だった。

ドアがノックされた。隼瀬は、はっとした。ホテルは、潜伏するのには向いていない。出入り口が一つしかないので、そこを固められたら逃げられない。

隼瀬はそっとドアに近づき、ドアスコープから外の様子を見た。男が立っていた。レンズで歪《ゆが》んで見えるが、どうやら武藤のようだった。

ほっとして、ドアを開けた。

武藤が素速く部屋に入ってきて言った。

「休めたか？」

「ええ。おかげさまでぐっすり眠れました」

「外に出て食事をするわけにはいかないだろう。食料を持って来た」

言われてから空腹であることに気づいた。

「助かります」

「コンビニで買ってきたものだから、たいしたものはない」

レジ袋の中には、おにぎりやサンドイッチが入っていた。バナナも入っている。その他に水やお茶のペットボトルがあった。

今日一日の食料としては充分な量だ。

武藤はさらに言った。

「ルームサービスを頼んで部屋につけておいてくれてもいいが、従業員に顔を見られないほうがいいだろう」

隼瀬はうなずいてから言った。

「今、鵠沼と電話で話をしました。もし鵠沼の携帯電話が盗聴されていたら、自分の居場所がわかってしまうんじゃないかと不安になりました」

「ホテルの場所を教えたのか？」

「いいえ。それは言ってません」

「正確には、何をどう知らせたんだ？」

「武藤さんにホテルを用意してもらったと……」

「それだけなんだな？」

「はい」

　武藤はしばらく考えてから言った。

「俺は実際には、警察の捜査能力がどのくらいなのか知らない。だが、常識的に考えて、あんたの友人の電話を盗聴するとは思えないし、もし、盗聴していたとしても、今あんたが言った内容からここを特定するには、ずいぶんと時間がかかるはずだ」

　武藤は公安の実力を知らない。かといって、隼瀬が現場を知っているかというと、それも疑問だった。

　結局、常識的だという武藤の考えが正しい気もする。

　隼瀬は尋ねた。

「今日、土曜会のメンバーと会うそうですね」

「ああ。その予定だ。詳しく取材させてもらうよ」

「話し合いの内容を知らせてもらえますか？」

「君の仲間から知らせるように言うよ。鵠沼君がいいだろう。彼女に電話するように言っておく」

「わかりました」

「しばらくこの部屋でくつろいでいろ。すでに東さんが動いているだろう。議員の動きは早い。きっと状況は変わる」

「はい」

「じゃあ。何かあったら連絡をくれ」

武藤はそう言うと部屋を出て行った。

隼瀬は、ペットボトルの水を冷蔵庫にしまった。シャケのおにぎりを手に取り、印刷されている数字の順番にパッケージを取り去り、海苔を巻いて頰張った。

日本茶を飲みながら、たちまちおにぎり二つを平らげた。サンドイッチは取っておくことにした。

腹が落ち着くと、隼瀬はシャワーを浴びることにした。着替えといっしょに下着も買うべきだったと思った。

そこまで頭が回らなかった。これまで指名手配犯になって逃亡した経験などないのだから仕方がない。

シャワーの効果は抜群だった。昨夜までの疲れやどんよりした気分が一掃された。

歯を磨き、髭《ひげ》を剃《そ》ると、さらにすっきりとした。身支度を整えると、スマートフォンでニュースサイトを見ていった。

その後、隼瀬に関する続報はない。水木のニュースもまだなかった。世間から見ると、警察官僚が同僚を殺害したというニュースは、その程度の関心しか持たれないのだろうか。

報道が規制されているのかもしれないとも思った。だが、それについて武藤は何も言っていなかった。やはり、ニュースバリューが低いということなのだろう。

世の中にはもっと猟奇的な事件がいくらでもあるだろうし、人々は殺人事件などよりも、芸能人の結婚や不倫、離婚などのほうに関心を持つようだ。

テレビの報道を見ていると、そう思わざるを得ない。嘆かわしい現実だと思っていたが、今の立場から言うとそれがありがたい気がする。

そこまで考えて隼瀬は思った。

これも、日米合同委員会の計略なのではないか。

日本人をとことん骨抜きにするために、テレビでは徹底的に低俗な話題を取り上げる。どこかでそういう操作がされているのではないだろうか。

テレビ局や広告代理店がそれに一役買っているのかもしれない。警察官僚の隼瀬から見ると、テレビも新聞も実に御しやすいと感じる。

昔から日本のマスコミはこうだったのだろうか。それとも、徐々にそういう方向に持っていかれたのだろうか。

いずれにしろ、今のマスコミはほとんどが政府や警察の発表をそのまま報道するだけで、国民にとってどうでもいいことを、抜いた、抜かれたと騒いでいるに過ぎない。隼瀬の眼にはそう見える。

これまでそれは、隼瀬にとって都合のいい傾向だった。だが、改めて考えると、極めて危険なのではないか。

古典的なマスメディア論によると、マスコミの役割は四つあるのだそうだ。報道、教育、娯楽、そして警鐘だ。

今の日本では、他の三つに比較して警鐘の役割が不足しているように思う。警鐘とはつまり、権力の監視ということだ。

隼瀬たち警察官僚にとって都合がいいと言ったのはそういう意味だ。警察機構は権力を擁護する立場にあるからだ。

しかし、もっと視野を広げてみると、決して都合がいいとばかりは言っていられなくなる。

愚かで政治に無関心な国民を思うがままに支配する権力はやがて腐敗し、弱体化していくからだ。つまりは、国が弱体化するということだ。

隼瀬たち警察官僚は国を守るために日夜働いている。だから、守る価値のある国であってほしいと思う。権力とマスコミがしっかりと向き合っている国は活気があり健全だ。

今、日本はそういう国だと言えるだろうか。だんだん、そうではない国になりつつあるように思える。

そしてそれは、戦後の占領時代と同じく日本を支配しようとしている米軍にとっては、思惑通りの潮流なのではないだろうか。

そこまで考えたとき、日米合同委員会の役割がようやくはっきりと見えてきたような気がする。

国民が気づかないくらい巧妙に、米軍が日本を支配する。そのための法や制度の整備をするのが日米合同委員会の役割なのだ。

燕谷や木菟田が言っていたことが、あながち妄想ではないということが、ようやくわかってきた。

武藤は、なぜ自分のためにいろいろと世話を焼いてくれるのだろう。隼瀬は少々不思議に思っていたが、何となく彼の考えがわかってきた。

武藤は隼瀬のために動いているのではない。骨抜きにされつつあるマスメディアの中で、自分に何ができるか。

彼はそれを試そうとしているに違いない。

おそらく東叶夫も同じようなことを考えているだろう。

自分に何ができるか。

そして、隼瀬も考えていた。

俺にいったい、何ができるだろう。

隼瀬はテレビで昼のワイドショーを見ていた。取り上げられるのは、芸能人の話題と、スポーツの話題だけだ。

いつもは気にしないのだが、それを見ていて隼瀬は恐ろしくなった。視聴者は目と耳をふさがれているのと同じだ。テレビを視聴している時間は、大切なことから目隠しをされている時間だ。テレビ局だけが悪いわけではないだろう。その背後に大きな力が働いている。

キンモクセイはその一環なのだ。

絶望感がひたひたと近づいてくる。日本は自由で民主的な国だと思っていた。そして、隼瀬はほとんど疑いなくその国を守るために働いているのだと思っていた。

もしかしたらそれが、幻想かもしれないのだ。檻の中にいると気づかず、見せかけの自由の中で暮らしている。

その仕組みに気づいた人間は、神谷や岸本のように消されるか、松下のように遠くに追いやられる。

そして今、隼瀬は社会的に抹殺されようとしている。

隼瀬は再び自分に問うた。

こんな俺に、何ができるのだろう。

夕刻になり腹が減ったので、サンドイッチを食べた。

またドアをノックする音が聞こえた。時計を見ると、午後六時を少し回ったところだ。

また武藤が来たのだろうと思い、隼瀬はドアスコープで確認した。廊下にいるのは、武藤ではなかった。

後頭部がしびれるくらいにショックだった。

そこにいるのは間違いなく渡部課長だった。彼は無言で、ドアをノックしつづけている。

隼瀬は後ずさりしてドアから離れた。

いったい、どうして渡部課長が……。

パニックを起こしかけていた。

武藤が知らせたのだろうか。あるいは、武藤は渡部課長に指示されて俺をこのホテルに連れてきたのかもしれない。

またノックの音が聞こえる。隼瀬はベッドの上にあった携帯電話を手に取った。

30

出口は一つしかない。隼瀬は絶望的な気分で、手にした携帯電話を見つめていた。

隼瀬がこのホテルにいることは、武藤しか知らないはずだった。つまり、武藤が渡部課長に知らせたということになる。

いや、公安の尾行・監視は巧妙だ。もしかしたら、武藤は密かに尾行されたのかもしれない。

だとしたら、渡部課長がここを訪ねてきたことを知らないのではないだろうか。

隼瀬はそう思いたかった。そして、それを確認するために電話してみることにした。

呼び出し音五回で電話がつながった。

「はい、武藤」

「部屋の外に渡部課長がいます」

「そうか」

「そうか……？」

隼瀬は武藤の言葉が信じられなかった。「まさか、武藤さんが知らせたんじゃ……」

「俺が知らせた」

隼瀬は、後頭部を殴られたような衝撃を覚えた。絶望がどっと押し寄せてくる。武藤が何か言っていたが、もはや何も聞こえなかった。気がついたら電話を切っていた。

ふらふらと立ち上がり、再びドアに近づいた。ドアスコープをのぞくと、廊下にはまだ渡部課長の姿があった。

携帯電話が振動した。

武藤からの着信だ。出るつもりはなかった。隼瀬は「切る」ボタンを押して着信を拒否した。

味方だと思っていた武藤に裏切られた。この衝撃はあまりに大きかった。

出口はふさがれている。もう逃げ場はないのだ。そう思うと自暴自棄になりそうだった。

捕まりたくない。今はただそれだけを考えていた。廊下には渡部課長の姿しかない。相手が一人なら突破できるかもしれない。

見えないところに捜査員が潜んでいるかもしれないが、そのときはそのときだ。

隼瀬は、現金と携帯電話だけを身につけた。逃走の邪魔になるリュックは置いていくことにした。

またノックの音がする。

隼瀬は、覚悟を決めてドアに近づいた。

大きく深呼吸をしてからドアを開ける。

渡部課長が隼瀬を見つめていた。

彼が口を開いて何か言おうとした。その瞬間、隼瀬は渡部課長の顎を右の拳《こぶし》で突き上げた。

渡部課長が大きくのけぞり、そのまま尻餅をついた。隼瀬は駆け出した。エレベーターは危険だと判断して、階段を目指した。緑の非常口の表示が目印だ。

背後から渡部課長の声がした。

「待て、隼瀬」

隼瀬はふり向きもせずに駆けた。捜査員が姿を見せても、徹底抗戦するつもりだった。

だが、渡部課長の他には誰も現れない。

一階のエレベーター前で張っているのかもしれない。そう思い、階段を下った。

一階ロビーにやってきて、角に隠れて様子をうかがった。エレベーター前に捜査員がいる様子はなかった。

隼瀬は戸惑った。

渡部課長は一人で来たというのだろうか。まさか、そんなはずはない。

自分は泳がされているのだろうか。その恐れは充分にあった。だが、わずかなチャンスがあればそれにかけるしかない。

しばらくロビーを観察した。変わった様子はない。張り込みがいれば、気がつくはずだ。現場経験はほとんどないが、それでも訓練は受けているのだ。

エレベーターホールのほうから、渡部課長が足早にやってくるのが見えた。誰かと電話で話をしている。

渡部課長は、そのまま玄関から出て行った。隼瀬は、周囲を見回し、ゆっくりと一歩を踏み出した。

怪しまれることがないように、歩調に気をつけ、玄関に向かった。外に出ると、立ち止まらずに渡部課長の姿を探した。

視界の中にはいない。隼瀬は、ホテルをあとにして、地下鉄の築地駅を通り過ぎた。

今歩いているのは、新大橋通りだ。

築地四丁目の交差点を右に曲がった。晴海《はるみ》通りに入ったのだ。そのまま銀座四丁目方面に向かって歩いた。

渡部課長の姿はない。どうやら捕まらずに済んだようだ。だが、安心するのはまだ早い。どこか安全な場所を見つけて身を隠さなければならない。

隼瀬は一定の歩調を保って進んだ。人の眼につく行動は慎まなければならない。渡部課長を振り切ることはできたようだが、依然として指名手配犯であることに変わりはないのだ。

携帯電話が振動した。武藤からの着信だった。

今さら、何を言うつもりだ。

隼瀬はそう思った。ちょうど万年橋にさしかかったところで、右手が公園になっている。

隼瀬は公園に足を踏み入れ、草むらに携帯電話を捨てた。武藤に番号を知られているということは、渡部課長にも知られていると考えたほうがいい。

番号をトレースされたり、盗聴されたりする恐れがある。

晴海通りに戻ると、そのまま歩き続けた。銀座四丁目を過ぎ、さらに数寄屋橋交差点も過ぎたところで、有楽町の駅近くにある、家電の量販店に向かった。

もう一度プリペイドSIMカードと格安のスマートフォンを購入する。トイレの個室に入り、ログインして、スマートフォンに連絡先をダウンロードする。

しばらく迷ってから、歩美にまた携帯を変えた旨のテキストメールを送った。

歩美たち土曜会の仲間だけは信用できるだろう。彼らも疑わしいとなれば、信じられる者は誰もいなくなってしまう。

着信があった。歩美からだった。隼瀬はトイレの個室に入ったまま電話に出た。

「また番号を変えたの？」

「ホテルに上司が訪ねてきた」

「どういうこと？」

「武藤さんが、上司に俺の居場所を教えたらしい」

「武藤さんが……」

トイレに人が入ってきた音がした。

「今長くは話していられない。電話をかけ直す」

「待って。今どこにいるの？」

隼瀬は量販店の場所と名前を言って電話を切った。

とにかくトイレの個室を出て、落ち着ける場所を見つけよう。そう思い、ドアを開けると、目の前に人が立っており、隼瀬のほうを見ていた。

トイレの個室が空くのを待っていたのかと思ったが、その人物の顔を見て警戒心が頭をもたげた。

彼は白人だった。ノーネクタイで目立たないスーツを着ており、その上にこれも目立たないステンカラーのコートを着ていた。

その眼は冷ややかだった。

隼瀬は、反射的にその場から逃げ出した。

過剰反応かもしれない。その白人男性は、ただトイレの順番を待っていただけなのかもしれないのだ。自分のほうを見ていたのは、トイレの中で電話をしていたことをとがめていたのではないだろうか。

それでも、逃げ出したのは正しいと思った。

万が一ということがあるのだ。相手が外国人というのがひっかかった。神谷殺害の被疑者が外国人だったというのが常に頭の片隅にある。

隼瀬はトイレを出ると、背後の様子を見た。外国人の姿は見えない。

隼瀬は安堵しつつ、それでも警戒を解かずに人混みの中を進んだ。こうした大型店は出口が複数あるので、尾行をかわしやすい。

外をうろつくよりも、この中にいたほうが安全だろう。隠れる場所もたくさんある。

隼瀬はそう判断して売り場を歩き回った。自分が何の売り場にいるかは、ほとんど意識していなかった。周囲の商品のことなど眼に入らない。渡部課長や武藤の姿がないか気になっていたし、さきほどの外国人のことも気がかりだった。

時計を見ると、午後六時四十分になろうとしている。閉店までこの店にいてもかまわないと思った。

大きな店舗で、各フロアの売り場面積も広い。隼瀬は商品を吟味するふりをして、ゆっくりと売り場を歩き回り、さらにエスカレーターでフロアを移動した。

歩きながら隼瀬は、逃走経路と身を隠せそうな場所を頭に入れていった。階段と下りのエスカレーターの場所を確認した。

また、使うことはないだろうが、エレベーターの場所も頭に入れておいた。

バックヤードに通じるらしい従業員専用のドアの場所も覚えておいた。しばらく歩き回るうちに、ようやく気分が落ち着いてきた。

歩美に電話をかけ直す余裕ができた。隼瀬は、階段の踊り場にやってきて、歩美に電話をした。

すぐにつながった。

「隼瀬君？」

「そうだ」

「まだ同じ店にいるの？」

「ああ。店の中にいる。そっちはどういう状況なんだ？」

「落ち着いて聞いて」

「何だ？　俺は落ち着いているぞ」

「隼瀬君は今、とても危険な状態なんだそうよ」

「今さら何を言っているんだ。そんなことはわかりきっている。なにせ、指名手配犯にされてしまったんだからな……。俺を追い回している課長に潜伏先を知られて、あわや逮捕されそうになったし……」

「そういうことじゃなくて……」

歩美がもどかしげに言ったとき、突然、電話の相手が変わった。

「おい、電話を切らないで話を聞くんだ」

武藤の声だった。歩美から電話を奪い取ったらしい。彼らはすでに合流しているのだ。

「あなたと話すことはありません」

「おい、待て……」

隼瀬は電話を切った。

すぐに着信があった。電話が振動しつづけている。歩美からだ。だが、おそらく武藤がかけているのだと思った。ならば、出るつもりはない。

隼瀬は再び混乱してきた。

武藤と土曜会のメンバーたちが会うのは予定されていたことだ。だから、歩美と武藤がいっしょにいたのは不自然ではない。

問題は、歩美が隼瀬の居場所を武藤に伝えたかどうかだ。彼女はまず、隼瀬の居場所を確認した。それは、武藤に言われたことなのではないだろうか。

そして、武藤に伝わった情報は、おそらく渡部課長にも伝わる。

この店も安全ではなくなったと判断しなければならない。隼瀬は、階段を下った。電話をしたのは、四階と三階の間の踊り場だった。

周囲に気を配りながら、一階までやってくる。隼瀬は緊張した。人混みの中に、渡部課長と武藤の姿が見えた。

二人はいっしょだった。やはり手を組んでいたのか……。

武藤が渡部課長とつながった理由はなんだろう。何か特別なネタを提供されることになったのだろうか。

所詮、武藤も抜いた抜かれたにしか興味がない浅はかなマスコミの一人だったということか……。

隼瀬は、人混みに紛れて彼らがいる場所と反対方向に進んだ。そちらにも出入り口がある。

　買い物客を押しのけるようなことは避けた。トラブルが起きたら人目を引く。

　ゆっくりしたペースで進み、ようやく出入り口にたどり着く。そのとき、背後から声がした。

「隼瀬、待て。待つんだ」

　それは渡部課長の声だった。

　発見されたのだ。隼瀬は店の外に出たとたんに走りだした。東京国際フォーラムの前を通り過ぎた。

　渡部課長も武藤も、ランニングが得意とは思えなかった。必死で走れば振り切れると思った。

　息が上がったが、捕まったら終わりだという思いがあるので、足は止まらなかった。

　東京駅の丸の内南口までやってきて、隼瀬は走るのをやめた。それでも歩みを止めない。何度も背後を振り返りつつ歩き続けた。

　慌てていたので、人がたくさんいるところに逃げるという原則を忘れていた。銀座方面に行けば、通行人はたくさんいたはずだ。

　だが、気がつくと丸の内のオフィス街におり、このあたりは通勤の人通りが絶えると、とたんに人影はまばらになる。

　死角も多い。かといって、今から方向転換して銀座方面に行くわけにはいかない。渡部課長や武藤が待ち受けているかもしれない。

とにかく人が多い場所に向かおう。そう思った隼瀬は、大手町駅前の信号を右に曲がり、永代《えいたい》通りを東に進んだ。

巨大なビルが立ち並ぶ通りを歩いていると、行く手にふらりと見覚えのある人物が現れた。

隼瀬は思わず立ち止まっていた。

それは家電量販店のトイレで出会った外国人のようだった。いや、人違いかもしれない。東京には外国人がたくさんいる。

隼瀬は再び歩き出した。すると、その外国人は、行く手を遮るように移動した。

間違いない。隼瀬は思った。あの外国人だ。心の中で激しく警報が鳴っていた。

31

外国人が懐に手を入れた。そして取り出したのは、銃身の長いリボルバーだった。

おそらく二十二口径だ。神谷を殺した銃に違いない。

つまり目の前にいる外国人が、神谷殺害の実行犯だということだ。それが隼瀬をも消しにやってきたのだ。

逃げなければならない。それはわかっているのだが、体が動かない。蛇に睨まれた蛙《かえる》というのはまさにこのことだ。

東京のど真ん中で、俺は殺されるのか。

隼瀬はまるで他人事のようにそう考えていた。これが現実とは考えたくない。そういう脳内メカニズムが働いているのかもしれない。一切の現実感が消え去っていた。

隼瀬はただ立ち尽くしているだけだった。

外国人が銃を上げる。銃口がぴたりと眉間に向けられる。

ああ、やはりプロだ。

夢の中の光景のように現実感が失せた中で、隼瀬はそんなことを考えていた。

二十二口径で額を狙ったら、硬く厚い頭蓋骨で弾《はじ》かれてしまうこともある。眉間を狙えば、鼻梁《びりよう》の軟骨か眼底を弾丸が貫いて脳を破壊し、確実に相手を仕留めることができる。

そんなことを冷静に考えていることが不思議だった。

死の直前なので、脳が目まぐるしく働いているようだ。過去の人生を走馬灯のように見るというが、それに近いのかもしれない。

俺は死ぬんだ。

隼瀬がそう思った次の瞬間、ビルの陰から人影が飛び出してきた。

その人影が、銃を構えていた外国人に激突する。外国人と、その人影は、もつれるようにして共に歩道に転がった。

二人は地面で激しくやり合っている様子だった。そこから聞き慣れた声がした。

「隼瀬、逃げろ」

鷲尾の声だった。

急速に現実感が戻って来る。

逃げろだって？　逃げている場合じゃないだろう。

外国人はまだ銃を持っているはずだ。鷲尾が撃たれる恐れがある。

呪縛を解かれたように、ようやく隼瀬の体が動いた。地面で闘っている二人に飛びつく。

二人がかりなら制圧できるだろう。隼瀬も柔道の心得はある。キャリアでも警察官は術科を経験するのだ。

隼瀬はなんとか、外国人を押さえ込もうとした。まず、銃を持つ右手を制圧したかった。

鷲尾は両足で相手の胴を締めている。

パンと乾いた音がした。それほど大きな音ではない。二十二口径独特の発砲音だ。隼瀬には射撃競技で馴染みの音だった。

左の肩がボッと熱くなった。火箸を押し当てられたようだった。次の瞬間しびれてしまって、左腕が動かなくなった。

何だ……。何が起きた。

したたる血を見て、初めて自分が撃たれたことを知った。そのとたん、貧血を起こした。視界に無数の星が飛んでいる。

隼瀬が無力になったことで、外国人は勢いを増し、自分にしがみついている鷲尾に銃を向けようとした。

隼瀬は激しく首を振って視界の星を追い払おうとした。遠ざかりかけた意識が、にわかに戻って来る。

そのとたんに、左肩を激痛が襲ってきた。撃たれた痛みは、ショックが去ってからやってくるのだと、初めて知った。

外国人の右腕にしがみつこうとする。だが、激痛のためにほとんど力が入らないし、うまく動けない。

吐き気がするほどの痛みだ。

再び、発砲音が聞こえた。とたんに鷲尾の体がびくりと反応し、彼の体から力が抜けていった。

鷲尾が撃たれたのだ。

隼瀬は急速に体力を奪われている。出血のせいだろう。さらに激しい痛みで動きを封じられている。

再び絶望が押し寄せてくる。

そのとき「うおお」という叫び声が聞こえた。上半身を起こそうとしていた外国人が大きくのけぞった。

大柄な誰かが駆け寄ってきて、声を上げながら、外国人の顔面に回し蹴りを叩き込んだのだ。

「隼瀬、鷲尾、だいじょうぶか」

木菟田だった。

彼は格闘技などとは無縁だが、ウエイトがあるので、蹴りが決まればそれなりに威力はある。

外国人は仰向《あおむ》けに倒れている。だが、まだ意識はありそうだった。

隼瀬は叫んだ。

「早く拳銃を……」

　木菟田が動こうとすると、倒れている隼瀬と鷲尾の脇をすり抜けるようにして、誰かが駆けて行った。

　その人物は実に手際よく外国人を制圧してうつぶせにさせ、後ろ手に手錠をかけた。外国人は意識が朦朧《もうろう》としている様子だった。

「渡部課長……」

　隼瀬は思わずつぶやいていた。

　渡部課長は外国人から取り上げた拳銃を手に、隼瀬のほうを見た。

「じっとしてろ。出血がひどくなるぞ」

「鷲尾君……」

　そう言って駆け寄ったのは、歩美だった。鷲尾はどうやら大腿部《だいたいぶ》を撃たれたようだ。そのショックでぐったりとしていたのだ。

　歩美はハンカチを傷口に押し当て、その上からベルトで縛った。

「おう、これを傷口に当てろ」

　そう言ってハンドタオルを隼瀬に差し出したのは、燕谷だった。

「圧迫するんだ」

　そう言われて、隼瀬はこたえた。

「わかってる」

鷲尾には歩美で、俺には燕谷か……。介抱する相手について考えていたのだ。この期に及んで、そんなことを考えている自分に、少々あきれた。

やがて目立たないセダンが縁石に近づいて停車した。中から、背広姿の男たちが降りてきた。明らかに、一般人ではない。警察官だろう。だが、刑事ではないと、隼瀬は思った。もっと身近な連中。彼らは公安捜査員たちだ。

終始無言で外国人を引き立て、セダンに乗せると、彼らは去って行った。

渡部課長も何も言わずその様子を見ていた。セダンが去ると、渡部課長は隼瀬に言った。

「二十二口径なので、弾が体内に残っているだろう。病院で摘出手術を受けなければならない」

やがて、救急車のサイレンが聞こえてきた。

俺はどうなるのだろう。

隼瀬は無言のまま考えていた。

外国人に殺されかけた。それは免れたが、渡部課長に捕まってしまった。病院で治療を受けた後に、正式に逮捕されるということだろうか。

死ぬよりいいか……。いや、無実の罪で刑務所暮らしをするくらいなら、いっそ死んでしまったほうがよかっただろうか……。

そんなことを考えていると、目の前に武藤が現れた。

「だいじょうぶか？」

隼瀬はこたえたくなかった。黙っていると、武藤がさらに言った。

「いろいろと誤解があるようだ。とにかく、まず傷の治療をしてくれ」

救急車が到着して、隼瀬と鷲尾がストレッチャーに乗せられた。鷲尾と眼が合った。彼は笑みを浮かべて親指を立てて見せた。だいじょうぶだという合図だ。

隼瀬はうなずいた。


隼瀬は中野の東京警察病院に運ばれ、弾丸の摘出手術を受けた後、個室に移された。鷲尾は世田谷の自衛隊中央病院に運ばれたようだ。このあたりは、省庁ごとにいろいろ規定や思惑があるようだ。

警察病院や自衛隊中央病院なら秘密保持が容易だということもあるだろう。

壁にある時計を見ると、十時を指している。手術からどれくらい経ったのかわからない。

窓のない個室なので、時間の感覚がないのだが、おそらく午前十時だろうと、隼瀬は思った。

これから俺はどうなるのだろう。指名手配されているからには、いずれ刑事たちに引き渡されることになるに違いない。

あの外国人の身柄を確保したことは、どう影響するだろう。あいつが神谷を殺害したことは疑いようもない。

それが証明されたら、隼瀬の疑いも晴れるかもしれない。

いや、どうだろう。

隼瀬が指名手配されたのは、高度な政治的判断の結果だろう。実行犯の外国人も、政治的な取引で解放されてしまうのではないだろうか。

外国人を連れ去ったのが、刑事ではなく公安捜査員だったので、隼瀬はそう考えた。

隼瀬たちが想定するのとは全く別な形の幕引きを考えている人々がいる。そんな気がした。

それがどんな形なのか、隼瀬には想像もできない。

こうして怪我《けが》をしてベッドに横たわり、逮捕されるのを待っていると敗北感がひたひたと押し寄せてくる。

俺たちは何もできなかったのか。

俺は逮捕・起訴され、さまざまなことが闇に葬られ、キンモクセイが運用される。

隼瀬は、無力感に苛《さいな》まれて、思わず溜め息をついていた。

ドアをノックする音がしたのは、午前十一時頃のことだ。

「はい」

隼瀬が返事をすると、ドアが開いた。看護師がやってきて、熱と血圧を測った。変わりはないかと尋ねられたので、肩が痛いとこたえた。

「すぐに鎮痛剤を持って来ます」

そう言って出ていった看護師と、入れ替わりで渡部課長が入室してきた。

隼瀬はこの瞬間を覚悟していた。

「自分は逮捕されるのですね」

渡部課長は溜め息をついた。少々大げさなポーズに思えた。

「私が君を逮捕する？　そんなことはあり得ないだろう」

「自分は指名手配されているはずです」

「まあ、そういうことになっているな」

「水木さんも、服部理事官と接触して身柄拘束されたのでしょう？　水木さんは服部理事官だけは味方だと信じていたのですが……」

渡部課長は、再び溜め息をついてかぶりを振った。

「昨日、武藤さんが言っただろう。いろいろと誤解があるようだ、と……。これから、その誤解を解きたいのだが、いいかね？」

そこに看護師が戻ってきた。

「鎮痛剤です。すぐに飲んでください。次に飲むときは四時間以上あけてください」

「わかりました」

看護師がくれた紙コップの中の水で薬を飲み込んだ。看護師が出て行くと、渡部課長が言った。

「話をするのは、もう少し回復してからでもいいが……」

「どんな話か知りませんが、できるだけ早く済ませてくれると助かります。早くケリをつけたいんです」

渡部課長がうなずいてから、言った。

「我々は、君を助けようとしたんだ。だが、誤解が誤解を生んだようだ」

「たしかに、殺し屋からは助けてもらいました。あの外国人は、神谷殺害の実行犯ですね？」

「そういうことだ。今、その証拠固めをしている。君の体内から摘出された弾丸も証拠となり得るだろう。神谷殺害のときと同じ拳銃から発射された弾丸であることが判明するはずだ」

「撃たれた甲斐《かい》がありますよ。たしかに命を助けられましたが、警察官僚としての前途は絶たれることになるのでしょうね」

「そういうことにならないように努力している。それは、私自身や早川、服部、両理事官も同様だがね……」

隼瀬は思わず眉をひそめた。

「それはどういうことです」

「キンモクセイだよ」

「それを阻止しようと思ったら、クビの一つや二つ覚悟しなければならない。だが、できればそういうことにはなりたくない」

　隼瀬は驚いて言った。

「キンモクセイを阻止……？」

「そうだ」

　隼瀬はかぶりを振った。だまされてはいけない。相手は公安の親玉だ。

「その言葉を信じるわけにはいきませんね」

　渡部課長はうなずいた。

「もちろん、君は私の言うことを簡単には信じないと思っているよ。ただ、一つ考えてほしい。どうしてあの場に土曜会の仲間が駆けつけたか……」

　それは考えたことがなかった。考えようとしたが、うまく思考がまとまらない。

　渡部課長がさらに言った。

「私一人の話では信じてもらえないと思ったので、君に会ってもらいたい人たちを連れてきた。今廊下で待っているのだが、入ってもらっていいか？」

　断る理由はなかった。

「もちろんです」

　渡部課長が戸口に行き、廊下にいる誰かに声をかけた。渡部課長が部屋の奥に移動す
「キンモクセイ……」

ると、まず入室してきたのは、水木だった。

そして次に早川理事官。最後に入室してきたのは、これまで姿を見せなかった服部理事官だった。

いったい何が始まるというのだろう。隼瀬は説明を待った。

32

まず水木が言った。

「連絡を取ろうとしたんだ。だが、おまえの携帯電話が通じなくなっていた」

「武藤さんから、水木さんの身柄が拘束されたと聞きました。それで、危険だと考えて携帯を変えたんです」

渡部課長が言った。

「そもそもそれが誤解だ」

「どういう誤解なんです？」

「水木君は拘束されたのではない。保護されたのだ」

「保護……？」

隼瀬は水木を見た。水木は照れくさそうに肩をすくめた。

「服部理事官と接触したとたん、勝手に動くなと一喝された。俺とおまえの身に危険が迫っているというんだ」

「どういう危険ですか？」

「あの殺し屋だよ。服部さんたちの作業班が調べたところでは、彼は元海軍特殊部隊の隊員だったそうだ」

「海軍特殊部隊……」

「SEALsと呼ばれる部隊だ。SEは海、Aは空、Lは陸の頭文字。そして、アザラシの意味のSEALにかけている。空飛ぶフロッグマンとも呼ばれる。手強い連中だ。

「そう」

服部理事官がこたえた。「米軍の誰かが本国から呼び寄せたんだ。知ってのとおり、他の外国人と違い、米軍関係者は出入国管理を通らないで、日本に出入国できる」

つまり、米軍基地経由ということだ。たてまえは別として、米軍関係者は日本を自由に出入りできるのだ。

服部理事官はさらに説明した。

「やつは、日米政府にとって都合の悪いやつを消すために呼ばれたんだ」

話を聞きながら、隼瀬は違和感を抱いていた。何の違和感だろう。しばらく考えて気づいた。

服部理事官が、どこで何をしていたのかまったく不明だった。その彼が突然姿を見せて目の前でしゃべっている。それに違和感を覚えたのだ。

「質問してよろしいですか?」

隼瀬が言うと、服部理事官はうなずいた。

「もちろんだ」

「服部理事官は、今までどこで何をされていたのですか？」

「目黒に籠もって、オペレーションを指揮していた」

目黒というのは、公安機動捜査隊本部のことだろう。公機捜は、組織上は警視庁公安部の執行部隊で、公安事案の初動捜査に当たる。

「オペレーション……？」

隼瀬は尋ねた。「そう言えば水木さんが、服部理事官の作業班と言いましたね」

「法務官僚が殺害されたと聞いて、ただ事ではないと直感した。そしてすぐに作業班を組織して、目黒に一部屋確保した。そこを前線本部として、事件を調べることにした」

「警視庁の捜査本部とは連携しなかったんですか？」

「刑事たちに、サイモン・ヘスラーの身柄を取らせるわけにはいかない」

「サイモン・ヘスラーというのが、元ＳＥＡＬｓの殺し屋ですね」

「そう。もし、普通の刑事事件として捜査本部がヘスラーを逮捕したら、必ず米軍がやってきて、彼の身柄を持っていくだろう。そうなれば、ヘスラーは本国に送還されて、その後また任務に復帰することになる」

隼瀬は、はっとした。

「もしかして、捜査本部の規模を縮小させるように警視庁に働きかけたのは、服部理事官ですか？」

「そういうことになるな。当初、様子を見るために、外事一課と三課を捜査本部にもぐり込ませた。捜査本部が、ヘスラーが映っている防犯ビデオの映像を入手した時点で、外事一課と三課は捜査本部とのチャンネルをシャットアウトした。そして、刑事部長に事情を説明し、マスコミなどに不自然に思われない程度に、捜査を遅延させることにした。まあ、刑事たちが腹を立てたのか、予想していたよりやり方が露骨だったがね……」

「ヘスラーの身柄を公安が確保するためですね」

「そうだ。みすみす米軍に持っていかれるわけにはいかない。そして、ヘスラーは取引材料になり得る」

「何の取引ですか？」

「キンモクセイだよ」

「では……」

隼瀬は、鎮痛剤のせいでぼんやりしてきた頭を、無理やり働かせようとした。「理事官たちが、キンモクセイを阻止しようとなさっているというのは、本当のことなんですね」

「本当のことだ」

「自分は、服部理事官が、渡部課長や早川理事官と敵対されていると考えておりました」

「ああ……」

水木が言った。「それは俺のせいもあるな。俺がそう思っていたからな」

隼瀬はまだ渡部課長と二人の理事官のことを信じ切れずにいた。信じたいのは山々だが、もっと説明が必要だ。納得できるだけの説明が……。

隼瀬は尋ねた。

「渡部課長は、キンモクセイのことをご存じだったのですか？」

「知っていた。警備局長と私、そして二人の理事官は知っていた」

キンモクセイに、警備企画課が直接関わることもあり得るということだろうか。

それを確認したかったが、質問するとこちらがどれだけ知っているかを教えてしまうことになる。

渡部課長と二人の理事官が、味方のふりをして隼瀬から情報を引き出そうとしているのかもしれない。その可能性はまだ否定できないのだ。

隼瀬が黙っていると、渡部課長がさらに言った。

「まさか、君や水木君が、キンモクセイにたどり着くとは思わなかった。捜査本部にいた外事一課・三課との連絡専任チームをすぐに解散させたのも、それを恐れてのことだったのだが……」

たしかに、専任チームの解散は唐突だった。

服部理事官によると、外事一課と三課を捜査本部と切り離す必要があったということだが、ヘスラーの素性やキンモクセイのことが捜査本部に洩れるのを恐れてのことなのだろう。

松下が飛ばされたのはそのために違いない。相手が米軍なら、飛ばされるだけでは済まなかったはずだ。

「公安は、キンモクセイを利用する立場にいるはずです。それを、阻止しようというのは、どういうことです?」

「キンモクセイがどんなものか、知っているか?」

この質問にはこたえないことにした。

こちらがまだ警戒を解かないのを感じ取った様子で、渡部課長が言った。

「やろうと思えば、国民一人ひとりを盗聴できるシステムだ。電話もメールもSNSも盗聴・傍受できる。そんなシステムを一から構築するのはたいへんだ。時間も金もかかる。だから、既存のシステムを使わせてもらう。アメリカのNSAのシステムを使うということだ。防衛省情報本部からNSAに依頼し、データをもらうというシステムだ」

鷲尾から聞いたとおりだと、隼瀬は思った。つまり、渡部課長は嘘を言っていないということだ。

渡部課長の話が続く。

「もともとこれは、国家安全保障会議で検討された。その背後には日米合同委員会がある。特定秘密保護法と改正組織犯罪処罰法が施行されたのを受けて、米軍から国家安全保障会議にNSAのシステムを利用してはどうかというオファーがあった。国家安全保障会議はそれを受け容れ、かつて廃案となったキンモクセイの名を冠したのだ。国家安全保障会議では、これは対テロ等の情報を収集しろという国際的な要求にこたえるものだと言っている」

アメリカの要求を唯々諾々と受け容れる政府。かつてはそれを、仕方のないことだと考えていた。そう考えることが官僚的なのだと……。

「冗談ではない」

渡部課長が言った。隼瀬は驚いて課長の顔を見ていた。その言葉の意味を理解しかねた。

渡部課長の言葉が続いた。

「自国の国民からの情報を得るのに、他国の情報機関を使用するなど、気が触れているとしか思えない。そんな国がどこにある。私は、キンモクセイの話を聞いたとき、心底震え上がり、怒りがこみ上げてくるのを感じた。インテリジェンスの専門家として、そんなことは許すわけにはいかない」

言われてみて初めて気づいた。

既存のシステムを使う、安価で効率のいいシステム。キンモクセイのことをそれくらいにしか考えていなかった。

おそらく、国家安全保障会議の連中もそうだろう。彼らには、インテリジェンスの感覚が完全に欠如している。

他国の諜報システムで国民の情報を探るなどあまりに愚かしい話だ。技術的に可能でも、やってはいけないことだ。もしそれが実現したら、日本は世界から笑い者にされる。

さらに渡部課長の言葉が続く。

「日本のインテリジェンスを担う者として、決して見過ごしにはできなかった。それで、早川理事官や服部理事官と、それを阻止するための方策を密かに話し合っていた。とはいえ、一省庁の課長ごときにはどうすることもできない。手詰まりだったんだ。そこに、法務省官僚が殺害されるという事件が起きた。独自に調べてみると、どうやら殺された神谷はキンモクセイのことを周囲に尋ねていたらしい。神谷には悪いがそれを利用しない手はないと思った。そこで、服部理事官には作業班を組織してもらい、早川理事官には警視庁の捜査本部の様子を探ってもらった」

隼瀬は、半ば茫然《ぼうぜん》と渡部課長の顔を見つめていた。

渡部課長の話には説得力があった。いや、説得力以上のものだ。隼瀬はすっかり驚いていた。そして、驚きが去ると、胸の奥に熱いものがこみ上げてくるのを感じた。

隼瀬は水木に眼を移した。そして、心の中で言った。

この渡部課長の、どこがこんにゃくかクラゲなんだ。骨がないなんて大間違いじゃないか。

そのときふと思い出し、隼瀬は尋ねた。

「課長は、改正組織犯罪処罰法が施行されたときに、これで我々はようやく特高に戻れたとおっしゃったそうですね」

渡部課長がうなずいた。

「言った。皮肉を込めてね」

「皮肉を込めて……」

「共謀罪を利用すれば、どんな集団も取り締まることができる。これでは戦前戦中の特高と同じではないか。やれやれ、私らはこれでようやく特高に戻れたというわけだな……。これが私の発言のすべてだ」

ニュアンスがまったく違う。

マスコミがよく使う、音声の編集やトリミングに似ている。前後の流れを無視して特定の文言だけを取り上げて問題視するやり方だ。

これも水木のせいで誤解していたということだ。

隼瀬はもう一度水木を見た。眼が合うと、水木は小さく肩をすくめた。彼なりに反省しているということだと、隼瀬は思った。

「具体的には、どういう手段でキンモクセイを阻止するおつもりですか？」

「当初は、サイモン・ヘスラーの身柄を押さえて、それを交渉材料にすることしか考えられなかった」

「当初は……？」

「君が手札を増やしてくれたんだ」

「武藤さんですか」

「そう。武藤さんは警戒してなかなか会ってくれなかったが、強引に会って話をすることで、なんとか理解してもらえた」

隼瀬は、「いろいろと誤解があるようだ」という武藤の言葉を思い出していた。彼は裏切り者などではなかった。終始一貫して隼瀬のことを考えていてくれたのだ。疑心暗鬼とはよく言ったものだ。

隼瀬は言った。

「つまり、キンモクセイについて報道してもらうということですね?」

渡部課長がこたえた。

「記者一人が奮闘しても結果は知れている。記事を握りつぶされて終わりということもあり得る。だから、東叶夫とつながったのは大きな要素だと思う」

隼瀬はうなずいた。

「武藤さんもそう言っていました。東叶夫が質問を前提として調査を始めるだけで記事にできる、と……」

「野党とはいえ衆議院議員だ。その動きを封殺することは難しいだろう。だが、安心はできない。だから、私たちは武藤さんや東叶夫議員の動きをサポートすることにした」

そのとき、早川理事官が苦笑しながら言った。

「長年警察庁にいるがね、野党の議員と共闘するなんて、初めてのことだよ」

公安にとって野党は、たいていの場合、監視対象だ。

「ヘスラーのことは報道されるのですか?」

「それも交渉次第だな」

「誰を相手に交渉するのでしょう?」

「警察庁の警備局長と警視庁の警備部長が、警視庁の刑事部長や、法務省と話し合うことになるだろう。その結果が、国家安全保障会議で話し合われることになる」

「もともとキンモクセイは、米軍からのオファーなのですね? それを突っぱねられますかね」

「日本が独立国としての体面を保てるかどうかの瀬戸際なんだ。やってもらわなければ困る」

「アメリカも一枚岩ではないのでね」

渡部課長の言葉を補うように、早川理事官が言った。

33

「アメリカが一枚岩ではない？」

　隼瀬が思わず聞き返すと、早川理事官はこたえた。

「つまり、米軍と米国政府は必ずしもイコールではないということだ。最近、機密指定を解禁された米公文書で、米大使館が日米合同委員会のことを批判していたのが明らかになった」

　その話は聞いたことがある。たしか、沖縄の新聞が報じていた。

　早川理事官の説明が続いた。

「沖縄が返還された一九七二年のことだ。当時の駐日首席公使だったスナイダーやインガソル駐日大使が、日米合同委員会のことを、占領中にできた異常な関係だと猛烈に批判した。日本側の出席者がシビリアンなのに、アメリカ側は全員制服組の軍人だ。それを改めるように提言したんだ。そして、それは何もはるか過去の話ではない。ジョージ・W・ブッシュ大統領時代の国務長官、ライスが、日本は米軍に支配されているようだと、疑問を呈している」

　隼瀬は言った。

「アメリカの協力も得られるということですか？」

「課長や私は、ＣＩＡや国務省にチャンネルを持っている。彼らは、米政府内に軍の勝手な振る舞いを面白く思っていない勢力がいることを知っている。キンモクセイについては、米国内でも違法性が問われる可能性がある」

水木が顔をしかめて言う。

「日本の問題を解決するために、アメリカの力を借りるってのは不愉快だけどな……」

それに対して、服部理事官が言った。

「もともとアメリカが言い出した話だし、口封じに暗殺者を送り込んできたのもアメリカだ。尻拭いをしてもらおうってわけだよ」

「まあ、日本の政府を動かそうと思ったら、外圧をかけるのが一番ですね」

隼瀬が言うと渡部課長が応じた。

「それは日本に限ったことじゃない。どこの国でも似たり寄ったりだよ」

「自分は独り相撲を取っていたということになるのでしょうか……」

渡部課長がかぶりを振る。

「独り相撲というわけじゃない。ただ、我々に内緒で動こうとしたことは問題だな。でなければ、物事はもっと円滑に進んだだろう」

「申し訳ありません。ただ恐ろしかったのです。誰が味方で誰が敵なのかまったくわからない状態でした」

「詰まるところ、問題はそこだ。警察庁内にも信用できない者がいくらもいるということだ。この私も、君が言うとおり、いつ敵に回るかわからない。それが官僚の世界だ」

まったくそのとおりだと、隼瀬は思った。権力の近くには、餌にたかる蟻《あり》のように、さまざまな思惑を持った人間が集まってくる。

政府の陣容がほんの少し変わっただけで、官僚の世界に激震が及ぶことがある。今日の味方が明日も味方とは限らないのだ。

「キンモクセイは阻止できるのですね？」

隼瀬が尋ねると、渡部課長はこたえた。

「できるかどうかではなく、やらなくてはならないと思っている」

それが決して簡単なことではないことは、隼瀬にも充分にわかっている。

「自分はまだ指名手配されているんでしょうか？」

隼瀬が質問すると、服部理事官が言った。

「警視庁の捜査本部では、岸本の自殺を疑問視する声もあり、君のことを参考人と考えていたようだった。岸本が亡くなる前日に君と会っていたことは確かだったんでね。一方、我々は我々で君の身柄を確保したいと思っていた。ヘスラーから守るために保護したいと思っていたわけだ。警視庁は公安のその動きに、過剰に反応した」

「過剰に反応……？」

「そうだ。刑事たちは、我々の動きを不審に思ったのだ」

水木が言った。

「岸本を、公安が謀殺したとでも思ったんだろう」

服部理事官が言う。

「謀殺を疑ったかどうかは確認していない。だが、我々より先に、君の身柄を確保したいと考えたのは確かだ」

隼瀬はあきれた思いで言った。

「だからといって、岸本殺害の容疑で指名手配しなくても……」

「捜査本部はあせっていたんだ。急に規模の縮小を余儀なくされ、事情に通じていた松下を失った。公安に対する反感もあっただろう。だが、心配することはない。指名手配は取り消された。警視庁はすでに、君の容疑が晴れたことを発表している」

「だからといって、ネットに拡散した自分の指名手配の記事や書き込みは消えませんよ」

「すぐに過去のものになるよ。ネットの世界は、すべての情報があっと言う間に色あせていく。一週間、いや三日もすれば君の記事になど、誰も見向きもしなくなるだろう」

そうかもしれない、と隼瀬は思った。とにかく、自分は自由の身となったのだ。

手術のせいで体力を消耗しているようだった。痛み止めのおかげでいくぶんか肩の痛みは治まったように思えるが、それでもひどく痛んでいた。

銃弾の摘出というのは、要するに傷から銃弾をほじくり出すということだから、麻酔が切れたら当然痛む。

その痛みを薬で抑えるのだから、頭はぼんやりする。とても長い間会話をしていられるような気分ではなかった。

それを察したように、渡部課長が言った。

「とにかく今は、傷を治すことに専念してくれ」

隼瀬は言った。

「武藤さんを誤解していたことを謝りたいのですが……」

「それも、またにしよう。とにかく休め」

「わかりました」

渡部課長はうなずくと、病室を出て行った。次に早川理事官が出て行き、服部理事官が続いた。

三人がいなくなると、水木が言った。

「俺が言ったとおり、服部理事官は信じるに足る人物だったろう。彼は、間違いなくキンモクセイを阻止しようとしていたんだ」

隼瀬はあきれた思いで言った。

「それ、課長の指示だったんですよね」

「ああ、まあそういうことらしいな」

「課長は骨なしのクラゲで、早川理事官は課長の腰巾着だと言いませんでしたか?」

水木は悪びれる様子もなく言った。

「あのときは本当にそう思っていたんだよ。俺だって疑心暗鬼になるさ」

「警視庁の刑事が課長を訪ねてきて、早川理事官が自分を呼びに来ましたよね？」

「ああ」

「あのとき、水木さんは、自分に逃げろと言いました。それから逃走が始まりました。あれがそもそも課長たちとのボタンの掛け違いの始まりだった気がします」

「おまえだって、早川理事官に探りを入れられているようだと言ったじゃないか」

「あれは、水木さんが課長と早川理事官を信用できないと言ったから……」

水木が両手を掲げて、隼瀬の言葉を制した。

「悪かった。たしかに俺の勘違いだった」

「あのとき、自分が早川理事官について課長のところに行っていたら、どうなったでしょう」

水木はしばらく考えてからこたえた。

「さあ、それはわからんな。あのとき、警視庁の捜査本部の刑事たちは、間違いなくおまえの身柄を取るつもりだった。渡部課長はそれを阻止するつもりだったのだろうが、うまくいったかどうか……」

「渡部課長は刑事たちと話をつけるつもりだったということですね？」

水木はうなずいた。

「そう言っていた。だが、刑事たちは納得せずおまえを逮捕したかもしれない。俺は結果オーライだと思っている」

「結果オーライ？」

「おまえが指名手配され、逃走したおかげで、武藤が本気になり、東叶夫を引っ張り出す結果になったんだ」

たしかに、水木が言うことにも一理ある。

隼瀬は追い詰められていた。それが武藤に伝わったのだと思う。もし、隼瀬が指名手配されていなければ、武藤も本気にならなかったかもしれない。

隼瀬が黙って考え込んでいると、水木が言った。

「おまえはよくやったよ。あとは俺たちに任せて寝ていろ」

今はそれしかない。起きて仕事をしろと言われても、とてもそんな気にはなれない。

「うまくいくんでしょうね？」

「課長が言っただろう。やらなくてはならないって」

隼瀬がうなずくと、水木は「じゃあな」と言って病室を出て行った。

誰もいなくなると、隼瀬は疲れ果てているのに気づいた。回復するためにはひたすら眠るのが肝腎だ。

目を閉じると、ふとヘスラーに銃を向けられたときのことを思い出した。恐怖がよみがえり、眠気が覚める。

あの瞬間のことは、一生忘れられないだろう。そして、あのとき、鷲尾がいなかったら、自分は死んでいたかもしれないと思った。

いくら感謝しても足りないくらいだ。その鷲尾も怪我をしたはずだ。彼の具合を尋ねるのを忘れていた。普通ならそんなことは決してない。真っ先に安否を尋ねていたはずだ。

潜伏先のホテルに渡部課長が現れたときから、あまりに目まぐるしくいろいろなことが起きた。まだ、自分の中で整理ができていないのだ。

時間が経てば単なる過去の記憶に変わっていくのだろう。だが今は、そんなときが来るとは思えずにいた。

鷲尾に駆け寄る歩美の姿を思い出した。鷲尾には感謝しているが、それを思い出すと、どうしても素直な気持ちになれない。

そんな自分が嫌だったが、どうしようもないのだ。

隼瀬はまた同じことを考えた。

時間が経てば、そんなことも気にならなくなるのだろうか。

薬のせいか、気分は高ぶっているはずなのに、再び睡魔がやってきた。やがて、隼瀬は眠った。

何度か目を覚まし、また眠りに落ちた。

次に目を覚ましたときには、照明が点《とも》っていた。看護師が検温に来て、具合はどうかと訊かれた。相変わらず肩が痛いと言うと、食後に痛み止めを飲むようにと言われた。腹が減っていた。これまで隼瀬は入院した経験がなかった。ただ寝ていればいいというのは、けっこう幸せなものだと思った。

朝食の時間になり、隼瀬はすべて平らげた。病院食はまずいと言う人が多いが、隼瀬は別に不満はなかった。

また、寝たり目覚めたりを繰り返していると、ドアをノックする音が聞こえた。返事をすると、ドアが開き、武藤が顔を出した。どうやらいつの間にか面会ができる時間になっていたようだ。

「えらい目にあったな」

武藤が言った。

「何事も経験です」

「俺はあんたに怨《うら》まれているみたいだが……」

隼瀬はかぶりを振った。

「誤解があるという武藤さんの言葉を理解しました」

「渡部課長と話をしたんだな?」

「はい。最初は信じられませんでしたが……」

「俺も信じられなかった。だが、向こうの言い分にも耳を傾けるべきだと思った。ジャーナリストの本能みたいなもんだな。話を聞いてみると納得できる部分が多かった。それで、俺なりに裏を取ってみた」

「どうやって裏を取ったんです？」

「まず、服部理事官のことを知っている同僚に、目黒の公機捜を張ってもらった。たしかに、その姿を見かけたということだった」

「それで渡部課長の説明を信じたのですか？」

「俺も人を見る眼はあるし、相手が本気でしゃべっているかどうかを見抜く自信だってある。渡部課長は真剣だったよ」

隼瀬はうなずいた。

「自分は、彼の下で働いていましたが、課長がどんな人なのか、ずっと知らずにいました」

「俺はさ、商売柄いろいろな官僚を見てきたよ。ダメな官僚がたくさんいた。正直、日本の省庁に失望したこともある。こんなやつらが行政を担っているんじゃ、もう日本はダメなんじゃないかってな。でも、渡部課長の話を聞いて、まんざら捨てたもんじゃないという気がしてきた」

「そうですね」

「あんたもだ」

「え……？」

「渡部課長やあんたのような警察官僚がいてくれるなら、日本はまだまだイケるという気がしてきたよ」

「いや、自分は別に……」

「命を懸けていたじゃないか。こんな国のために」

「そりゃあ、公務員ですから」

「だから俺も、こんな国のために、ジャーナリストとして体を張る気になったんだ」

「記事にできるんですね？」

念を押すように隼瀬が言うと、武藤は無言でうなずいた。

34

隼瀬は、武藤が何も言わないことがむしろ頼もしいと感じていた。人は何かをごまかそうとしたときや、自信がないときほどおしゃべりになる。

しかし、それでも確認せずにはいられなかった。

「日本には本来のジャーナリズムは存在しないと言われているじゃないですか。記者は知っていても記事にしたり放送したりできないことがあるんでしょう？　また、記事にしようとしても、それが握りつぶされることだってあるはずです。だから、自分は心配なんです。キンモクセイのことも、結局うやむやになり、知らないうちに運用されているということになりかねない、と……」

「耳が痛いな」

隼瀬はかぶりを振った。

「非難しているわけではありません。ロシアでは、反プーチン政権を掲げるノーバヤ・ガゼータの記者が五人も殺されていますからね。日本でもそういうことが起きないとは限りません」

武藤はうなずいた。

「日本がロシアのような国になったらおしまいだと、俺は思っている」

「逆に言うと、殺されるほどの覚悟を持って仕事をしている記者が、日本にはいないということじゃないですか」

「たしかに、デスクに記事をボツにされればそれまでと思っている記者は多い。キャップやデスククラスでも、上の判断には逆らえない。新聞は基本的に商品だからだ。さらに言えば、民放各社は、広告料によって成り立っているので、スポンサーの意向に逆らえない。加えて放送は政府の許認可事業だから、政府にも逆らえない」

「電波法ですね」

「そうだ。ロシア政府や中国政府が放送局を支配しているのを見て、言論統制だと非難する人々も、日本政府が放送を支配していることを普段意識していない。電波法によって放送局は政府から免許を受けなければならない。それだけじゃない。五年に一度更新しなければならないんだ。つまり、政府が気に入らなければ免許が更新されない恐れもある。なのに、放送免許のことは、あまり取り沙汰されることはない」

「大新聞は、それ自体が権力だという意見もあります。三大紙が記事にすれば、それが既成事実になると考えている向きもあるような気がします」

「否定したいが、しきれないというのが事実だな」

「実は、それでもいいと思っていたんです」

「それでもいい？」

「ええ。新聞も放送局も、それでいいと……。自分は警察官僚ですからね。しかも公安です。国民の人権を守るよりもまず国を守ることが先決だ。極論すれば、そういうふうに考えていたんです。そう考えることが、官僚として一人前になることのような気がしていました」

「だめな官僚は保身を考える。ましな官僚は国のことを考える。ごく稀《まれ》ないい官僚は国民のことを考える」

「その稀ないい官僚は、出世ができず、多くは省庁を去ることになります」

「その中で生き残るやつが、超一流なんだよ」

隼瀬はうなずいた。

「今回のことで、自分も大きく考え方が変わりました」

「どういうふうに変わったんだ？」

「うまく説明できませんが、キンモクセイは運用させてはいけないと感じたのです。公安としては国民を監視できればこんなに便利なことはありません。ですが、やってはいけないことだと感じたのです」

「渡部課長は、インテリジェンスの立場から、キンモクセイはあり得ないと言っていた。それとはちょっとニュアンスが違うな」

「違うように感じるかもしれませんが、詰まるところ同じだと思います」

「そうかな」

「そうです。要するに、国は国民のためにあるということですから」

「あんた、どうせなら超一流の官僚を目指したらどうだ」

「努力してみますよ」

「期待している」

最後に大切なことを訊いておかなければならない。

「それで、記事のほうは具体的にはどういう形で掲載されるんですか？」

「すでに、東さんは議員権限による調査活動を開始している。議員の省庁に対する調査は、国会での質問を前提としているんだが、東さんは今月末から始まる臨時国会の予算委員会で質問するということにしている」

「渡部課長たちは、それまで待てないかもしれません」

隼瀬は言葉を濁した。その意図を察したように武藤が言った。

「サイモン・ヘスラーのことなら知っている。いつまでも身柄を拘束しているわけにはいかないということだろう？」

「そうです」

「俺も東さんもそのへんは計算している。臨時国会で質問するという方針で調査している内容を、東さんが俺にリークする。それを記事にする」

「それじゃ、東さんが臨時国会で質問する意味がなくなります」

「だから、本当に質問する必要はないいんだ。すでに話したと思うが、その方針で調査しているという事実が重要なんだ。リークがあったということで、デスクは納得する。なんせ、ソースは東さん自身なんだから、これは太い」

そうだった。たしかに、東叶夫が臨時国会の予算委員会で実際に質問する必要はない。キンモクセイのことが記事になって世間に暴露されることが重要なのだ。

それが、渡部課長たちへの援護射撃となる。

国家安全保障会議のメンバーは、首相をはじめとする閣僚たちだが、世論が後押しすれば、渡部課長たちにも交渉の余地はある。

「期待しています。武藤さんが頼みの綱です」

「わかっている。だが……」

「だが、何です？」

「もし、キンモクセイを阻止できても、無傷では済まないだろうな」

「どういうことですか？」

「渡部課長や二人の理事官は、クビを懸けているってことさ」

隼瀬は、はっとした。

なぜ今までそれに気づかなかったのだろう。麻酔や鎮痛剤の影響で、やはり頭が働いていないのだろうか。

課長や理事官たちに処分が下されるのは充分に考えられることだ。彼らは信念に従って、正しいことをした。

だが、それは警察や省庁、政府といった組織の中では決して正しいことにはならない。組織の論理から見れば造反なのだ。そして、官僚組織や政府は、決して造反を許さない。

「命は助かったものの、自分の立場も危ういですね」

武藤は否定しなかった。

「処分がどこまで及ぶかわからない。こういう場合は、上から順に処分されるもんだ」

最悪の場合、渡部課長、服部理事官、早川理事官、水木、そして隼瀬すべてのクビが飛ぶ。

隼瀬は、霧散してしまいそうな勇気をかき集めるようにして言った。

「何があろうと、キンモクセイは阻止しなければなりません」

武藤はうなずいた。

「渡部課長たちだけじゃない。俺だってクビを覚悟している。社にどこからどんな圧力がかかるかわからないからな」

「そんな……」

「いいんだよ。その代わり、うまくいったときの見返りはでかい。独占スクープをものにできるんだからな」

武藤とは持ちつ持たれつの関係だと、ずっと思ってきた。それは、損得勘定で成り立っていた関係だ。

少なくとも、隼瀬はそう思っていた。新聞記者とはドライな付き合いが望ましく、利用できるときはとことん利用する。そう割り切っていたのだ。

だが、今回の一件で、隼瀬の武藤に対する思いが大きく変化していた。スクープのためと言いながら、武藤は本気で隼瀬を助けてくれた。

今後もし、武藤に危機が訪れたら、自分も本気で彼を助けようとするだろう。隼瀬はそう思っていた。

共に戦う者同士にしか生まれない共感だった。

「こんなに長居をするつもりじゃなかった」

武藤が言った。「早く傷を治してくれ」

「はい」

武藤が病室を出て行った。

その三日後のことだ。

朝刊を見ると、「国民監視システムの陰謀　野党議員が調査活動」という大見出しがあった。さらに、「コードネーム、キンモクセイ　米軍等関与か?」という見出しが続いた。

ついにやったか。隼瀬はそう思いながら記事を読んだ。合衆国のNSAや日米合同委員会の名前こそ出ていないが、キンモクセイの危険性を充分に感じさせるものであり、東叶夫が直接動いたということで、緊急性も読み取ることができる。

隼瀬は携帯電話を手に取り、武藤にかけた。

「やりましたね」

「読んでくれたか。もっと過激な内容だったんだが、さすがにデスクのチェックが入った。あれがぎりぎりだよ」

「反響が楽しみです」

「ああ。そうだな。記事にはしたが、世間や他社から黙殺されたんじゃ意味がない」

「黙殺なんてあり得ますかね？」

「どこの社だって抜かれてしまってからの後追い取材は嫌だろう。そういう場合、無視する手もあるんだ」

「これを無視したら、ジャーナリストじゃないですよ」

「俺もそう思うがね。まあ、本当のムーブメントは明日からだと思う」

「そうですね。怖くもあり、楽しみでもあります」

「同感だ。それで、あんたはいつまで入院しているんだ？」

「もういつでも退院できるんですが、一週間ほど入院していろと言われました。おそらく、今自分を外に出したくないんじゃないでしょうか」

「渡部課長の気づかいなんじゃないのか？」

「そうかもしれません。そちらはどうです？　武藤さんに関して、社内では何か動きがありましたか？」

「クビになったかどうかってことか？」

武藤は笑った。「今のところ、何の音沙汰もないな。クビを洗って待ってるところだよ。じゃあな」

電話が切れた。

あるテレビ局のワイドショーで、新聞各紙の記事を取り上げるコーナーがあり、武藤の記事が取り上げられた。その日の反応はそれだけだったが、武藤が言ったとおり、翌日からはちょっとした騒ぎになった。

各紙がキンモクセイについての報道合戦を始めた。すでに抜かれたネタではあるが、無視できないほど大きな事案だということだろう。

そして、さらにその翌日、法務官僚・神谷道雄を殺害したとして、アメリカ軍属のサイモン・ヘスラーが逮捕されたという記事が各紙に載った。

この記事は足並みがそろっていたので、警察発表だろうと隼瀬は思った。

ヘスラー逮捕が発表されたということは、渡部課長たちの取引が成功したと見ていいだろう。

武藤と、神谷殺しの実行犯が逮捕されるのを落としどころだと話し合ったことがある。

その条件はクリアしたことになる。

勝利の実感はなかった。ただ、ほっとしていた。

ヘスラー逮捕の記事が出た日の午後五時頃、渡部課長が病室を訪ねてきた。

隼瀬は慌てて身を起こそうとした。

「いいから、怪我人は寝ていろ」

「いえ、もうだいじょうぶです」

「NSAのシステムを使うという計画は廃案になった。国家安全保障会議の四大臣会合による決定だ」

四大臣会合というのは、首相、官房長官、外務大臣、そして防衛大臣の四人による会議で、国家安全保障会議の中核だ。

「なんだか、実感が湧かないんですが……」

「そんなことは言っていられなくなるぞ」

「どういうことでしょう」

「私たちはいなくなるからな」

隼瀬は眉をひそめた。

「どういうことですか？」

「異動だ。私は沖縄県警の警備部長だ。服部は警察大学校、早川は北海道警の函館《はこだて》方面本部長だ」

後頭部を強く打たれたような衝撃を感じた。

「飛ばされたのですか？」

「人聞きの悪いことを言うな。みんな栄転だぞ」

「たしかにそうなのでしょうが……。でも、体よく公安の中枢から追い払われたということじゃないんですか」

「キャリアに異動は付きものだ。君もいずれ慣れる」

「自分らには沙汰はないのですか？」

「追って通達があるだろう。私たちが動くのだから、君らも今までどおりというわけにはいかないだろう」

「ますます勝利の気分から遠のきました……」

「それでいいんだ。俺たちに勝利なんてない。ただ毎日、戦い続けるだけなんだ。それが官僚というものだ」

その言葉に、隼瀬はうなずいていた。

35

隼瀬は十月二十五日に職場復帰し、異動を覚悟していたのだが、辞令がなかったので、肩すかしを食らったような意外な思いがした。

隼瀬があれこれ考えていると、水木がやってきて言った。

「何を難しい顔をしてるんだ？」

「どこかに飛ばされると思っていたのですが……」

「課長と二人の理事官がいなくなるからな。課のことを知らないやつばかりじゃ仕事が成り立たない」

「誰が課長になるんでしょう」

「俺が適任だと思わないか？」

隼瀬は目を丸くした。

「課長の辞令をもらったのですか？」

水木は苦笑した。

「そんなわけないだろう。警視庁の公安部長が来るそうだ」

たしかに、警察庁の課長は警視長の仕事だ。警視の隼瀬や警視正の水木がなれるはずがない。

「じゃあ、水木さんは？」

「俺は、長官官房総務課の広報室長補佐だ」

「長官官房……。出世コースじゃないですか」

「そうかなあ……。まあカイシャにいられるだけましか。総務課のお膝元で当分おとなしくしていろということだろう」

「自分より水木さんのほうが公安向きだと思いますが……」

「おまえが出世して呼び戻してくれよ」

武藤の「超一流の官僚を目指したらどうだ」という言葉を思い出した。だが、それは出世とは同義語ではないだろう。

公務員なのだから、出世を目指すのは当然だ。志だの正義だのというのは、出世競争に負けた官僚の言い草だと思っていた。

それについては今後、いろいろと考えなければならないという気がしていた。

「出世はしたいですね」

隼瀬が言った。「でも、自分が呼び戻さなくても、水木さんならいずれ公安の世界に戻って来るんじゃないですか」

「裏の理事官とかやってみてえよなあ」

水木はそう言うと自分の席に戻って片づけを始めた。

翌週には、課長と二人の理事官、そして水木が去って行った。代わって、新課長と新理事官たちがやってきた。

裏の理事官、つまりゼロ担当は警視庁の公安総務課の課長だった人物だ。新課長が連れて来たのだ。もうひとりの理事官は、警備局外事情報部からの異動だった。

水木の後釜として課長補佐の座に就いたのは、飯島だった。人事担当者は、個性的な太田よりも、万人受けする飯島を選んだ、ということだろうと、隼瀬は思った。

人は入れ替わったが、景色は変わらない。渡部課長たちがいなくなったことに、あまり感慨がないので、隼瀬は少しばかり驚いていた。

淋《さび》しさや悔しさや、何かそういった感情が湧いてくるだろうと思っていたが、そうではなかった。それが自分でも意外だった。

ただ淡々と日常の時間が過ぎていった。課長補佐の仕事には慣れていた。そして、課長や理事官は上司だが、職場では隼瀬のほうが先輩なのだ。そういう意味で余裕があった。

太田が隼瀬の席に書類を持ってやってきた。

「判をください」

隼瀬がその書類を読みはじめると、太田が言った。

「出世競争には興味がなかったんですが……」

隼瀬は顔を上げた。

太田の言葉が続いた。「やはり、同僚に先を超されると悔しいですね」

「おまえのよさは、組織の中ではなかなか評価されにくい。だが、公安向きだと、俺は思っている」

太田は皮肉な笑みを浮かべた。

「公安向きですか……」

「いつどこからお呼びがかかってもいいように、常に準備しておけ」

「そうしますよ」

隼瀬が判を押すと、太田はその書類を持って席を離れていった。二人のやり取りを飯島は気にしているはずだった。だが、彼は見ない振りをしていた。

飯島らしいなと隼瀬は思った。

こうして彼らとまた、仕事を続けていくのだ。それがいつまで続くのかはわからない。いつ、どこで、誰と仕事をすることになるかわからない。それが官僚の宿命だ。

隼瀬はふと武藤のことを思い出し、電話をしてみることにした。席を離れ、廊下に出て携帯電話でかけた。

「はい、武藤。隼瀬か？　どうした？」

「その後、どうしてるかと思いまして……」

「どうもしないよ。クビにはならなかった」

「独占スクープだったんでしょう?」

「そう。内容が内容だけに、上のほうもおおっぴらには喜べない様子だが、みんな、してやったりと思っているんだ」

「自分も現状維持でした」

「課長と理事官が飛んだんだろう?」

「水木も異動になりました」

「だが、懲罰人事じゃないと聞いたぞ。みんな栄転らしいじゃないか」

「まあ、そうですが……。後任の課長や理事官が警視庁の公安部から来ましたから、何と言うか、がちがちの連中で守りを固めたという印象がありますね」

「ふん。現政権がやりそうなことだ」

「なんだか、戦ったという実感がありません。自分は結局、何もしなかったような気がします」

「いや。俺もあんたも戦ったんだよ。中枢にいて抵抗する。それがあんたたちの戦い方だ。そして、これが終わりじゃない。これからも戦いは続くんだ」

「何のための戦いなんでしょう」

「あんたが、超一流の官僚になるための戦いだ。そして、俺が本物のジャーナリストになるための、な……」

「今回のこと、忘れないようにします」

「俺も同じ気分だ。じゃあ、そのうちにまた会おう」

「はい」

電話が切れた。席に戻ろうとすると、電話が振動した。言い忘れたことでもあり、武藤がかけてきたのかと思って表示を見ると木菟田だった。

「職場復帰したんだろう？」

「ああ。ようやく落ち着いてきたよ」

「鷲尾ももう復帰しているようだ。今度の土曜日、どうだ？」

「土曜会か。予定は空いていると思う」

「二人の快気祝いだ。じゃあ、有楽町のいつもの店に十九時だ」

「了解した」

電話をしまい、席に戻ると、隼瀬は思った。

この間、鷲尾とまったく連絡を取っていなかった。自分も怪我をしたとはいえ、鷲尾の容態を尋ねることもしなかったのは、あまりに不義理だろう。

連絡を取るタイミングを逸したということもある。だが、いまひとつ気が進まなかったというのも事実だった。

歩美のことが引っかかっていたのだ。隼瀬と鷲尾が撃たれたとき、歩美は咄嗟に鷲尾に駆け寄った。そんなことは考えたくなかったが、つい思い出してしまう。

入院中歩美は見舞いにはこなかった。木菟田や燕谷もそうだったので、別に気にすることはないのだが、歩美のことになると冷静ではいられなくなってしまう。

そんな自分がひどく小さく思えて嫌だった。

「では、二人の退院と職場復帰を祝して、乾杯」

木菟田の発声で、五人はグラスを合わせた。退院してからも酒を飲んでいなかった隼瀬は、喉を下っていく冷たいビールのうまさをしみじみと味わった。

それからすぐに隣に座っている鷲尾に言った。

「連絡も取らずにすまなかったな」

鷲尾は笑みを浮かべた。

「それはお互い様だ。二人とも入院していたんだし、仕方がない」

「おまえは命の恩人だ」

「そいつは大げさだな。二人とも命懸けだった。そういうことだよ」

いつもそうだが、会って直接話をすると、妙なこだわりは感じない。やはり鷲尾はいいやつなのだ。そして、今や武藤と同様に彼も戦友となったのだ。

鷲尾が真顔になって言った。

「キンモクセイは阻止できたが、うちの情報本部が今も大がかりなシギントをやっていることは間違いない」

隼瀬はうなずいた。

「監視システムが暴走しないように、俺たち背広組がしっかりとコントロールしなければならない」

「そうだな」

「武藤さんが言っていた。中枢にいて抵抗する。それが俺たちの戦い方だって……」

「そのとおりだと思う。マスコミに監視できないようなことも、俺たちなら監視できる」

「俺はさ、ヒーローになりたかったんだ」

「ヒーロー？」

「小さい頃の夢さ。スーパーヒーローになりたかったんだよ」

鷲尾が再びほほえんで言った。

「目指そうじゃないか、スーパーヒーロー」

食事を終え、銀座の『アルバトロス』に移動する頃には、隼瀬はかなり酒が回っていると感じていた。久しぶりの酒だったからだろう。

五人はいつもの奥の席に進んだ。隼瀬はなんとか歩美の隣に座ることができた。

「本当に心配したのよ」

それぞれの飲み物を頼み、あらためて乾杯すると、歩美が隼瀬にそう言った。

隼瀬はこたえた。

「いろいろと心配かけたし、迷惑もかけたな」

「迷惑なんて思ってない。私もいっしょに戦ったつもりよ。私だけじゃない。木菟田君や燕谷君も……」

歩美の向こう側に燕谷がいる。テーブルを挟んで、歩美の向かいが鷲尾、燕谷の向かいが木菟田だった。

隼瀬は、歩美と鷲尾をさりげなく観察していた。二人が視線を交わす頻度が高いように感じられる。

いつまでも、もやもやしているのは嫌だ。この際、はっきりさせたほうがいい。酒の勢いもあり、隼瀬はそう思った。

「おまえらさあ、ひょっとして付き合ってない？」

隼瀬が言うと、一瞬、すべての会話が止まった。歩美がきょとんとした顔で隼瀬を見ていた。

その歩美が言った。

「おまえらって、誰のこと？」

「だから、鷲尾と鵠沼だよ」

「はあ……？」

歩美があきれたように言う。

それを受けて燕谷が言った。

「え、なに？ 二人、やっぱり付き合ってたの？」

木菟田も興味津々の顔をしている。隼瀬は「あれ」と思った。木菟田や燕谷も気づいているものと思っていたのだ。どうやら、そうではなかったらしい。

鷲尾が言った。

「少なくとも、俺はそんなつもりはなかったがな……」

隼瀬は言った。

「なんだか、いつもいっしょに現れるし……」

「たまたまだよ」

鷲尾はごまかしているのではないかと思った。

「撃たれたとき、鵠沼は鷲尾に駆け寄ったじゃないか」

それにこたえたのは、燕谷だった。

「撃たれたとき？　ああ、あのときは俺のほうがおまえに近かった。それだけだと思っていたけど、違うのか？」

歩美がようやく口を開いた。

「違わないわよ。いったい、どういう勘違いよ」

隼瀬は言った。

「いや、俺はてっきり……」

「私は誰とも付き合っていない。今のところは、土曜会の中で付き合おうとは思っていないしね」

取り越し苦労だったということだ。隼瀬は、すっかり恥ずかしくなった。

「なんか、つまらないことを言ってしまって、すまない」

木菟田が言った。

「まさかそんなはずはないと思ったが、やっぱりな」

「なんだよ」

燕谷が言う。「隼瀬の勘違いかよ。ばかばかしい」

隼瀬は、全身の力が抜けるくらいにほっとしていた。もしかしたら、キンモクセイの件よりも安堵したかもしれない。人間、そんなものだと隼瀬は思った。

そのとき、誰かが奥の席を覗き込んだ。誰だろうと思い、その人物の顔を見て、隼瀬は仰天した。

「東さん……」

東叶夫が言った。

「これ、土曜会って言うんだろう？」

他の四人も、驚いた表情で固まっている。最初に立ち上がったのは鷲尾だった。それに気づいて隼瀬も立ち上がる。やがて五人全員が起立していた。

「いやいや、座ってくれ。今夜は俺も交ぜてもらおうと思ってさ」

隼瀬が尋ねた。

「どうして、ここが……」

「衆議院議員の調査能力をなめちゃいけないよ。……と言いたいが、武藤さんから話を聞いたんだよ」

武藤に今日、土曜会があることを伝えた覚えはない。やはり、東叶夫はあなどれない。

彼は隼瀬の向かいの席に腰を下ろすと言った。

「さて、未来の話をしようじゃないか」

解説

関口苑生

本書『キンモクセイ』（初刊は二〇一八年十二月）は、今野敏の百九十九作目の著作となる。本書が出た年——二〇一八年は、今野敏の作家生活四十周年ということで、年初からさまざまなイベントが続いたものだが、その最後が本書の刊行であった。

デビュー作から数えると、百九十九作目。ならしてみると、一年間に五作のペースだ。驚異のハイペースと言っていいだろう。本人は、若い頃に書き下ろしのノベルスで刊行点数を稼ぎましたからねと言うのだが、いやいやそんなことはない。人気作家となった今でも変わらぬペースで進んでいるのである。それも連載小説が仕事の中心となっているにもかかわらずだ。これを驚異と言わずとして、何と表現すればいいのか。

ところが、本人はこれまたいたってあっさりと、書くことが好きなんですよと気軽な調子で言うから驚いてしまう。書き続けることが作家の義務だから、寡筆にはなりたくないとも。ただし、書き方は若い頃と較べて随分違ってきているように思う。

本人曰く、かつては小説を書く前にプロット、キャラクター、エピソードの三つを思いつき、十分に練ってからでないと書き出すのが怖かったが、今ではキャラクターだけを固めておけば、あとは自然についてくるものと知ったのだという。このあたりで何か欲しいなというときも、書き進めるうちに自然と勘が働いてくるのだそう。

これは彼の座右の銘でもある「量を書かないと、質は高まらない」という信念を実践して、書いて書いて書きまくっていくうちに会得したものだった。その結果、次第に、面倒くさいことは書かない、史実を地の文で説明していくのはやめる、主観もやめて、言いたいことは登場人物に語らせる、同じことは繰り返さない、（刑事は）問いかけに対して答えない、容姿に関する描写はしない、無駄な形容詞は省く、単一視点で書く……等々のことを自分なりに悟って、作品上に結実させていったのである。すると文章が引き締まり、物語の展開も早くなって、いつの間にか面白いように多くの読者から共感が得られるようになったのであった。というよりも、この手法を使うことで、読者の想像力の余地がどんどんと広がり、高まっていったのである。

とあるインタビュー記事によると、ある時点から——本人は『ビート』が転機になったと語っているが——肩の力がすっと抜けて、自分なりの小説の書き方がわかってきたという。それからはもう、結末のことなど考えずに書き始めることにしたのだった。犯人もこの人物とはっきり決めずに書き始める。要するに何が起こるかわからないまま書いているわけだから、書いているほうもハラハラするのだが、そのほうがかえって登場人物は動いてくれるんだそうだ。

また、作家というのは二百冊目でも三百冊目でも、気持ちの上ではあまり関係ないのだとも。確かに、その中には思い出深い作品はいくつもあるだろう。書店の店頭に初めて並んだデビュー作には、格別な思い入れがあって当然だし、初めてのハードカバーや、初めて重版が掛かった本、苦労して苦労して書き上げた作品など、それぞれに感慨めいたものはある。しかし、基本的には今書いているものにしか興味がないというのである。

本を一冊書くのには、描かれるストーリーの三倍から四倍の物事を考え、何がベストなのか常に選択していく作業をする。その総和が小説になるのだった。こうした地道で神経を使う作業をこなしているからこそ、そのときに書いている作品が一番重要なのだとする感覚が生まれてくるのだった。たとえば本書にしても、連載当時はこれが俺の代表作になるんじゃないかという思いで書いていたと熱く語っていたものだ。


そんな思いが詰まった『キンモクセイ』だが、単行本の帯には「日米関係の闇に挑む、著者初の警察インテリジェンス小説!」という文言が記されていた。

ここで言うインテリジェンスとは、国益を守るために警察が行う必要不可欠な情報収集活動のことである。もっと大雑把に言ってしまえば、いわゆるスパイ活動の基本となるものだ。その方法はいくつかあって、まずシギント(シグナルインテリジェンスの略)は、電子的な情報収集と監視などのことを指す。それに対して、人間と直接接触して情報を集めることをヒューミント(ヒューマンインテリジェンスの略)と言う。そのほか、新聞・雑誌・放送などの公開情報を細かくチェックすることを、オシント(オープンソースインテリジェンスの略）と言う。情報機関の仕事の九割は、このオシントだと言われている。だが、本書の場合はこれらの情報収集活動の枠を少し超えて、諜報活動（エスピオナージ）の領域まで踏み込んでいるようにも思える。

本書の主人公・隼瀬順平は、警察庁警備局警備企画課の課長補佐だ。年齢はまだ三十歳だが、階級は警視。立派なキャリア官僚である。今野敏の作品で官僚が主人公の小説と言えば、単独作品では『熱波』がある。これは自治省の官僚で内閣情報調査室に勤める磯貝竜一と、あの《奏者水滸伝》シリーズの四人がコラボしたポリティカル・フィクションだった。ほかには、何といっても《隠蔽捜査》シリーズの竜崎伸也がまず思い浮かぶことだろう。しかしこの両者には、インテリジェンスの匂いはそれほど感じられない。そういう意味では、本書はスパイ小説の趣もある異色の作品ということができようか。またそんな雰囲気を漂わせる一方で、今野敏が得意とする堅固な「組織」の中に生きる人間の苦労や懊悩、疑問、焦りなどの様子もしっかり描かれていて、読みごたえは常にも増して感じられる一作となっている。

物語は、法務省刑事局総務課の企画調査室に勤めるキャリア官僚が殺されたことから始まる。手口は小口径の拳銃で額を一発。防犯カメラのビデオ解析で、犯人は白人らしき男だと判明する。事件の重大性から警視庁は当然のことながら、外事一課と外事三課も動き出す。公安部外事一課は、ロシアや東ヨーロッパの犯罪行為や工作活動を捜査対象としている。外事三課は、国際テロが担当だ。

隼瀬のいる警備企画課は、公安の元締めとも言われ、全国の公安警察の情報は警視庁の本部にではなく、すべてここに集まってくる。たとえば、警備企画課には理事官が二人いる。そのうちの一人は裏の理事官と呼ばれており、彼が統括する係は、全国の協力者の運営と情報を管理している。

またその係では、全国の公安マンの研修を担当しており、それゆえ裏の理事官は公安マンたちからは「校長」と親しみをこめて呼ばれることもある。その係はかつては第四係、サクラ、チヨダなどと呼ばれたが、今はゼロと改称されている表向きには存在しない組織であった。ちなみに《倉島警部補》シリーズの公安部外事一課・倉島達夫は、第三作の『凍土の密約』のラストでゼロの研修に行ってこいと言い渡され、第四作の『アクティブメジャーズ』以降は、このゼロの研修を受けて復帰した姿が描かれている。

がまあそれはともかく、今回の事件を受けて警備企画課では即座に専任チームが設けられ、二十四時間態勢で上がってくる情報に対処する体制が整えられて、準瀬はそれに従っていた。

ところが、だ。翌日になって、課長からいきなり、専任チームの件は終了だと宣告される。外事一課、外事三課とも、今回の事件に公安が関わる必要性がないと判断して、手を引いた。したがって、その情報を集約する役割だった専任チームも必要がなくなったというのである。さらには警視庁の捜査本部も、できたと思ったら一気に縮小され、事実上の捜査打ち切り状態になったという。

一体何が起こっているのか。準瀬は、同じ課長補佐の先輩から課長には内緒で調査を続ける旨を告げられるのだったが……。

とはいえ、彼らの狙いは殺人事件の犯人探しでは決してない。犯人は白人テロリストの仕業だとほぼわかっている。彼らが知りたいのは、この事件の背後に蠢く何かしら得体の知れない、それでいて底知れぬ恐怖を感じさせるモヤモヤの正体だった。準瀬は刑事局にいる後輩や、省庁は別だが同期で結成している親睦会の仲間たちの協力を得て、被害者が死の前日に「キンモクセイ」という謎の言葉を残していたことや、被害者が日米合同委員会に関わっていたことを知る。

日米合同委員会というのは、日米地位協定をどう運用するかを協議する実務者会議のことで、主に在日米軍関係の立場について話し合う機関である。政治家は参加せず、各省庁から選ばれた日本の官僚と、在日米軍のトップがメンバーとして月に二回協議を行っている。一部の陰謀論者によれば、ここではさまざまな密約が交わされるのだそうだ。それは米軍が日本国内で優遇を受けたり、特権を行使するための密約で、大袈裟に言うと米軍が日本支配を続けるための話し合いだという。

準瀬は話がいよいよきな臭くなっていくのを感じるが、そんなおり協力者だった刑事局の後輩が不審な死を遂げたことを知る。そしてさらには準瀬自身の身にも危険が迫り、やむなく逃亡生活を送る羽目になるのだった。

圧倒的な緊迫感と、緩みのない展開。これが今野作品の最大の魅力だとは承知しているが、加えてここには準瀬が属する「組織」の特殊性が、物語により一層の厚みをもたせる役目を果たしている。組織内部のうち誰が味方で、誰が敵なのか。官僚としての自分の役割とは一体どういうものだったのか。それまでの生活基盤が一切合切崩れていく感覚を覚えていく過程は、これまでの警察小説とはちょっと異なるものだ。

その中で無条件に信用できるのは、同期の親睦会〝土曜会〟のメンバー――外務省北米局の木菟田真一、厚生労働省の燕谷幸助、防衛省の鷲尾健、そして紅一点、経済産業省の鵠沼歩美の四人だけであった。余談になるがこの会について、ミステリー評論家の新保博久氏が興味深い意見を述べられている。

この四人がチームとして活躍すれば、《東京湾臨海署安積班》シリーズをはじめとする今野敏の警察小説ではお馴染みのパターンとなるが、そうはならないところに新鮮味があるというのだ。どういうことかと言うと、もしかすると今後は彼らが毎回主役を交代し、官僚界のさまざまな問題を娯楽小説化する五部作に発展させる構想なのかもしれない、と大胆な推理を試みているのだ。

ともあれ、ここには官僚が官僚として、それも超一流の官僚となるためのありようが描かれている。官僚には勝利などない。ただ毎日、戦い続けるだけ。それが官僚というものなのだった。

うむ、これはやはり今野敏の代表作のひとつと言って差し支えないのではなかろうか。

（せきぐちえんせい／文芸評論家）

キンモクセイ　朝日文庫

2021年12月30日　第1刷発行

著　者　今《こん》野《の》　敏《びん》

発行者　三宮博信
発行所　朝日新聞出版
〒104-8011　東京都中央区築地5-3-2
電話　03-5541-8832(編集)
03-5540-7793(販売)
印刷製本　大日本印刷株式会社

Published in Japan by Asahi Shimbun Publications Inc.
定価はカバーに表示してあります

ISBN978-4-02-265023-8

落丁・乱丁の場合は弊社業務部(電話 03-5540-7800)へご連絡ください。

送料弊社負担にてお取り替えいたします。